大回水

乐水 著

西苑出版社
XIYUAN PUBLISHING HOUSE
·北京·

图书在版编目（CIP）数据

大回水 / 乐水著．——北京：西苑出版社有限公司，2025．7．——ISBN 978-7-5151-1056-1

Ⅰ．I247.5

中国国家版本馆 CIP 数据核字第 2025YW4942 号

大回水

DA HUI SHUI

作　　者	乐　水
责任编辑	张礼文
责任校对	辛小雪
责任印制	李仕杰
开　　本	880 毫米 ×1230 毫米　1/32
印　　张	9.75
字　　数	245 千字
版　　次	2025 年 7 月第 1 版
印　　次	2025 年 7 月第 1 次印刷
印　　刷	重庆德鲁巴广告有限公司
书　　号	ISBN 978-7-5151-1056-1
定　　价	68.00 元

出版发行　**西苑出版社有限公司**

北京市朝阳区利泽东二路 3 号　邮编：100102

发 行 部　(010)84254364

编 辑 部　(010)64210080

总 编 室　(010)88636419

电子邮箱　xiyuanpub@163.com

法律顾问　北京植德律师事务所　17600603461

西苑出版社
XIYUAN PUBLISHING HOUSE
×
小河岁月

·引领阅读新方向·

重庆市作家协会2023年度定点深入生活项目作品

目录

目

录

第一章

无人与我并肩站立的黄昏

1

川蜀大地连降暴雨。

随着第 5 号洪水洪峰——今年最大一次洪峰——逐渐形成，长江云梯镇段水位迅速上涨。百年一遇的长江水势，绷紧了沿岸居民的神经。

云梯镇滨江居委会党支部书记谭铁牛，已经连续几个晚上没有睡觉了。

“洪水洪峰水位一次比一次高，这是天漏个洞了吧！”他嘟哝了一句，从床上坐起来，看了一眼熟睡的妻子，靠在床头板上，用手机上网搜寻有关长江洪水的报道。

网上关于“长江洪水”的报道如潮，让他目不暇接。

突然，一条“乐山慈母竹”的新闻让他眼前一亮——第 5 号洪水洪峰太过凶猛，无风卷起三尺浪，居然把一兜庞大的乐山慈母竹连根冲走。

乐山慈母竹在江水里沉浮的视频的点击量已经突破百万。长江上游的网友把视频上传网络，发起接龙活动，请长江下游的网友做好接拍准备。

深夜中，川渝两地，长江两岸，不知道有多少人和谭铁牛一样睡不着觉，惦记着漂浮在长江里的乐山慈母竹。

“都是吃饱了没事干。那么大的洪水，还有闲心玩这个？”谭铁牛愤愤地自语。

真有人接拍，网上出现了关于乐山慈母竹的新视频。

这个视频的点击量还在飙升。有人在评论区留言：这是川渝两地人民同心抗洪的见证，堪称“竹坚强”。

乐山慈母竹乘风破浪，一路漂流，经过四川的犍为、屏山、宜宾、江安、泸州、合江，重庆的江津、巴南、大渡口、九龙坡、南岸、渝中、江北、长寿、涪陵。

“按照水流速度，明天乐山慈母竹应该到达云梯镇。”

谭铁牛心里盘算着，看了看手表。他眨巴一下眼睛，感觉有些疲倦，放下手机，躺到床上。只是眯瞪一会儿的工夫，长江边便传来沉闷得让人窒息的滚滚洪流声，一阵紧似一阵地撞击着他的耳膜，仿佛一江洪水就要裹袭他的脑袋，淹没他的身体。

突然，他打了一个寒战，连带木床都抖动一下。他立即睁大眼睛，却听见妻子均匀的呼吸声。见自己的寒战没有影响妻子睡觉，他又坐起来，拿起手机上网翻看新闻。

有关乐山慈母竹的视频总点击量已经过亿。

“这还了得，太火爆了。”他一边惊叹一边继续翻看新闻，把注意力集中在评论区的留言上。

有吐槽的，有焦急的，有伤心落泪的；哪家的猪落水，哪家的牛失踪，哪家的渔船翻沉，哪家小孩被救上岸了，等等。

谭铁牛见乐山慈母竹视频流量巨大，也有点心动了，打算发一条视频，蹭乐山慈母竹的热度。

此时，他突然想到自己的“河长”身份。于是，他在微信朋友圈和社区微信群发通知：社区居民注意，第 5 号洪水洪峰过境，请主动回避。一定要照看好自家小孩，切莫下河洗澡。清淤抢险工作，不能顶着洪水，千万注意人身安全。

其实，这样的警示通知，谭铁牛已经发出不少了。每次洪峰形成、消退，巡河发现的隐患，应该采取什么预防措施，他都会在第一时间发通知提醒社区居民。

谭铁牛不仅是云梯镇滨江居委会党支部书记，还是“守土有责、守土尽责”的滨江居委会“河长”。他对“河长”职务挺上心的。有一次在社区抗洪动员大会上，他就说过，“万里长江，有三公里归他管”。

谭铁牛身材高大威猛，像水牛一般壮实。他生长在长江边，在长江里洗过澡、潜过水，也住过渔船。来自长江的风声、水声、鸟叫声、漂浮物的撞击声，早已融入他的骨髓。他甚至可以从江鸟的死命挣扎状态和凄厉惨叫声分辨水势大小。

后来，三峡水库建成，库区水位上升到一百七十五米，长江水流不再那么湍急，他依旧能凭借多年巡河清漂积累的经验，对云梯镇这段江面的行船时间、回水走向、漩涡、鼓泡位置、渔民渔船，甚至飞禽走兽、一草一木，都了如指掌。

迷迷糊糊中，谭铁牛听见公鸡啼鸣声，没多久又听见斑鸠“咕咕”的叫声。

两只斑鸠在云梯镇 4A 景区游客接待中心“下盐店子”的瓦屋上安家，与云梯镇文旅开发公司经理杨回一样，喜欢早起。谭铁牛每天就是在斑鸠的催促下按时起床。

谭铁牛睁眼一看，窗外已经开了亮口。

他翻身下床，快速穿上豆黄色马甲，挎着无人机和照相机包，出门骑上摩托车，直奔云梯镇文旅开发公司经理杨回的办公室。

他在杨回办公室坐下，杨回像往常一样给他倒了一杯水。

“按照第 5 号洪水洪峰的流速估算，今天后半夜那兜竹子就会到达我们这里。我查询了一下，那兜竹子漂流了近六百公里。”谭铁牛说，“看沿岸网友拍摄的视频，那兜竹子的确很坚强。从外观上分辨，应该是一兜慈母竹。它在江里漂流六百公里，都没有被击散撞沉，真是罕见。”

杨回说：“慈母竹？哦，怪不得，只有慈母竹才做得到嘛。母抱子，子护母，心连心，生死不离。”

谭铁牛端起杯子喝了一口水：“我有个想法，请你支持。”

杨回微微一笑：“谭铁牛向来一根肠子通到底，说话直白爽快，今天怎么变得文绉绉的？你有话就说，有屁就放！”

谭铁牛扯出一张餐巾纸，擦掉额头上的汗珠，眼皮上挑，望着杨回说：“把它捞上来。”

“你——你说什么？”

“把那兜乐山慈母竹捞上来！”谭铁牛提高嗓门。

“水势大得要命，你还想捞一兜烂竹子，不要命了？等那兜竹子抵达我们这里，我们拍个视频接龙，不就完成任务了嘛！”

“捞吧，景区出船钱。”

“等等，我想想值不值得。洪水滔天，要是闹出人命，那就不是你我能承担得起的了。”杨回说话有点儿语无伦次。

“它是来自乐山的慈母竹，是一亿多人关注的‘竹坚强’，为它冒一次险，值得！”谭铁牛噘起大嘴，非常肯定地说。

“哈哈，乐山慈母竹也是竹子嘛，啥坚强不坚强的。你今天咋回事儿，我怎么感觉你精神不太正常呢？”杨回盯着谭铁牛问。

“你是堂堂的 4A 景区经理、旅游专家、云梯镇‘老瓦片’，难道还不懂得其中的缘故？”谭铁牛反问。

“哎呀，你我都是直性子，就别绕弯子了。你咋想的，竹筒倒豆子，一把抖出来。”

“网红竹，捞上来，移栽到景区，它还是网红啊。”

杨回不解：“网红有啥？红极一时，热度过后无人问津，有啥意思？我们不要出这个风头。另外，竹子遍地都是，打捞上来栽到我们这里，有啥特殊意义？”

“你的认识咋就这么肤浅呢？其他竹子没有那兜乐山慈母竹的特殊经历，也就没有那兜乐山慈母竹的特殊身份、特殊价值。”谭铁牛终于说出他想说的话。

“你让我再想想——”杨回对那兜乐山慈母竹似乎还提不起兴趣。

“我的杨经理，你变了，彻底变了。你曾经跟我说过的那些创业计划，现在都跑到哪里去了？”谭铁牛认为自己说到点子上，有点儿得理不饶人。他盯着杨回，两眼放光。

杨回虽然被谭铁牛说动了，依旧叹了一口气：“现在景区游客数量锐减，开不了门，营不了业，赚不到钱，我这个经理恐怕也做到头喽！”

“什么意思？”

杨回缓声说道：“我直截了当地跟你说吧，县文旅集团领导已经找我谈过话了，我再推不动工作就换人。”

听杨回这么说，谭铁牛眼中的亮光突然暗淡下来。

杨回低下头，声音变得含糊不清：“告诉你吧，我打算躺平了，被动等待下岗。景区也被动等待关停。铁牛，我是不是很窝囊、很失败？”

谭铁牛听杨回这么说，觉得自己刚才的言行有些冲动和唐突。此时杨回的处境非常艰难，景区的处境更是步履维艰。对于杨回，他不能刺激，只能安慰。

谭铁牛的语气变得平和：“我不管你的公司是啥情况，就说那兜慈母竹。它从乐山进入长江，漂流六百公里，与它相关的视频点击量已经过亿。而且这里面还多了一层含义——同舟共济抗击洪水，这是不是团结协助精神？”谭铁牛说完，站起来走到窗前，望着滔滔而来、滚滚而去的江水。

杨回听到“团结协助精神”六个字就头皮发麻。因为上级领导说，景区人气不旺，就是他这个“蔫茄子”没有发挥“团结协助精神”。

现在谭铁牛不管不顾地来找他，不仅要拍竹子，还要捞竹子，这笔钱从哪里来？仅凭“团结协助精神”就能解决？

谭铁牛见杨回沉默不语，继续劝道：“那兜来自乐山的慈母竹，漂流一省一市十几个区县，受到亿万网友关注，为什么？因为它远远超出一兜竹子的价值。你看看网友怎么评论它的？‘意志坚定’‘团结战斗’‘不屈不挠’‘这就是一种力量’，等等。我觉得网友的评论非常到位。乐山的慈母竹不远千里，到达云梯镇，我们不能只当看客，而是要把它打捞上岸，在景区给它安个新家，不让它孤独无助地漂在冰凉的洪水中。”

谭铁牛说到这里，突然止住，皱起的眉头一下子舒展开了。

“我们这样做了，就能紧紧地抓住网友的关注点。老同学，那兜乐山慈母竹，现在还不知道有多少网友为它担心呢。我们把它捞上来，不仅让它存活，还要让它开枝散叶，此举会让亿万网友记住云梯镇的。我们拯救的是一位受人敬重的慈母，捞上来的是同心协力抗洪的兄弟姐妹情。”

谭铁牛望着杨回，真有点儿像慈母望着儿女。此时，他多么希望杨回能站起来，像以前一样，雄赳赳地奔向长江边，搏击大浪，救出奄奄一息的乐山慈母竹。

听完谭铁牛的话，杨回显然受到刺激，起身走到窗前，眺望长江，说出“但是”两个字后，就不再言语。

“但是什么？你是旅游专家，不可能对深受长江两岸百姓关注的网红竹无动于衷！”谭铁牛继续说道。

杨回依旧没有回应。

“如果你不愿意，好吧，我自己去干。只要看见那兜乐山慈母竹，我就下水捞，救竹等于救人。”

杨回依旧盯着江面，厉声问道：“你不要命了？”

“为了那兜乐山慈母竹，我宁愿搭上自己的命！”谭铁牛斩钉截铁地说。

“你真想干？”

“我就是这种性格，说了就干。待我捞出那兜乐山慈母竹后，再来捞你。你啊，现在就是那兜陷进江水的乐山慈母竹。”谭铁牛皱起眉头，眯缝着眼睛，睥睨杨回。

杨回突然转身面对谭铁牛，轻声说道：“我支持你。但是，还得看那兜竹子跟云梯镇人是否有缘，能否进入大回水。”

谭铁牛突然仰起大脑袋：“我敢打赌，那兜乐山慈母竹跟云梯镇人有缘。乐山至云梯镇，上千里的长江，回水沱那么多，为什么那些人都没接住它？我相信，云梯镇这道大回水一定能接住它！”

其实，杨回也动了打捞那兜乐山慈母竹的念头，却吞吞吐吐地说：“只是——只是——”

谭铁牛脸色顿时沉下来，冷峻如铁。他知道以前坦率豪爽的杨回，现在变得优柔寡断的原因了。

“只是啥？”谭铁牛问道。

“只是——没有钱。”杨回无奈地摇摇头。

谭铁牛停顿片刻：“景区出租船的钱总可以吧？”

“租船的钱，景区可以出，但是油钱呢？”

“油钱？”杨回如此斤斤计较，让谭铁牛有点儿瞧不起杨回了。但是，谭铁牛也能理解，现在景区处于半停业状态，没有收入，还得养着一群人，经济上的确很困难。

于是，谭铁牛决定自己出油钱。

2

谭铁牛早早来到长江边的清漂船码头，焦急地等待乐山慈母竹到来，看看它与云梯镇人是否有缘。

杨回也尾随谭铁牛来到清漂船码头。

谭铁牛自己出油钱，杨回就没有理由不租船了。

“假如那兜乐山慈母竹进入大回水，我们就得赶紧靠上去锚定。先把它拖到岸边，待洪水退去，看它是否还活着，再决定要不要移栽。”谭铁牛边说边取出无人机。

“就这么干吧。洪水实在太猛，只要那兜乐山慈母竹进入大回水，我们必须精准切水，快速绑定，慢慢拖拽，不可大意。”杨回其实是在告诫谭铁牛，无论如何都不能出现安全事故。

“漂流六百公里、能挺住洪水冲击而不散架的竹子，一定是大家伙。个头小了，恐怕早就被卷入江底了。”

“是啊，至少一吨级别。没有这个块头，就没有资格搏击洪水，成为网红。”

“所以，今天我们必须要出一艘大船。”

“我把景区背盐汉子表演队队员叫来几个，有杨脚板、黄端公和熊翘壳。他们都是‘江猴子’，从小在长江里泡大的，水性极好，而且力气大，手脚利索。这次打捞任务，他们肯定能顺利完成。”

按照预计时间，那兜乐山慈母竹应该在今天凌晨三四点钟就能到达云梯镇，可是趸船上的船员传给谭铁牛的灯语和无人机的监控视频显示，现在还没有发现那兜乐山慈母竹的踪迹。

“是遇上麻烦搁浅沉江了，还是没有进入大回水直接漂走了？”谭铁牛喃喃自语。

清漂船所在位置，是上游漂浮物的必经之地。探照灯的照射范围那么大，监控工作一刻没停，那兜乐山慈母竹不可能凭空消失的。

谭铁牛取出照相机，放在趸船的长条椅上，蹲下调试镜头。突然，他指着前面大声喊道："就是它，在那里！"

所有人朝谭铁牛手指方向望去，果然看到绿色竹巅儿隐隐约约地探出头，好似深吸一口气，又被激浪压入江中。

"怪不得我们找不到它，原来它挂在航标灯桩上了。"杨脚板捋了一把山羊胡子。

"你们看看，那个大家伙还没有进入大回水呢，就停下来等我们了。你们说，这是不是缘分？"谭铁牛哈哈大笑。

那兜乐山慈母竹又冒出竹巅儿了，弯曲的竹枝在江面上摇曳，抖掉浑黄的江水，倔强地仰起头。周围的漂浮物都是暗灰色，唯独它是绿色的，两者形成鲜明对比。它每次仰起头，似乎都在告诉岸边看热闹的人，它还活着，还想活下去，快救救它。

"动手吧。"谭铁牛对杨回说。

杨回走到趸船边，大声招呼谭铁牛、杨脚板等人登船。

谭铁牛伸出粗壮的大手说："杨脚板、熊翘壳，你俩下水套竹，我、杨回、黄端公负责拖拽。竹子一旦离开航标灯桩就不听使唤，所以我们务必密切配合，不能出现半点闪失。拉不住，扣不死，麻烦就大了，弄不好就得前功尽弃。"

看到乐山慈母竹，即将下水打捞，谭铁牛担心的事反而多了。

杨脚板、熊翘壳似乎不愿意听谭铁牛唠叨，他们脱下衣裤，穿上救生马甲，把一根粗绳子缠在腰上，径直跳入江中。

这两只"江猴子"迅速抓住竹竿，顺着竹竿沉入水下去套乐山慈母竹。

黄端公将绳子的另一端系在船舷上。

谭铁牛立即弯腰解开绳子，冲黄端公吼道："你个龟儿子，不懂水性吗？"

黄端公直起腰，也吼道："你吼啥子嘛！"

谭铁牛吼道：“那兜乐山慈母竹，看上去只有几根，水下部分究竟有多少根，你我都不晓得。要是它的块头足够大，你把绳子系在船舷上，一个浪头打过来，就能把船掀翻。这种事，你不是没有见识过。”

天生一张弯刀脸的黄端公，听谭铁牛这么说，脸拉得更长了。他提起绳子退到一边，反问道：“我们三个人力气小，拉不住咋办？”

谭铁牛一脸嫌弃地说：“咋办？凉拌！拉不住就丢呗，你是要竹子还是要命？亏你还是在回水沱长大的人！”

黄端公有些不甘心，咬咬牙说：“我就是舍不得那兜竹子，万一拉不住——”

谭铁牛和黄端公争吵时，绑好乐山慈母竹的杨脚板和熊翘壳几乎同时露出水面，招手示意趸船上的人往上拉。

杨回见状，挥手示意舵手开船。

那兜乐山慈母竹缓缓离开航标灯桩后，趸船果然抖动一下，一侧比另一侧多吃水一尺。

杨回脸色立即变得铁青。

好在那兜乐山慈母竹随着水流露出江面，趸船恢复平稳状态。

“还真是大家伙，你们快上船，我们捡了一栋小洋楼。”谭铁牛招呼杨脚板和熊翘壳上船。

谭铁牛等人紧紧攥住两根粗大的绳子。尽管他们用尽力气，仍旧被反拉得人仰马翻。

趸船靠岸后，熊翘壳飞身下船，接住谭铁牛抛来的绳子，拴在石桩上。谭铁牛见乐山慈母竹已被系牢，便大手一挥，喊道：“完活儿，回家睡觉！”

他们走到广场时，杨脚板掏出六百块钱递给谭铁牛：“听说你自己掏了一千多块油钱，总不能让你一个人垫钱做好事吧？高山打猎，见者有份，我也是云梯街守护人，捐点儿钱凑个数。”他说完把钱硬塞给谭铁牛。

三天后，第5号洪水洪峰平稳过境，长江水位下降，拴在岸边的乐山慈母竹，终于露出真容。乐山慈母竹上横插竖挂着大量杂物，看上去真像一栋小洋楼。杨脚板、黄端公和熊翘壳开始清理乐山慈母竹上的杂物。其中有一根足有两丈长的树杈，卡在乐山慈母竹上，三人费了好大劲儿也取不下来，最后不得不用电锯将树杈锯成三截，放到小山状的垃圾堆旁。

见谭铁牛和杨回走过来，杨脚板提着斧子站起来，指着垃圾堆说："至少有六七吨，像这样的长木头就有十几根，还有木板和杂物。我敢保证，就是把垃圾全部清理掉，这兜竹子也有三吨重。"

谭铁牛瞟了一眼那堆垃圾，拿出尺子，一边丈量乐山慈母竹一边对杨回说："最长的一根十二米，总直径十米，绝对是货真价实的大家伙。"

杨回弯腰摘下一片竹叶："浮在水面的竹叶还是绿色的，其他部位都变色了，不知道它还能不能活。"

杨脚板走到乐山慈母竹前，说："你看这兜竹子，根连根，须抱须，亲如一家，坚如磐石，在洪水里泡了这么多天都没死。我敢打赌，只要还有一口气，这兜竹子就能在云梯街存活。如果再晚一天捞上来，我就不敢说这种话了。"

谭铁牛咧开大嘴发出"嗤"的一声："我们和它就是有缘。"他说完瞪着杨回。

"这么重，怎么搬运？再说，景区也找不到移栽它的地方。"杨回上下打量乐山慈母竹。

谭铁牛说："分兜栽种。活人还能被尿憋死？"

杨回点点头："这倒是好办法。"

谭铁牛说："依我看，把它栽种在广场外大石梯旁边，那里是景区最扎眼的地方。"

杨回摆摆手："不行，那里是为县林业局栽种名贵树木预留的地方，局领导早就打过招呼了。”

谭铁牛说：“依我看，这兜竹子比啥树都金贵。”

杨回见谭铁牛耍横，知道他的犟牛脾气上来了，便只好点头应允：“好吧，就栽种到那里。但是，景区不负责移栽，只出地方。”

谭铁牛抬起手，粗大的食指戳几下自己的额头，几颗豆大汗珠掉下来：“我这么做，也是为景区生意好，不是为我个人捞好处。唉，我纯粹是自己没事找事。不过，我相信这件事值得做。好吧，公家的钱用不到，只能用私人的钱。我去想办法，反正搞不成这件事，我绝对不收手。”

“那就有劳谭支书啰。”杨回抱拳拱手。

谭铁牛噘起大嘴，又发出“嗤”的一声，轻蔑地白了杨回一眼。

拖运乐山慈母竹时，虽然天气炎热，云梯镇居民依旧拥到码头观看。

直到乐山慈母竹移栽完毕，谭铁牛才松了一口气。

突然，他看见云梯镇党委委员、镇长罗满江走过来。

罗满江戴着一顶草帽，身穿T恤衫、短裤，踏着凉鞋，一身标准的乡镇干部打扮。

谭铁牛迎上去，对罗满江说：“罗镇长，这就是从乐山漂下来的慈母竹。我闲扯淡，把它从江里弄上来，移栽到这里，供游人观赏。”

罗满江没有说话，径直走到乐山慈母竹边看了看，然后站到坎子上说：“我看到你们移栽乐山慈母竹的视频后，就马上赶过来。这么大的竹子，确实罕见。它在长江里漂流六百公里仍然活着，堪称‘竹坚强’。沿江两岸网友对它的关注度非常高，你们移栽它的视频点击量还在飙升，它已经成为名副其实的大网红了。乐山慈母竹安家云梯镇，就是川渝两地群众众志成城战胜百年一遇大洪水的历史见证。乐山慈母竹在云梯街获得新生，成为长江国际黄金旅游带上的网红打卡点，必将助力云梯镇旅游事业发展。谭支书、杨脚板、黄端公、熊翘壳，你们辛苦了！我代表云梯镇党委和镇政府，向你们表示感谢！同时，我预祝乐山慈母竹在云梯镇扎根生长，生儿育女，开枝散叶！”

罗满江一边说话，一边擦汗。因为周围还有记者，他有些紧张。他的脸上溢出的串串汗珠不停地往下滴。天气实在太热了，话一落音，他便转身离去。

谭铁牛礼节性地把罗满江送出广场。

罗满江把嘴附在谭铁牛耳边，轻声说：“你今天做的事，是一件大好事。好在这点儿洪水淹不死你们几个‘江猴子’。总之，没出事就是万幸。乐山慈母竹是网红，但你组织捞竹之事不能上热搜，懂吗？”

罗满江不愧为老基层干部，说出的话，没有一句是废话。

谭铁牛点点头。他当然明白罗满江为什么这么说，毕竟杨回即将离职。

罗满江走后，谭铁牛正要返回乐山慈母竹边时，突然看见围观人群中有一位老人，便走过去和老人打招呼。

这位老人名叫刘惠芹，是谭铁牛非常敬重的中学老师。刘惠芹退休多年，很少参与社会活动。今天她破例前来观看乐山慈母竹，或许是乐山慈母竹的知名度太高了，或许是云梯镇很久没有这么热闹了。

谭铁牛没时间细想，匆匆地和刘惠芹寒暄几句就回到广场。

当晚，乐山慈母竹落户云梯镇的视频，点击量就破亿了。

3

进入 3 月，云梯镇仿佛还沉浸在严冬里。蓄着山羊胡子的杨脚板实在耐不住寂寞，经常一个人戴着口罩来到长江边，一坐就是半天。因为经济萧条，游船不再停靠云梯镇码头，昔日的繁华不再，这座古镇一直冷冷清清。

古人云，天无绝人之路。昨天，杨脚板接到谭铁牛通知，有一艘游船今天早上 7 点 40 分停靠云梯镇码头，游客要观看杨脚板和他的背盐汉子表演队表演。

为了迎接春节后也是经济萧条后的首批游客，杨脚板和其他背盐汉子表演队队员都悉心做好准备。

早饭后，杨脚板掏出手机看了看时间，现在是 3 月 3 日早上 7 点，然后慢悠悠地走出家门。

他走到云梯街，看到多数商铺门窗紧闭，街上连个人影都看不到。他仿佛走进了幽深的胡同。

为了建设旅游景区，街两边闲置的老宅被政府征收，原居民大部分迁移他处。

杨脚板穿着麻边草鞋走在格外空灵的云梯街上。他身上那件灰蓝色“百衲衣”，仿佛从夏、商、周一路缝补过来，每根丝线上都刻着甲骨文、篆文。

这件灰蓝色“百衲衣”，是杨脚板的得意之作，也是深受游客追捧的一道风景线。只要他在古老的石梯上走过，发狂的游客似乎就能在他身上把千余年的古镇历史看透。他额头上的道道皱纹，就是级级石梯；瘦削的脸颊，就是脚下坚硬的石板。

杨脚板就是云梯街，云梯街就是杨脚板。

他的确有这种自信。他的这支背盐汉子表演队也有这种自信，因为他们被誉为“古镇活化石”。

背盐汉子表演队表演时，队员们背着盐袋，提着大钉杵，喊着登山号子，在云梯街上一字排开，然后迈着沉重脚步攀登石梯，以致这个现代化的 4A 景区立即开始时空切换。那些悠闲游客的激情瞬间被点燃，人声沸腾，追着队员合影。队员的思绪迅速在云梯街上空辗转腾挪，扎进长江的巨浪里推演历史，跃升至老瓦片上探究脊饰的年代。

杨脚板对自己的“百衲衣”不仅十分满意，而且非常珍惜。他完全可以像其他队员一样把现在的衣服做旧，省钱省事，但是他还是找遍云梯镇的村寨，终于在一个村民家里找到真品。

头巾、斜襟衫、汗褂、挽裆裤、短邦子、绑腿，以及扁背、大钉杵、马灯、汗刮、铁脚码，一整套长途运盐的工具虽然破旧，在他眼里却胜过金银珠宝、绫罗绸缎。

他父亲当过背脚子，他非常清楚背脚子挣的都是血汗钱。能扯上阴丹士林布做一身新衣服，非常不容易的。

他把“百衲衣”放置中堂，燃香祭拜一番，再花两周时间进行修补，多次试穿，不断改进，直到符合谭铁牛的要求为止。

想到这里，杨脚板不禁用左手捋了一把山羊胡子，骄傲地看了一遍身上的“百衲衣”，心满意足后仰望天空：“我杨脚板不做则已，要做就做第一。”

只有做到极致，才能独特，才能唯一。这个追求，正是杨脚板的过人之处，也是他最受游客喜爱的原因。他走到张飞庙前，望着一列石梯，突然点点头，脸上露出匿笑。这种笑容只有谭铁牛知晓其中秘密。

在云梯街，在谭铁牛的相机里，只有杨脚板和女游客合照最多，有的照片还被刊登在报纸上。同样是走在青石板路上的人，杨脚板就比其他几个老实巴交的队员聪明。他每每念及此事，便喜不自禁。

这是他一生的荣耀。

春寒料峭，杨脚板身着那套“百衲衣”略显单薄，里面虽然垫着一件薄棉背心，还是抵挡不了寒气侵袭。可想到自己穿厚了，表演效果不好，吸引不了游客，他只得忍受着。

他从云梯街中段走到“背脚子客栈”，再往下走就是景区接待处——下盐店子。由于昨夜下了一场小雨，地面潮湿，为了不让草鞋过早浸水，他选择走街沿，一边走一边哼唱“回水号子”。走到广场边，他看见长江，兴奋地高举双手，大吼一声“我回四川了”。

这是常年在湖北走船的父亲，回到家乡后的呐喊。

杨脚板年轻时也走过船，这句呐喊声和父亲沙哑的嗓音，早已刻进他的脑海。此时，他就有当年父亲三年五载才回一次家的那种急迫心情。因为游客稀少，景区一度陷入亏损泥潭，当然也影响了他的背盐汉子表演队收入。他憋闷太久，今天云开雾散，迎来新的生机，自然就得宣泄一下。

再者说，即便景区亏损严重、经费紧张，仍会支付他们六十元的表演费，以求留住背盐汉子表演队，吸引更多的游客。

这个景区缺了杨脚板，等于缺了灵魂，所以不得不支付这笔表演费。

站在偌大的广场上，除了矗立于正前方的迎水牌坊，其他地方都能一览无余。长江流经这里，形成一个巨大的回水沱，像怀胎十月的孕妇，肚大如箩，以致这段江面显得格外空旷辽阔。

但是，此时的广场上却连一个人都没有。

在景区售票处的“下盐店子”屋顶上，有几只麻雀“叽叽喳喳”地叫着，声音也不如以前那样欢快爽脆，飞翔跳跃的速度明显迟缓。麻雀似乎在消化春寒的余威，也在等待熙熙攘攘的游客，以及可以果腹的食物。

这里已经三年不见繁华，只有一块被雨水冲刷得干干净净的大石坝。

一只公斑鸠突然飞到“下盐店子”的马头墙上，“咕咕”地叫着。或许它熬过漫长的冬季，一觉醒来，见大地回暖，万物复苏，觉得自己应该找个伴侣传宗接代了。那一声紧似一声的鸣叫，果然引来一只雌斑鸠，落在屋顶上向公斑鸠点头致意。

下盐店子的大门打开了，景区管理处的十几个职工，在杨回的带领下，站成两排，开始开早会。这是他们今年的迎客首秀，杨回必然认真对待。他大声喊着口令："立正——稍息——向前看！"

景区管理处的职工站得整整齐齐，个个精神抖擞。

杨回交代完毕，职工就分散到云梯街各个摊位值守。杨回见杨脚板独自站在迎水牌坊下，便向杨脚板招招手。

杨脚板一脸冷漠的表情，根本不理睬杨回。

杨回自讨没趣，转身向云梯街走去。

杨回当然清楚杨脚板不理睬他的原因。这几年经济形势不好，景区犹如一头即将瘦死的骆驼。杨脚板的背盐汉子表演队，在景区表演不想收钱。理由是，杨脚板觉得景区陷入困境，在这里挣钱就是罪过。但是，杨回不想放弃杨脚板的背盐汉子表演队，执意给杨脚板支付表演费。

杨回觉得，只要景区还拿得出表演费，游客愿意看，他就毫不犹豫地打电话邀请杨脚板的背盐汉子表演队前来表演。

上个月，虽然来了几批游客，但是景区实在拿不出表演费，杨回就没有邀请杨脚板的背盐汉子表演队。于是，多数背盐汉子表演队队员就不愿意来景区表演了。

杨脚板走到广场下面，把大脚搭到石梯上，紧了紧草鞋上的麻绳。他好久没有表演了，不能在表演时丢鞋甩袜丢人现眼。

在背盐汉子表演队的队员中，就数他细致认真，绝不允许自己的表演出现任何瑕疵。

谭铁牛任命杨脚板为背盐汉子表演队队长，就是看中他专业、敬业，舍得在装备上下功夫。

4

接近早上 8 点，游船才靠岸。看见从游船上走下来两百多位老人，杨回心里顿时凉了大半截。

这些老年游客身上揣着大笔钱，却舍不得消费，景区为这种游客服务，不但不能赚到钱，还得精心照顾他们，千万不能让他们身体、心理受到一点点伤害。

杨回把游客分成五队，由五名导游负责接待。

广场上顿时人声鼎沸，“小蜜蜂”喇叭的声音此起彼伏。景区内陈列馆、会馆寺庙、非遗传习所、土特产商店等服务员都换上土家族服装，在做旧的商铺里显得格外醒目，格外精神。

景区业余摄影师谭铁牛，挎着照相机，从下盐店子走出来。杨脚板脚跟脚地带着八个队员鱼贯而出，把大钉杵在石板上杵得“叮当”作响。“嗨哟——嗨，嗨哟——嗨”，他们喊着低沉而有节奏的登山号子，在云梯街的起点停下，做着歇脚休息的样子。

杨脚板拿起汗褂、烟袋，开始他摄人心魄的表演。

一队游客看到杨脚板的表情，开始躁动起来，接着队形完全打乱，游客纷纷奔向背盐汉子表演队，掏出手机拍照、录像，把这支背盐汉子表演队围得水泄不通。

躁动之后，导游站到石梯上，集合队伍，依次参观云梯街的景点。杨脚板和背盐汉子表演队队员则夹在游客队伍中间，走走歇歇，故意把大钉杵在石板上杵得震天响。

走到张飞庙前，杨脚板把大钉杵放进“杵窝”支撑着扁背，吼了一声“杵起”，八个队员一字排开，叉开双腿，似一尊尊雕塑，一下子又把游客吸引过来，随后是一阵照相机的闪光灯爆闪。

聪明的导游见状，乘势介绍巴盐古道和盐运历史，把背盐汉子表演队出神入化的表演夸赞一番后，立即带领游客前往另一个景点——博物馆。

可是，游客观赏背盐汉子表演队的表演热度不减，根本不服从导游指挥，彼此的喊叫声也成为一道另类风景。

一小时后，游客渐渐离去，云梯街又归于平静。杨回从云梯街中段走下来，见杨脚板在谭铁牛的办公室里卸装，便紧走几步离去。

此时，谭铁牛从办公室里走出来，叫住杨回："杨经理，慌啥？这次怎么不主动把我们的账结了？"

杨回装作没听见，头也不回地说："没钱，宽限我几天，年底一次性给你们结清。"

杨脚板闻声立刻鼓起一对牛眼睛，气冲冲地跑出来对杨回吼道："照你这么说，去年的账还欠着呢，你打算什么时候结清？不会又画到瓜瓢上了吧？"他气不打一处来，上前抓住杨回的手，喝道，"杨回，今天你不给钱，休想走人！"

杨回和杨脚板拉扯时，八个背盐汉子表演队队员围上来。

杨回心想："好汉不吃眼前亏，看来自己今天想脱身，就得付钱。"

"好，好，我服你们了，我个人先垫付。"杨回说完从钱包拿出几百块钱交给杨脚板，然后疾步离去。

杨脚板接过钱哈哈大笑，冲着杨回的背影喊道："都是你自找的！"

杨脚板和谭铁牛走进办公室把钱分了。

"哼，没有我们的表演，游客早就走光了。"杨脚板愤愤地说。

谭铁牛在饮水机前接了一杯水，"咕噜噜"一口气喝完，丢下一句话："一分劳动一分收获，我们又不是白拿他的钱，他是不懂这种表演对于你们的意义。"

杨脚板坐到长方形茶桌边，抚摸山羊胡子，咬了咬牙说："这六十块钱，我就是拿了，也是为景区做贡献、为家乡做贡献。我从早上 6 点起床，忙到现在，半天就过去了。今天我原本答应人家去工地搬砖，结果被表演耽误了，两百块的工钱没了。这不叫贡献叫啥？杨回不是不晓得。”

谭铁牛听到这里，一巴掌拍在桌上，气呼呼地说：“我们如此卖命，还不是为了振兴云梯镇的旅游业嘛！”

杨脚板忽地站起来说：“就是嘛，不是为了振兴家乡旅游业，谁愿意干这种受累还不赚钱的营生！”

5

下午 4 点多，杨回巡街。

他走到“一里半”，突然内急，于是折回，在背街往下走了几步。突然，他发现厕所边有个人，走近一看，原来是杨脚板正在用扳手敲打门锁。

杨回质问杨脚板为何砸门锁。杨脚板似乎没听见杨回的质问，仍然不停地敲打。

杨回冲上去，抓住扳手，欲夺下，却不料杨脚板手劲大，扳手不但没夺过来，反倒被杨脚板一把摁到地上。

杨回爬起来，又去夺扳手。

他们在厕所边扭打起来。

谭铁牛和滨江居委会两个干部做完安全检查工作回办公室途中，看见杨回与杨脚板扭打在一起，跑过去将他们强行分开。

谭铁牛见杨回流鼻血，便拿出挎包里的止血棉球，塞进杨回的鼻孔。

若论打架，杨回绝不会输给杨脚板，但是，他知道干部不能与群众动手，所以处处留一手，生怕伤着杨脚板。

“谭铁牛，这就是你滨江居委会的人，他故意毁坏公司财物。

我要报警。”杨回脸上白一团红一团，掏出手机要拨打 110。

谭铁牛伸出大手遮住杨回的手机，转身问杨脚板：“为啥打架？”

杨脚板扯开嗓门喊道：“杨回，你明知有游客来，为何还把厕所门上锁？我看见有的游客进不去厕所，跟着着急上火。我上午、下午来厕所，一直没有开门，害得我白跑好几趟。请问，堂堂一个 4A 景区，有厕所不准用，这是做的啥事？我很不理解。今天我就要把厕所门砸开。”

杨脚板似乎也累了，一屁股坐到石阶上，喘着粗气。他声音很大，又因为情绪激动，说话结结巴巴的。

杨回终于弄明白杨脚板为何砸厕所门了，马上抛出一个理由：“景区没钱，交不起水费，不得已才关门。”

谭铁牛噘起大嘴，发出“嗤”的一声：“冲厕所能用多少水？云梯街下面那么大的一条江，还差这点儿水？”

杨回歪着脑袋说：“不缺水，缺钱，难道滨江居委会替我交水费？”

杨脚板听杨回这么说，顿时火冒三丈，指着杨回的鼻子吼道：“下一次游客来，你不开厕所门，我就直接砸开！”

“你敢破坏公物，我就敢把你送到派出所！”杨回也不甘示弱。

谭铁牛劝杨回：“杨经理，你确实也该好好管管了，我昨天去厕所，还发现便盆里有一堆屎。这是4A 景区，不是农村的猪圈。”他说完，示意两个滨江居委会干部把杨回送回办公室。

见杨回走远了，谭铁牛拉住杨脚板走进“云梯茶室”，指着杨脚板埋怨：“你呀你，至于这么冲动吗？杨回真要报案，告你毁坏公物，送你去派出所，关你两天，你还不是只能干瞪眼嘛！”

杨脚板不服气，顶回去：“我毁坏公物是犯罪，可是杨回锁厕所门，损坏的是云梯镇的声誉，他犯的是什么罪？几十个亿的国有资产，就这么闲置着，他又犯什么罪？我犯的罪小，他罪大恶极！厕所门砸坏了，我照价补偿；景区声誉受损，他能照价补偿吗？”

杨脚板越说越激动。

谭铁牛接了一杯水，递给杨脚板：“现在是乡村振兴推进期，按照乡村治理的要求，滨江社区绝不允许出现毁坏公物、打架斗殴事件。我请你坐到这里，就是为了解决矛盾纠纷。我现在以滨江居委会党支部书记的名义与你谈话，我就不转弯抹角了。你这么做，就是错了，错了就要虚心接受批评教育。云梯街的崽儿，这点儿事理还是能懂的。可是，你这次没有占到理上去。景区厕所不开放，这件事你应该先向滨江居委会反映，才是文明之举，哪能偷偷摸摸砸厕所门呢？”

杨脚板喝了一口水，望着大门口的高脚门槛：“今天我做得确实有点儿过激了。哎呀，我天生就有这种臭毛病，心中藏不住事，跟一块石板皮一样。”

谭铁牛见杨脚板服软，叹了一口气：“杨回是云梯镇人，他的为人，你我都清楚。他这个经理当得很艰难。县政府原本想靠旅游精准扶贫举措振兴云梯镇，但是，万万没想到，这里的人气却跌到历史最低水平。现在景区没有门票收入，只靠县财政那点投入苦苦支撑。这些游客，空手来，空手去，也不消费。我们还要给游船、趸船老板支付停靠费。说白了，我们现在就是花钱赚吆喝。杨回这么做，也是万般无奈之举。缺钱的日子，我们能节约就尽量节约吧。”

杨脚板“呼”的一下站起来，指向南面说：“请问谭支书，他们在月儿山搞工业园区的时候，一下子投资三四十亿元，差钱了吗？最后关停了，又赔进去十几亿元，差钱了吗？云梯街这样的优质景区，还能出现游客不能使用厕所这种事，请问，难道景区就缺冲厕所的这点儿水费吗？我承认我有错误，做事鲁莽了点儿，但是——”

谭铁牛见杨脚板越说越来劲，立即打断杨脚板："既然你的认错态度比较好，这个月的文明积分可以酌情少扣点。爱护景区，人人有责，损我景区一草一木，就是与全镇人民为敌、与景区为敌、与滨江社区为敌。再出现类似事件，无论是谁，我非搞到底不可！"

谭铁牛撂下几句断尾话，挎上照相机出门了。

杨脚板坐了一会儿，看着墙上的《乡约》，思前想后。谭铁牛不只是滨江居委会的领导，还是与自己从小一起长大的好兄弟。以后自己的很多事还要靠他帮衬。别的不说，就是背盐汉子表演队，他不让自己参与，自己也只能干瞪眼。如果不是他大力推荐，自己也当不上背盐汉子表演队队长，自己也出不了名。先不说自己给滨江居委会做出多大贡献，至少也不能给滨江居委会添乱。县政府推行乡村振兴政策以来，自己月月领到文明积分奖品，如果这个月自己的文明积分被扣没了，岂不可惜？

想到这里，杨脚板开始有些后悔了。

6

今天是星期五，接待完游客，大部分景区职工都回家了。杨回留下值班，坚守岗位。

吃完晚饭，杨回独自来到广场边，看见一位老太太坐在轮椅上，拐杖横在大腿上，一动不动地望着长江。

杨回走过去才看清楚，老太太是他的老师刘惠芹。于是，他蹲下去问道："刘老师，您身体如何？冷不冷？"

刘惠芹拍了拍衣服："穿得厚实，不冷。杨回呀，我问你，这个景区修得这么漂亮，又濒临长江、连接高速公路，为啥还这么冷清呢？问题究竟出在哪里？"

杨回拉住刘惠芹的手："您放心，景区生意肯定会好起来的，容我稍后向您解释。"他谎称要去巡街，匆匆离去。

杨回无法回答刘惠芹的问题。

景区生意不景气，杨回只是景区的留守人员，替县文旅集团照看这笔国有资产。在这里，要钱没钱，要权没权，处处遭人白眼，事事赔着笑脸，谁愿意当这个经理?

杨回的心里原本就郁闷，听了刘惠芹的话，更加羞愧。

杨回感觉今天就是名副其实的“黑色星期五”，尽遇烦心事。想到这里，他心里更加沮丧。

杨回在江边转了一圈，除了看见两个妇女撅着屁股洗衣服外，没有人走动。清漂船、港监船、水上巴士，已经进港停泊，远处江面上有一艘顶推驳船缓缓上行，像航空母舰驶过一般，激起层层波浪，拍到岸边的石梯子上“哗哗”作响，溅起两尺多高的水花。

杨回转身来到景区的主街道——云梯街。

他对这条老街太熟悉了。过去的云梯街两边店铺林立，逢场赶集，上上下下的人川流不息。修建几条横穿云梯街的马路后，老街居民在新马路边修房开店，云梯街渐渐落寞。

云梯镇曾经有一家红极一时的太昇长江轮船公司，公司经理叫杨帆，也就是杨回的父亲。可是，因为高速公路、高铁的出现，水上运输业务日渐萧条，太昇长江轮船公司因转型不力而倒闭。

三峡库区大移民后，县政府投入巨资在云梯镇建设月儿山工业园区，仍以失败告终，不得已转向旅游开发，走绿色崛起之路。

为了申报 4A 景区，留住历史记忆，在脱贫攻坚阶段，县政府注入巨额资金，收购云梯街的破旧闲置房，然后实施修旧如旧工程，旨在保护云梯街的文物。其目的就是盘活云梯街原有资产，开发旅游资源，不仅转型绿色经济，也让当地贫困村民依靠旅游脱贫。

事与愿违，由于资金链断裂，云梯街改造一半后停摆。偌大的 4A 景区，如一片烂尾楼盘弃置于此。在杨回眼里，云梯街就像那兜乐山慈母竹，此时正漂浮在长江上，盼望有人伸出援助之手。

杨回从下盐店子登上石梯，因为下午下了一场小雨，石梯上还有一洼一洼的小水凼。经过“背脚子客栈”时，他拍下石缝里长出青草的照片。

这里人迹罕至，没有人及时清理，石梯上的荒草才会肆无忌惮地生长。

杨回走到“清漪苑”门前，映入眼帘的石梯，已经完全褪色，甚至长出厚厚的苔藓。无人修剪的三角梅，有的枝丫长到半墙高，有的枝丫伸出山墙，还有四五根横长的枝丫，把石梯遮住，不知什么人用绳子将它们捆住，像一道伸缩门，把进入“清漪苑”的路完全封死。

家道败，青苔长。杨回也不知道“清漪苑”多久没有营业了。见这里如此荒凉，他不禁连连摇头。

杨回走到山顶独门嘴时，天色暗淡下来。只有那棵有“一树遮三县”美誉的千年古榕树，扎根破石，雄健挺拔，枝繁叶茂。

杨回转身走到月台路，看见营业一天的店铺仍未关门，街上不时驶过货车、轿车、三轮车，有的店铺里已经掌灯，绝大多数店主坐在店铺门口休息，有的店主还端着一大碗面条，慢悠悠地吃着。他们忙了一天，到了收摊打烊时间，也该歇歇了。月台路与云梯街，人气和生意反差巨大。

进入云梯街，杨回就再也看不见人影，这里与月台路的热闹形成鲜明对比。他拿出手电筒，银白的光照射在冰凉的石梯上，反衬得他更加突兀、孤单。

狭窄的石梯两边的房间里空空如也。他能清晰地听见自己“踢踢踏踏”的脚步声，也能察觉掠过耳郭的“嗖嗖”凉风。经过改造后的云梯街，就是一具化妆僵尸。他猛然觉得自己仿佛走进一条鬼街，顿感脊背发凉。但是，他很快调整好心态，壮着胆子继续往前走。

他现在并未走向没落，而是走向希望。云梯街也未走向死亡，一定能获得重生。

今晚，杨回住在背脚子客栈。背脚子客栈是由原食品站综合楼改建成的宾馆，里面都是现代化陈设，外面却是木楼板、木楼梯、木门、木窗户，一应仿古做旧。

杨回打开水龙头沐浴。他用热水淋湿身体，关掉热水水龙头，抹上香皂，哼着小调，正在享受沐浴的快乐时，再打开热水水龙头，却不见热水出来。

“怎么回事儿？停水了？我今天怎么这么倒霉！”杨回的心情突然跌至谷底，只好赶紧把浴巾浸湿，把身上的香皂沫擦净。这一系列工作完成后，冻得他的牙齿不停地打战。

杨回迅速穿上裤衩，走出卫生间，拽起床单裹在身上。此时，房门外的声控灯突然亮了，两道昏黄色光线射入房间。

杨回走过去细看，房门上有两条足有一厘米宽的缝隙。

杨回从缝隙向外看，走廊里的一切都能看得一清二楚。

原来，制作这些房门时，木料尚未干透，经过几年的热胀冷缩，门上的木板变形了。

杨回查看每个房间的房门，上面均有大缝隙。

“我怎么这么大意呢？这些房门存在严重的质量问题，我怎么就没有发现呢？服务员呢？他们在干吗？房门存在如此明显的问题，为何迟迟没有向主管部门反映？这不犯了经营宾馆的大忌嘛！”

杨回突然感觉身上冰冷，只好扯过被子蒙头睡了。他累了一天，身心疲惫，特别希望睡个囫囵觉。

半夜里，他却被一阵“窸窸窣窣”声惊醒。他有些害怕。因为宾馆里只有他一个人入住，如果遭遇盗贼，恐怕他难以应对。

他屏息谛听，发现声音是从天花板上发出的，还伴随着“吱吱”的叫声。

“老鼠！”杨回把悬着的心放下，翻身起床，发现门外的声控灯亮了，很快又熄灭了。

“难道翻个身，门外的声控灯都能亮吗？一晚上自己翻多少次身，它就亮多少次？这还是 4A 景区吗？”

杨回再也睡不着了，穿好衣服，披上大衣，拿起手电筒来到江边。他想在这里静静地坐一会儿，聊以排解心头的烦闷。

天空布满乌云，云梯街和江面漆黑一片，四周死寂，广场边上的巨大的迎水牌坊，若隐若现，显得十分诡异。

他来到杨家码头。这里是埋葬杨家三位闯街先祖的地方，标志性的三根系船柱已经被江水淹没。如今他前来闯荡云梯街，却遭遇连串打击，使他心灰意冷。

他想在杨家三位先祖那里寻求启示，或者乞求宽宥。

突然，杨回心潮涌动，悲从中来，抱头痛哭。哭过之后，他又哈哈大笑。

他不知道自己为何会这样。

他仰起头，举起双手高喊：“苍天啊，我想问问你，云梯街现在是前进、停顿，还是倒退？！”

哭和笑，都解决不了任何问题。在人生至暗时刻，他内心的痛苦、挣扎和绝望，谁都看不见、听不见。就连他拼尽全力发出的呐喊声，也统统被长江的浪涛声淹没。

黑夜令人发狂、窒息，也迫使人冷静。

这是一天的轮回。

此时，杨回感觉时间凝固了。他望着这道大回水，长江都能在这里受阻，在这里回头，在这里缩结，世上还有什么是一帆风顺的？

他坐在地上，直瞪瞪地望着远方，把大脑、内心的一切归零，然后从零开始。

第二章

升斗小民的算盘

1

县政府决定建设月儿山工业园区。月儿山在滨江居委会管辖的众多山中，是一座极其平常的小山，从南边或北边仰望，山顶向上拱起，酷似一弯新月，由此得名“月儿山”。

月儿山山脚下有一条小溪，名叫“月儿溪”。月儿溪两边较为平坦。县规划局看中这里交通便利，想在月儿溪两岸筑堤，然后移山填溪，填出七千亩的平坦大坝用于建造工业园区。

自初春始，谭铁牛就被因建设月儿山工业园区产生的群众信访工作搞得焦头烂额。

他刚到办公室，熊翘壳脚跟脚地进来，一屁股坐到谭铁牛办公桌前，噘起嘴巴。当地人之所以叫他“翘壳”，就因为他这张大嘴总是噘得很高。现在，他的大嘴噘得更高了，好一阵子不说话。

“活像个翘壳鱼，草也吃，虫也吃，死尸都吃。你说你还有啥不敢吃的？”谭铁牛没头没脑地丢出一句。

“谭支书，大过年的，居委会第一天开门，我本不应该来麻烦你，可是，你的年过得舒服了，你知道我的年是咋过的吗？”

熊翘壳的话音未落，谭铁牛抢过话茬儿：“年猪杀了，年货买齐了，儿子从深圳回来了，放了几百块钱的鞭炮，你还想咋过年？老熊，不是我说你，你的邻居黄端公没有儿子，你这么张扬干吗？你想气死黄端公吗？过年那天，黄端公就给我打电话告状，说你在月儿山制造不和谐因素。”

熊翘壳噘着大嘴不再言语。

谭铁牛瞥了熊翘壳几眼：“说吧，你有啥诉求？”

“我今年不是成了拆迁户嘛，我寻思穷了几十年，眼看要发财了，春节就应该好好庆祝一下。我不是上访户，我的要求不能叫诉求。我是老实本分的农民，靠一亩三分地活命。我没给政府添麻烦，更很少进居委会的大门，就连村委会啥时候改成居委会的，我都不晓得。”

“你今天来这里打劫吗？” 谭铁牛白了熊翘壳一眼。

熊翘壳叹了一口气：“唉，这个年我过得不清静啊。儿子儿媳回来，进门就向我索要拆迁款。你说哪有这个道理？房子还没拆呢，儿子就逼我拿钱。实在没办法，我就把自己攒了十几年才攒下的十万块钱取出来，交给小两口子。小两口子拿着我的血汗钱欢天喜地地走了，我却焦麻了。”

谭铁牛说：“黄端公大女儿回家，又买衣服又送钱，一家三口团团圆圆、热热闹闹地过年。依我看，还是生女儿好。”

“我这辈子就是苦命，生了个活气宝。”

“你就是来反映这件事？”

“不，不，我还有更重要的事要说。谭支书，我本打算拿到拆迁补偿款，在云梯街买个小门面，做点儿生意。儿子儿媳这么一闹，把我的钱卷走一半，彻底打乱了我的计划。”

“这是你的家事，居委会管不了。”

熊翘壳想了想，说道：“县政府把我纳入拆迁户，说明我已经正式列入为县政府开发建设做贡献的居民行列。一旦转了城镇户口，我一家人就不再是农民，而是城镇居民。户口变了，身份变了，凡事我都为县政府着想，县政府也应该考虑我的切身利益吧，是不是这个道理？”

“拐弯抹角的，你费劲不？你就直接说你想干啥子！” 谭铁牛呵斥道。

熊翘壳连声说：“好，好，就冲你这句话，我跟你讲一讲道理。我家老房外面，建了一个猪圈屋，没有办房产证，能不能算拆迁面积？”

谭铁牛低头不语。他在踏勘时，就知道熊翘壳家里存在这种情况，那个猪圈屋只有十平方米，就是纳入补偿范围，按照每平方米一千零八十元补偿，也只有一万零八百元。这点儿钱对熊翘壳而言，补不补偿都是小事。但是，一旦给熊翘壳补偿一万零八百元，对滨江居委会来说就是大事了。

“熊翘壳，你家猪圈屋没有办房产证，不在拆迁补偿范围内，与本次拆迁补偿政策搭不上边儿。我现在就明确告诉你，你家的猪圈屋不能纳入拆迁补偿范围。”

“我家的猪圈屋的确没有办房产证，索要拆迁补偿款没有法律依据。但是，谭支书，你听好了，我要求补偿肯定是有道理的。”

“县政府有明文规定，没有办房产证的房屋不给予补偿，你有啥话可说？”

“我不懂法，但是我懂道理。今天我既然敢来找你，肯定是有所准备的，也一定要讨个说法的。自古以来，理在前，法在后，没有法可以讲理。我虽然是一介农民，但我认一个‘理’字。你处理过那么多信访案件，其中有多少件是依法处理的，有多少件是依理处理的，你心里最清楚。公不公平，我们老百姓心中有一杆秤的。”

“我一天那么多事，哪有空闲跟你矫情！所有事情，我都是按照政策办的。”

“谭支书，此言差矣。你身为居委会一把手，就是居委会的干部。所谓干部，就是代表政府替老百姓办事的人。说直白点儿，你就是为人民服务的。因此，你必须设身处地地为月儿山的老百姓着想，对不对？如果你不管我的事，我只好向上级部门反映了。”

“我的老兄，你不要给我施加压力嘛。我每天有那么多事必须处理，每件事我只能公事公办，总不能为你单开后门吧？”

谭铁牛说完，好似想起什么，就把手机扔到桌上，把到嘴边的话咽回去。他晓得熊翘壳虽然平时话不多，但肚子里有货；虽然文化水平不高，但心眼儿多，手机玩得娴熟，尤其喜欢暗中录音。杨脚板、黄端公都偷偷录过他们与谭铁牛的谈话内容，险些让谭铁牛栽跟头。吃一堑长一智。谭铁牛想到这一层，脸色由阴转晴，缓声说道：“既然你这么说，你就把你的道理摆一摆。”

“这种态度就对了嘛。你不是猪脑壳，我也不是狗脑壳。我的道理其实很简单，自古以来，住在农村，家家户户都要养猪养牛，都要集粪肥种庄稼，谁家没有厕所，谁家没有猪圈屋？我家猪圈屋修建十多年了，修建的时候，也没有人说不准修建。我使用了十多年，也没有人不准我使用。村里人都知道，猪圈屋就是我修建的，也由我使用的。”

“这话还用说吗？”

“咱们这里没建设工业园区时，猪圈屋占的那点儿地方不值钱，也没有人说它是违建。现在咱们这里建设工业园区，土地值钱了，就说我的猪圈屋违建了，世界上有这样的道理吗？”

“你不要扯远了，居委会只能按照县政府出台的拆迁政策执行。”

熊翘壳掰着手指头说：“好，我把话说穿了吧。我家猪圈屋就是农民住房的附属物、配套设施、生活必需品，就应该纳入拆迁补偿范围。按照砖木结构房屋补偿标准，每平方米补偿一千零八十块，我家猪圈屋总共十平方米，县政府应该补偿我一万零八百块。”

谭铁牛耐心地解释道：“我说过，居委会只能执行县政府制定的拆迁补偿政策，不在县政府制定的拆迁补偿政策规定范围的建筑，全部按违建房屋处理。关于违建房屋的处置方法是，先通知拆迁户自行处理；拆迁户不予处理的，再由县政府依法强制拆除。”

熊翘壳沉下脸：“不但不补偿我，还要按照违建房屋对待？好吧，既然你把话说到这份儿上了，我也没有什么好说的。我家房屋不同意拆迁，除非你把挖掘机从我身上轧过去！”

“轧——”谭铁牛话到嘴边，立即咽下去。按照目前县政府的拆迁政策，拆迁房屋是否在补偿范围，只能看房屋是否有房产证。没有房产证的建筑物，无论谁家的，都不能擅自补偿。这是拆迁政策的红线，任何人都不能触碰。

熊翘壳的猪圈屋是否算生活必需品、农房附属设施，还是新问题，谭铁牛暂时无法做出决断。因为在月儿山，类似熊翘壳家这样的猪圈屋还有很多，只有极少数猪圈屋有房产证，大多数都没有。如果强制拆除，极有可能引发群体事件。

想到这里，谭铁牛意识到问题的严重性，语气明显缓和不少：“今天算我对你做了一次正式接访。你的诉求，我如实记录在案，并向县政府有关部门反映，你回家等待县政府有关部门的答复好不好？”

熊翘壳站起来，大声说道：“谭铁牛，在月儿山，有人说我狡猾，那是对我的偏见。我其实是最讲理最讲法的人。我的话你应该听进去了，今天我没有白跑一趟。如果罗满江不讲理，我可以跟他争辩。我这个人就是认死理。现在，挖掘机已经摆到我家门口了。我不同意拆，谁都别想动我一寸土地！”

2

熊翘壳走后，谭铁牛陷入沉思。有一件事，熊翘壳没有说出来，其实在给谭铁牛留情面。谭铁牛对此心知肚明。

去年春节，熊翘壳破天荒地提着一块腊肉给谭铁牛拜年，请谭铁牛帮忙办理猪圈屋的房产证。当时谭铁牛压根儿没想到月儿山会被县政府征用，就说建一个猪圈屋，没必要兴师动众，居委会同意就可以。

今天，熊翘壳没有揪着这件事，是给谭铁牛留面子。

想到这里，谭铁牛拨通罗满江的手机。

"喂，罗镇长，你好！我先报喜后报忧。月儿山工业园区建设之初，我讲过，县政府头号工程能落户月儿山，是月儿山、滨江社区、云梯镇千年难遇的大事、喜事。把荒山荒地利用起来，村民不但能获得县政府的补偿，还能转变成居民户口缴纳社保，过上城里人过的日子。村民过去靠天吃饭，愁吃愁穿，现在只需坐享清福了。这就是县政府给村民送福利。这样的好机会，错过了，村民就是大傻子。现在村民欢欣鼓舞，热情高涨，支持县政府的英明决策。村民就像坐上幸福快车，无比开心。你也看见了，开工一个月来，这么大的工程项目，进展得非常顺利。"

谭铁牛一口气说了这么多，目的就是想表功。

"能大把大把地拿到钱，谁还有怨言？"罗满江笑着说。

"几十亿的投资落户滨江社区，几十台挖掘机同时进场，就是三峡移民迁建工程，也没有这么大的阵仗呦！"

"该你们发财嘛。"

"其实吧，我内心是感激的。可惜的是，我前年把老房子卖了，不然也会得到一大笔钱。不过，我现在开始报忧了，因为有人对拆迁补偿的政策不满意了。"

"谁？"

“熊翘壳。他在我这里磨叽半天了，我才把他打发走。”

“你讲讲具体情况。”

谭铁牛一口气把熊翘壳要求滨江居委会把他家的猪圈屋纳入拆迁补偿范围的事情讲了一遍，然后问罗满江：“罗镇长，你基层工作经验丰富，请你就熊翘壳的要求，给我指明方向。”

“他的猪圈屋有多少平方米？”

“十平方米。”

“可以算在房屋拆迁补偿范围内。”罗满江轻描淡写地说。

“什么？是按照住房拆迁政策补偿，还是信访协议补偿？”谭铁牛提高了嗓门。

“按照住房拆迁政策补偿。”

“罗镇长，我知道你的为人，但这种话不能乱说啊。熊翘壳的猪圈屋若按照住房拆迁政策补偿，月儿山会有好多人提出类似的要求，那些猪圈牛圈羊圈可是要花一大笔钱的。”

“你先把熊翘壳的事摆平。明天挖掘机进场，不能耽误工期。其他的事，以后再议。”

“罗镇长，你不能头痛医头，脚痛医脚。你捅了马蜂窝，挨蜇的人是我。这种话，我不敢直接对熊翘壳说，我现在就通知他去你的办公室。”

放下手机，谭铁牛立即用摩托车把熊翘壳载到镇政府。

罗满江的办公室门半开着，里面坐着一个老头，正在自顾自地诉苦。老头感觉罗满江根本没有听他说话，于是又把他刚才说的话重复一遍。

罗满江突然冲老头摆摆手：“您家的事，我清楚。”

老头似乎有些耳背，反问道：“罗镇长，你听明白没有？”

罗满江见谭铁牛站在门口，起身对老头说：“哎呀，您两口子那点儿稀奇古怪的事，全镇人都晓得，我还用听吗？有人来办急事了，您先回去吧。”

“罗镇长，我说了半天，你根本就没听进去。我下回还要来的。”老头不想起身。

罗满江招呼谭铁牛进来，老头才气呼呼地走了。

罗满江客客气气地给谭铁牛、熊翘壳各接了一杯水，然后回到座位上，拿出一份文件，对熊翘壳说：“你家猪圈屋的事，刚才谭支书向我反映过，情况属实，镇政府决定按照宅基地面积给予补偿。”

谭铁牛立即站起来，对熊翘壳说：“罗镇长已经表态了，至于以后镇政府能不能兑现这笔补偿款，不关我的事。”他扭头对罗满江说，“请罗镇长马上派拆迁办的人去熊翘壳家丈量，今天我就把他家猪圈屋的补偿申请呈送给你。”

罗满江没有抬头，貌似认真地在电脑上处理文件。

谭铁牛了解罗满江。罗满江绝对不会轻易做出承诺，但凡承诺了，就会千方百计地兑现。他见罗满江忙于工作，就给熊翘壳使了一个眼色，然后他们脚跟脚地走出去。

熊翘壳坐在摩托车后座上，忍不住问道：“谭支书，你分析一下，罗镇长的承诺有没有水分？”

谭铁牛咬了一下牙：“罗镇长的承诺有没有水分，我不清楚。这是罗镇长对你个人的承诺，与滨江居委会无关。凭我对罗镇长的了解，既然他敢让你报送补偿申请，一定是镇政府领导班子研究决定的。镇政府领导班子决定的事情，一般不会有变化。”

“我看这事有点儿悬。我的猪圈屋补偿了，黄端公的牛圈、杨脚板的鸡圈补偿不补偿？”

谭铁牛“啪”的一下吐了一口痰，把头一甩，说：“你管那么多干吗？这可能是罗镇长为你开的后门。你得到好处，不要到处唱，到时候狐狸没捉住，还惹一身骚。”

熊翘壳心里不踏实，再次提醒谭铁牛：“谭支书，我是在回水沱边长大的，把理字看得很重。有人认为我狡猾，那是十足的偏见。要是罗镇长说话不算数，我就踏破他的铁门槛，把镇政府闹翻天。”

谭铁牛办事向来神速，三两下就搞定了熊翘壳家猪圈屋的现勘工作，半天内就把现勘结果呈送给罗满江。可是等到晚上10点多，罗满江也没有回复他。

他不放心，就给罗满江打电话：“罗镇长睡觉了吗？深夜我还打搅你，失礼，失礼！”

罗满江说：“我刚躺下，你的电话就打过来了。你是不是问熊翘壳猪圈屋补偿的事？县里已经批了，补偿款明天到账。”

“罗镇长，这次审批咋这么快？”

“有钱就快。再说，不快能行吗？县政府抓进度，一天催几次，挖掘机就在熊翘壳家门口候着呢，停一天损失就大了。”

“我还是不明白，熊翘壳的猪圈屋是违建房，县政府为啥能给予补偿？如果违建房都能获得补偿，那么黄端公的牛圈屋、杨脚板的鸡圈屋都要补偿。你我都住过农家房的，也知道谁家都养猪养牛养鸡，谁家都有一块晒谷坝。前年，熊翘壳找到我，要求把他家的猪圈屋办个手续，我觉得没必要。现在看来，我的疏忽害了他。要不是你给他开个后门，把他家的猪圈屋纳入拆迁补偿范围，我这辈子都要欠他一个人情。”

“啥后门？依据县政府会议纪要，我在镇政府领导班子办公会上直截了当地说，熊翘壳的土地是集体的，集体的土地只有使用权，没有所有权。比如，我在你家宅基地上建了一幢房子，居住多年，你我没有异议。后来因为纠纷，你让我归还宅基地，搬离房子。你拒绝搬离。于是，你到法院起诉我。你猜猜，法官会怎么判决？”

“你占了我的宅基地，当然要归还的。”

“错。农村集体土地为集体所有，同一个集体经济组织成员，只享有使用权，没有所有权。这是法律明确规定的。你把自己的宅基地让给我建房子，我就有了宅基地使用权，而你丧失了宅基地使用权。同理，熊翘壳占地建猪圈屋已有十年之久，就可以视为熊翘壳拥有猪圈屋的使用权，纳入拆迁补偿范围没有错。就是起诉到法院，法官也会判熊翘壳胜诉的。”

“我现在只担心一件事，一旦县政府对熊翘壳的猪圈屋予以补偿，其他人闹起来咋办？”

罗满江没有回复，哈欠连天表示要睡了。

谭铁牛不得不挂断电话。

3

昨天罗满江同意支付熊翘壳家猪圈的拆迁补偿款，今天上午熊翘壳就收到了。

不过，熊翘壳没搞明白县政府为什么补偿他，还以为罗满江关照他。当天晚上，他就快速而神秘地搬进镇政府租赁的周转房。

在熊翘壳家门口等待已久的挖掘机司机，早就等得不耐烦了，待熊翘壳取走最后两样家什——扁背和大钉杵，就开始拆房子。

熊翘壳目睹老房子被拆，心里堵得慌，站在院外傻呆呆地看着。挖掘机高高扬起铲斗，一铲斗接一铲斗地挖，如同挖熊翘壳的心。随后“嘭”的一声，铲斗砸向屋脊，就如同砸向熊翘壳的脊背。熊翘壳住了几十年的老房子，转眼之间就被挖掘机掀倒、肢解分割，夷为平地。

不到一个小时，周遭平静下来，但是熊翘壳依旧没有离去的意思。

这栋老房子里，不仅供奉过熊翘壳列祖列宗的牌位，还有他童年、少年、中年的生活痕迹。虽然他的日子过得艰涩，但也有许多快乐。这栋老房子要不是被县政府征用，他将在这里度过晚年。

现在虽然是春天，但从月儿山方向吹来的江风，依旧寒冷刺骨。

熊翘壳把棉袄紧了又紧。

今晚好似有些特别，也有些怪异，少见的月亮竟然冒出来。原本皎洁温馨的月色，在熊翘壳眼里，却变得惨白和凄冷。他望着老房子的四梁八柱变成一堆垃圾，为自己没能守住祖宗基业而痛心。

但是，在国家建设需要与自己微不足道的家业之间，他只能做出这种选择。再者说，他拿到祖遗房产的拆迁补偿款，搬到花园洋房里过好日子，等于自己这辈子打了一场光宗耀祖的翻身仗，还有啥舍不得的呢？

他放下扁背、大钉杵，双膝跪地，冲废墟磕了三个响头，额头和胸前沾满泥土，高喊一声：“对不起了！”可是，想过、喊过、跪过之后，他还是泪流满面。

半夜，脚下如坠铅的熊翘壳，步履蹒跚地离开老宅，甚至心里还有一种被人强行赶出家门、赶出村庄、赶出月儿山的失落感。他像从山上走下来的背脚子一样，疲惫不堪、失魂落魄地回到周转房。

第二天，熊翘壳又独自回到老宅，看看工业园区的建设情况。

工业园区的建设正在加速推进，三十多台挖掘机，昼夜不停地作业；运输泥土的十轮大卡车，在工地上不停地往来穿梭……

月儿山山头已经被削去一半。

“月儿山变成月儿坝，建工厂，自己还可以进厂当工人，赚稳定的工资。想不到我穷了大半辈子，还有这么好的运气，摇身一变，从农民变成工人。” 熊翘壳一边想着，一边在工地上到处转悠。

他来这里的目的，一是看热闹，二是想找包工头揽点活儿。

熊翘壳突然搬家，让乡亲们惊讶不已，两个亲戚还向熊翘壳打听其中缘由。可是，熊翘壳始终顾左右而言他。

下午，谭铁牛骑着摩托车上班。

月儿山工业园区开工后，返乡的人多了，滨江社区成了人气最旺的地方。返乡的男女老少，有的喜欢在社区坝子上逗留，打听关于房屋拆迁补偿的消息；有的喜欢在体育健身器材上锻炼，貌似想好好享受这样安逸的城市生活。

好静不好动的黄端公，也开始晨跑了。

其实，黄端公看似在锻炼身体，实则在等候谭铁牛。

谭铁牛走进办公室，黄端公随后跟进去。

“门头，我要向你反映一件事。”黄端公最近给谭铁牛取了个外号“门头”。这个外号的含义，黄端公在一次居民会议上讲得很清楚，“如今月儿山工业园区开建，这是云梯镇千年难遇的大喜事。居委会好多工作，全靠谭铁牛解决；滨江社区居民的大事小情，全靠谭铁牛张罗；凡是操心的事、烦心的事，只要找到谭铁牛，就等于找到依靠。谭铁牛就是滨江社区的门神”。

于是，“门头”的外号，就在居民中间传开了。

谭铁牛上下打量黄端公：“你又有啥事儿？差钱吗？”

“现在我啥都差，就是不差钱。” 黄端公一屁股坐在谭铁牛对面。

谭铁牛瞥了黄端公一眼：“把身体保养好，多活几年，不然到手的二十万元，就可能变成别人的喽。人没了，钱还在，再有钱有个屁用！”

黄端公没有接谭铁牛的话茬儿，而是说：“县政府这次投资几十亿元搞工业园区，真是大手笔。我活了近一个甲子，哪见过这等大事！几十台挖掘机昼夜不停地挖，上百辆大卡车连轴转，眼看月儿山就要被荡平了。”

谭铁牛不耐烦地摆摆手：“我一天有这么多事要做，没时间听你抒情。你究竟想说啥？”

黄端公往前凑了凑：“我是真心赞美县政府领导的英明决策。

县政府在我们这里建设工业园区，真是神来之笔。我虽然得到二十万元拆迁补偿款，但那是我用祖产换来的。卖祖产换钱，那是不光彩的，我是迫不得已才搬离的。我现在想向你学习，在云梯街买栋房子居住，再也不回月儿山了，那里是既让我伤心又丢不下的地方。”

谭铁牛说：“有啥丢不下的？过去卖不上价的时候，你白送我，我都不要。”

“可是现在那地方值钱了。”

“值钱，还不是靠国家给我们的好政策嘛！你我做梦都想不到，月儿山这座荒山，竟然变成工业园区了。”

“我凭良心说话，得到拆迁补偿款，还能缴纳社保，六十岁就能领取退休金。我做了大半辈子农民，啥都想过，就是没想过自己还能退休。”

“所以嘛，我们得感谢县政府。”

“门头，县政府投入那么多钱，把鸟不拉屎的月儿山，变成如今的金山银山。我祖祖辈辈当农民，发水财，发旱财，哪曾想发过工业财？”

谭铁牛实在不想再听黄端公的矫情话了，伸长脖子问道：“今天你就想跟我说这件事？”

“门头，你不要急嘛。” 黄端公正了正身子，“我是二十世纪八十年代的初中生，是月儿山有文化有见地的知识分子。你且听我慢慢道来嘛。”

“你没看见我手头上的工作都扎堆了吗？我哪有时间跟你闲扯！” 谭铁牛一下子靠在椅背上。

“好，我直奔主题。我坚决拥护县政府功在当代、利在千秋的富民政策。县政府不建这个工业园区，就没有我今天的幸福生活。但是，有一件事，我百思不得其解，想向你请教一二。”黄端公说完，紧紧盯着谭铁牛。

“你有话就直说呗，绕来绕去的干啥？”

黄端公想了想：“昨天我大女儿黄鹂打电话，向我诉苦。”

“她是大老板，还有什么苦可诉？”

“她咋不苦呢，自从她嫁到婆家到现在，还没分到承包地呢。”

谭铁牛突然明白黄端公的真实意图了，神经顿时绷紧。

“虽然黄鹂的户口迁走十多年了，但她嫁到对岸后，一直没有分到承包地。”黄端公说完扇了自己一嘴巴，“都怪我一时疏忽，铸成大错。黄鹂不说，我还蒙在鼓里呢。我这个当爹的失职呀。你最了解黄鹂，她尊重长辈，孝敬父母。她说起这件事就哭。哎呀，你说我这个当爹的称职不？关键时刻，竟然把女儿应有的权利忘掉了。”

黄端公说到这里，竟然低头抹眼泪。

“黄鹂不是一直在外打工嘛，她要承包地干吗？年轻人有几个在家务农的？黄端公，你说句实话，黄鹂是不是就等着这点儿拆迁补偿款活命呢？”

“那还不至于。但是，黄鹂还是月儿山集体经济组织成员啊。”

“你以为工业园区是你家开的银行？”

“门头，黄鹂的孝顺是大家公认的。她每年都给我寄钱，巴心巴肠的。在月儿山乃至云梯镇，所有人对我家人的评价只有两个‘最’字，一是最重情重义，二是最讲理讲法。我活了将近一个甲子，从未给村委会、镇政府添过麻烦。昨天，杨脚板和熊翘壳约我去县政府上访，我一口拒绝了。我相信镇政府，相信滨江居委会，相信谭支书。”

“你到底想干什么？”

“我不想干什么，也干不了什么。我就是微不足道的老百姓，从不愿意给别人添麻烦。独立自主，自力更生，一直是我的人生信条。现在，我大女儿要拆迁补偿款。你说说看，就为这点儿拆迁补偿款，我们一家人能与滨江居委会反目成仇吗？能闹上法庭吗？不可能！这件事，对于滨江居委会和镇政府、县政府来说，就是芝麻大的小事，但对于我家人来说，却是天大的事。为了这件事，我现在吃不香睡不好，心头如有蚂蚁在爬。原本和睦的家庭，却为这点儿拆迁补偿款闹得鸡飞狗跳，要是传出去，县委书记和县长都会笑掉大牙。我家出丑是小事，滨江居委会出丑才是大事！”

“你咋想的？”

“这次还得靠门头解决。工业园区占了我家田地房屋，把我家连根拔起。以后我家人的根都没有了，好可怜啊。”

“黄端公，你少在我面前哭穷。说实话，你的这个诉求，我还没有认真研究过，我得请示镇政府的领导。”

“你就是我家的门神爷，你得替我出头。我听说了，熊翘壳的违建猪圈屋，县政府都给予补偿了，我这点儿小钱，你务必争取一下。”

“黄鹂绝不差这点儿钱。”

“此言差矣。按说她确实不差两万块钱。但是，县政府不补偿与她不差钱是两码事。她要求县政府补偿，理由有二：其一，这是她依理依法所得；其二，这笔钱能了却她的乡愁。”

“好，好，你家的特殊情况，我必须向镇政府领导如实反映。但我要提醒你，你大女儿是否符合农嫁女依然保留原地集体经济组织成员资格，镇政府肯定要调查的。再者说，签订拆迁补偿协议时，你没有提出这个要求。拆迁补偿协议签订了，你才想起这档子事。你这么做，不是给滨江居委会出难题嘛！”

黄端公站起来说：“我管不了那么多了，镇政府想调查就调查。你提醒我的事，我记下了。现在我也提醒你，我全家人誓死捍卫自己的合法权益。在此事处理好之前，拆迁队不能动我的田地房屋，否则，拆迁队再牛，也牛不过我这个穿草鞋的农民。我可不是熊翘壳那样轻易被人拿捏的人。”他说完走到门口，转身吼道，“我可以不要命，我的命，谁想拿就拿去！”

黄端公回家后，就把祖遗的扁背和大钉杵找出来，洗干净后，放在打谷坝的中央供奉起来。

祖遗扁背，虽然简陋，却是黄端公祖上背运锅巴盐的工具。只要扁背在肩，全家人就不会饿肚子。他爷爷在抗日战争时期，背着它走遍大半个中国。它是他爷爷一辈子的骄傲，也是他的骄傲。所以，它在黄家人眼里，在月儿山人眼里，都是一件圣物。

黄端公把扁背供奉起来，月儿山人就知道，他这是在宣示自己的领地。

挖掘机司机见到扁背，也会退避三舍。

4

黄端公闹事，把罗满江急得如热锅上的蚂蚁。

看黄端公的架势，拿不到大女儿那份拆迁补偿款绝不罢休。

熊翘壳的房子拆除后，整个工业园区，只剩下黄端公和杨脚板两家未拆。杨脚板的房子在月儿山山脚下，黄端公的房子在月儿山半山腰，这两颗钉子不拔除，势必影响工业园区建设进度。

镇党委会研究决定，由罗满江牵头，组成“黄端公信访化解专案组”，点对点解决问题。

黄端公能如此大张旗鼓地闹，肯定咨询过律师了。罗满江不想打无把握之仗，当天便安排镇政府的法律顾问乘船过江，调查黄端公大女儿家庭联产承包责任田的情况。

调查结果令罗满江心里如十五个吊桶打水——七上八下。当天夜里，他通知滨江居委会干部到他的办公室开会。

与会人员到齐后，罗满江说：“根据我的调查，黄鹂出嫁之前，她婆家已经参与了第一轮土地承包，且只报了她丈夫和她婆婆两个人。黄鹂嫁过去后，村委会的确没有给她分配承包地。”

谭铁牛把头一仰，说：“既然黄鹂没有分配承包地，实际上她还是月儿山的人，看来县政府应该给予她一定的补偿。”

罗满江没有搭理谭铁牛，按照自己的思路往下说：“村民反映了一个新情况。黄鹂一家人早就搬到温州了。两口子倒是挺能干的，不但在温州买了房子、车子，还开了一家公司，日子过得风生水起。黄端公平时没少把黄鹂抬出来显摆嘛。像黄鹂这种情况，大家讨论一下，到底应该怎么处理。”

与会人员头一次遇到这样的问题，都不知道怎么解决。

谭铁牛突然说话了：“既然镇政府的调查结果出来了，咱们就得承认。黄鹂在婆家没有承包地，按照惯例，她还属于月儿山的人，应该纳入拆迁补偿名单。”

对于谭铁牛的建议，罗满江不置可否，拿起一本书说：“我查阅了法律条文，也咨询过律师。像黄鹂这种情况，全家人搬走多年，虽然户口还在村里，但事实上已经在城里定居，且有稳定的收入。她对她的承包地，也没有尽到应尽的义务嘛。”

对于罗满江的话，谭铁牛不以为然，歪着大脑袋，嘟着大嘴，瞥了罗满江一眼：“罗镇长，黄鹂迁居外地，对承包地尽没尽义务，不是我们不补偿她的理由。”

罗满江闭上眼睛，双手握拳，轻轻击打额头。

整个会场陷入静默状态。

突然，罗满江用沙哑着声音说：“谭支书，麻烦你给黄鹂打电话。你告诉她，家里拆迁，把她纳入拆迁补偿名单，请她三天内回来签订拆迁协议、接受安置、领取拆迁补偿款，超过时限视为自动弃权。注意，你们的通话全程录音，留作证据。”

谭铁牛掏出手机，一边嘀咕一边拨打黄鹂的手机：“镇政府做事应该光明正大，跟老百姓打交道，没必要藏着掖着。”

电话接通后，谭铁牛把手机放在会议桌上，开启外放功能。

“喂，是黄鹂侄女吗？我是滨江居委会党支部书记谭铁牛。你最近怎么样呀？这么久也不回家，你是不是赚到大钱了？”

黄鹂说：“哈哈，是叔叔啊，我们好久不见了，今年春节我一定回去看您。钱嘛，肯定能赚一点了。今年我承包一个小工程，象征性地赚了一点生活费。”

“象征性地赚了一点生活费？快拉倒吧。你说实话，今年进账到底是多少？”

“哎呀，叔叔，您莫问嘛，反正比您的年薪多。”

“我一年打干除尽三万块钱，我敢跟你比？”

“叔叔，不瞒您说，今年我赚的钱嘛，要在您年薪后面加两个零。”

听到这里，与会人员都惊讶得张大嘴巴，只有罗满江把头扭到一边。

“侄女呀，你赚这么多钱，今年春节回来，必须给你爹包个大红包。”

“我爹不差钱，我一直按时给他寄钱呢。”

“侄女，我有件事跟你说。”

“您说吧。”

“你应该听说了，县政府决定在月儿山建设工业园区。你家的房子、田地在征收范围内。”

“我知道这件事。叔叔，那些破房子烂地，县政府想征收就征收吧，反正一年也赚不了几个钱。”

“据我了解，你出嫁十多年了，在婆家也没有分到承包地。滨江居委会没有忘记这件事，把你纳入拆迁补偿名单。拆迁补偿款不多，只有两万六千元。你要领取这笔钱，必须回来亲自签字确认，同意接受安置。三天内你能回来吗？”

“叔叔，我忙得要死，哪有时间回去。这点儿钱，我不要了。”

“侄女，两万六千元，也不少呢。你要是看不上，领到手后给你爹，就当作你给你爹的拜年红包。”

“叔叔，你的好意，我心领了。再者说，我从月儿山嫁出去十多年了，娘家婆家的东西，我都没指望。我靠自己的本事挣钱，日子还算过得去。拆迁补偿的事，我家里人得到就行了。我那份，就留给滨江社区集体使用吧，就算我对家乡建设做点儿贡献。”

“侄女，一旦你家老房子拆了，今后你回来肯定看不到了，小时候玩耍的地方也会大变样了。你还是回来一趟吧，拍照留个纪念，解一解乡愁。”

“哈哈，叔叔真会开玩笑。我在外面，的确思念家乡，但说乡愁就太高大上了，我还没想到那个层面呢。您也知道，我家过去很穷，月儿山的人都穷，啥乡愁不乡愁的，填不饱肚子才是真愁呢。”

“你发财了，肯定不会要这点儿拆迁补偿款，但是你爹肯定想要吧？大侄女，既然你决定放弃这笔拆迁补偿款，就麻烦你做做你爹的思想工作，不然他总是找我们闹，我们真受不了啊。”

“叔叔，我写一份放弃拆迁补偿款声明书，今天就给您快递过去。我爹的思想工作我去做，他差钱差粮我补给他。就这样吧，我有事，先挂了。”

手机听筒里传出阵阵忙音。

谭铁牛呆呆地望着罗满江，好一阵子才说话：“罗镇长，我真没想到，一个电话就把这件头疼的事情轻松解决了。你咋就想到黄鹂能放弃这笔拆迁补偿款呢？”

罗满江盯着电脑显示屏，嘴唇嚅动几下，没有说话。

难题得到圆满解决，谭铁牛和滨江居委会干部便起身向罗满江告辞。

罗满江把他们送至镇政府大门口，拍了拍谭铁牛的后背，说道：“这叫一把钥匙开一把锁。我们做基层工作，就是走一步看一步，哪有包打天下的绝招！你我费尽九牛二虎之力都搞不定的事，换个思路换一个人，就能轻松摆平。”

5

黄端公正在准备对抗拆迁队时，却接到大女儿黄鹂的电话。黄鹂告诉他，她自愿放弃拆迁补偿款。

两万六千元钱，黄鹂说不要就不要了，令黄端公困惑不解。他知道，黄鹂从小抠财积钱，这么一大笔拆迁补偿款不可能甩手不要了。但这个决定，是黄鹂亲口告诉他的，如果他再坚持，就没啥意思了。

他昨天因为这件事，把滨江居委会闹得鸡飞狗跳，今天就偃旗息鼓了，不是给谭铁牛出了一道难题吗？

他突然意识到，黄鹂之所以放弃这笔拆迁补偿款，肯定是谭铁牛从中搞鬼。于是，他拨通谭铁牛的手机。

“谭支书，我真没想到，你竟然把统战工作做到我家里来了。”

“老黄，我哪会做什么统战工作啊，我只是按照你的诉求办事嘛。”

“我的诉求就是要求镇政府给黄鹂申请一笔拆迁补偿款。”

“是啊，镇政府已经同意给黄鹂申请一笔拆迁补偿款了，可是黄鹂不愿意回来签订拆迁协议啊。”

“我可以代替黄鹂签订拆迁协议，领取黄鹂那份拆迁补偿款。你说实话，你使的啥阴谋诡计，逼迫黄鹂放弃了？”

“放弃拆迁补偿款是黄鹂自己决定的，没有人逼迫她。电话确实是我打的，但是，我没有要求黄鹂放弃拆迁补偿款，而是通知她回来签订拆迁协议。黄端公，嘴是两张皮，咋说都不稀奇。你这么说，就是冤枉我。我是滨江居委会党支部书记，大小也是国家干部，只要涉及滨江社区居民的切身利益，我都会尽力维护。坑人害人的事，我一辈子都不会做。”

“我就不信黄鹂能无故放弃两万六千元拆迁补偿款，这里面一定有人做手脚。”

“你可以跟黄鹂对质嘛。”

“哎呀，我看还是算了吧，对啥质哟。你们能让黄鹂放弃拆迁补偿款，是你们的本事。这件事是黄鹂自己决定的，只要她今后对我这个当爹的没有怨言就行。”

“既然你把话说到这分上了，我也突然开窍了。人呢，会变的。我们小时候，家家户户都穷时，莫说黄鹂抠门，你不抠门？杨脚板不抠门？熊翘壳不抠门？其实我也抠门。不是我们格局小，而是我们手里真的缺钱。但是，现在世道变了。黄鹂在外面做生意，从打工仔变成大老板，不差钱，思想觉悟自然就提高了。我分析得对不对，你自己琢磨。就这件事而言，你我好像都成了井底之蛙，看不到外面的发展形势。”

“算我脑筋不转弯吧，黄鹂自愿放弃拆迁补偿款，我也没啥好说的。她还承诺给我寄钱，支持我在云梯街开茶馆，服务游客。”

“你若到云梯街开茶馆，我替你想个好名字，叫‘老瓦片茶馆’，如何？”

“就依你这个名字。你我都是云梯街上的老瓦片，事情既然到了这种地步，我还有啥说的？我今天就搬家。家里也没啥值钱的东西，我爷爷留下来的扁背和大钉杵，我要带走。你现在不是搞背盐汉子表演队嘛，我也想加入，非遗传承嘛。”

“欢迎。老黄，我还有几句话要说。你我都是五十开外的人，半截身子埋进土里了，要知天命。我还是那句话，工业园区落户月儿山，就是我们祖坟冒了青烟。这种荒山荒坡还能卖出钱，瓦片都掉光的木房子，还能得到补偿，我们还能转城镇户口、缴纳社保，年轻人还能进厂当工人；政府给我们建造楼房、学校、养老中心，多好的事情啊。月儿山人，摇身一变，从农民到居民，离开乡村进入城镇，六十岁就能领养老金，你我做梦都无法想到还有这种美事。黄鹂为啥支持县政府搞拆迁？因为她看得比我们远。这次你解决了社保大事，以后在养老方面，岂不是让黄鹂省钱省心？父母能不能老有所养，就是在外游子最大的乡愁嘛。”

“从这个角度分析，黄鹂的确比我们棋高一着。”

“是县政府替她解决了未来的难题。我们不妨从她的角度思考，她支持你、支持月儿山工业园区建设，其实也是支持她自己。我们都小瞧她了，她其实很不简单。从这次处理拆迁补偿款这件事情来看，她是具有远见卓识的。”

“我老了，跟不上时代步伐，想不了那么多喽！”

“老黄，你我身体条件还行，就是思想跟不上时代了。我还想拜托你做一件事。月儿山工业园区开工以来，扯皮撩筋的事不断，三更半夜还有人给我打电话，让我吃不好睡不香。但我认为谁家都有急事、难事，我当这个书记，社区里每家的事就得管。到目前为止，熊翘壳和你家拆迁补偿的事情已经处理好了，月儿山也挖掉一半，但是杨脚板一直在闹，如果你碰见他，就给他捎句话。好汉不吃眼前亏，他再这样闹下去，结果只能是竹篮打水一场空。月儿山那么大，不差他家两间宅基地，县政府实在拆不下去就不拆了，修一垛墙隔开，丝毫不影响工业园区建设。我是滨江居委会党支部书记，你也送给我‘门头’的外号。我要当好这个门神，只能把每家每户照看好。在政策允许范围内，为大家争取最大限度的利益，我才能问心无愧。明知有人要跳崖，不伸手拉一把，我心里比谁都难受。”

黄端公一家人当天就搬进镇政府租赁的周转房。

第二天早上，天麻麻亮，喜欢晨跑的黄端公刚开门，便看见杨脚板站在门口。

杨脚板黑着脸，头发散乱，山羊胡子上还沾着灰尘。

黄端公赶紧问道："杨脚板，你咋弄得像个鬼？吓我一跳！这么早，你找我有事？"

"到你家躲一会儿。"

"你杀人了，还是放火了？"

"你明知故问，谭铁牛和罗满江一天到晚都在堵我。"

"还是拆迁的事？"

"老黄啊，在月儿山老一辈人中，就数我们文化水平高。这次你必须听我的，绝对不能同意拆房子卖土地。月儿山的人，世世代代就靠这团土度命呢，如果度命的那团土没了，政策再有变化，我们又没有啥亲戚做靠山，那时我们叫天天不应，叫地地不灵，喝西北风去？房子没了，土地没了，只有打光脚板喽。"

"我不赞同你的说法。因为社会只能变好，不能变糟，政府不会让我打光脚板的。"

"你答应他们了？"

"实话告诉你吧，我思量再三，同意拆迁了。"

"你真是个猴精，黄鹂的拆迁补偿款闹到手了吧？"

"我把自己搞得灰头土脸的，没想到黄鹂自愿放弃了。"

"还有这等事？"

"通过这件事，我反思很久，也开始后悔自己不该闹这一出。老杨，工业园区落户月儿山，上千口人都得到了县政府的拆迁补偿款，都拿着这笔钱发财去了，就剩下你还在那里死磕。你想死磕，首先你得会磕，不然你只能磕死。"

"我最讨厌左右摇摆的人。我们过去遇到麻烦，都商量着办。最近你怎么了，做什么事情，事先都不跟我通气了，为什么？在月儿山建设工业园区，我举双手赞成，决不当绊脚石。可是，县政府也应该替我们老百姓想一想。这次县政府拿走的是我们的基本生产资料，剥夺我们的生存权。我和你对天下大势的把握，对国家政策的理解，就不在一个层次上。你被眼前利益蒙住双眼了。我再提醒你一句，政策肯定会变的，到时候有你哭的。”

“我也在观望呢，但是我相信，国家的政策只能越变越好。”

“我们都没长天眼，谁都看不了那么远。”

“啧啧，我们这点儿理解政策的水平，也就那么回事儿，你也别把自己抬到天花板上，否则会摔死的。我觉得，我们还是现实一点儿比较好。我这个人虽然倔，但听人劝。谭铁牛的一些话，我还是觉得在理。你为啥还看不懂想不通呢？拉屎不生蛆的月儿山，守它就是守穷，凭我们这点儿能耐，还想靠那团土发家致富，白日做梦吧！我绝不是左右摇摆的人，可是，好汉不吃眼前亏，县政府建设这么大的工业园区，我们不能雁过拔毛，也不能竹篮打水一场空。全国因为拆迁闹事的人还少吗？那些人漫天要价，最后结局如何，你不是不知道。拆迁也是投资行为，县政府如果认为不合适，惹不起躲得起，大不了不拆了，砌一堵墙隔开，最后把你的房子变成死角。到那时候，别人住花园洋房、领退休金、泡茶馆、遛狗，你一家人只能窝在原地怄气。”

“我不愿听你讲大道理。你让我进屋，我们细聊。”

“杨脚板，我再次奉劝你，别的事好说，要是卡月儿山工业园区油水的事，我不想跟你瞎掺和。我的屋，你最好不要进，免得别人说闲话。”

“谭铁牛给你灌了多少迷魂汤？”

“我觉得谭铁牛说得很实在，起码没有坑害我。”

“好你个黄端公，我们穿叉叉裤从小一起长大，你怎么说翻脸就翻脸？你知道他们在干什么吗？他们要把我们赶出家园、赶出村子，掘我们祖坟、拆我们老房、毁我们生路，是可忍，孰不可忍！”

黄端公见杨脚板不死心，担心在自己家门口把事闹大，传出去不好解释。他见四下无人，让杨脚板赶紧进屋。

此时，黄端公心里擂着鼓，总觉得自己与杨脚板搅和在一起不妥。谭铁牛托付他的事，他还得办，即使办不了，也绝不能得罪谭铁牛。

黄端公站在门口，不停地向月儿山工业园区方向张望。

黄端公妻子在里屋迷迷糊糊地问道："是哪个阎罗王大清早的来催命？月儿山谁都可以进我家，就是杨脚板不行！"

杨脚板听黄端公妻子这么说，就站下了。

黄端公一脸木然地转头看着邋遢的杨脚板。

杨脚板丝毫没有离开的意思，也没觉得尴尬。他认定黄端公绝对不会赶他走，但是不知道黄端公对月儿山工业园区是什么态度。

黄端公对月儿山工业园区的态度，有时阳光灿烂，有时阴云密布，有时兴奋，有时沮丧。

黄端公兴奋的是，自己现在脱贫致富，吃穿不愁，每天还有大把时间去月儿山工业园区工地转悠。月儿山工业园区炮声隆隆，挖掘机、推土机、运土车，扬起阵阵灰尘。无比熟悉的村庄，在他眼皮底下，正在发生巨变。半年的光景，就有三家工厂入驻。他仿佛看到如同出入自己家一样随便出入的厂房。

他沮丧的是，自从移山填溪以来，那些挖掘机彻夜不停地挖掘，绿色的月儿山变成黄色的月儿坝；那条清澈见底、鱼儿嬉戏的月儿溪两岸，出现毫无生机的河堤。月儿溪里的水浑浊不堪，仿佛是他殷红的血和伤心的老泪。

满腹心事的黄端公，阴沉着脸，给杨脚板倒了一碗阴米茶，随口问道："听说最近你一直在暗中鼓动月儿山村民与县政府为敌？"

杨脚板纠正道："我不是与县政府为敌，而是要和良心被狗吃掉的拆迁队战斗到底。"

"你不是和拆迁队斗，而是和县政府斗呢。我不知道你这样斗下去的意义何在！"

杨脚板见黄端公这么说，拿筷子的手突然抖动一下，随即把浮在表面上的浮沫挑出来狠狠地甩到地上。

最后，他干脆把筷子撂在桌上："该补偿我的，县政府都补偿了，我也没啥可说的。但是，我就不愿意把祖宗传给我的东西弄丢了。我也知道对抗县政府毫无胜算，但是我就想试试。这是我的自由。"

"我最近一直琢磨你做的那些事，怎么总感觉哪里不对劲呢？刚才听了你的话，我终于明白了。我说你固执算轻的了，你简直就是偏执！"

杨脚板嘴角微微嚅动一下，放下茶碗，盯着黄端公："我孙子前天在他姥姥家出生了，我还没来得及向你报喜呢。"

"啊，你抱孙子了？嘿，添人进口，当然是好事，满月酒还是要泡起的。"

"孙子出生，就意味着打乱了我的全盘计划。你是饱汉子不知饿汉子饥，根本无法体会'宁送一斗，不添一口'的苦衷！"

"杨脚板，我们只读到初中好吗？没有必要把话说得文绉绉的。"

"我还不是跟你学的嘛。算了，不说了。最近我们有些问题总是说不到一起去。我迷瞪一会儿，你还没吃早饭吧？顺便给我弄碗面条。我折腾一宿了，累了，也饿了。"杨脚板扯过枕头躺下，不再搭理黄端公。

"你四处扇阴风点鬼火，把谭支书气得心慌。他为你家的破事，吃不好睡不香。他这么做，还不是希望你得到好处嘛。有些事情，你要学会换位思考。你闹腾一阵，啥都没捞到，何必呢？"黄端公还在数落杨脚板。

"我孙子的社保问题不解决，我就不签字。"杨脚板突然睁开眼睛吼道。

"你孙子前天才生的，你就要社保？你是不是想得太远了？

你把自己和儿子两代人的事情做好就行啦，孙子属于第三代人，管他干吗？再者说，像你孙子这种情况，没有政策支持，哪个领导敢答应？”黄端公气得呼呼喘气。

“狗屁政策！我问你，熊翘壳多吃多占，符合政策规定吗？这里面是否有送钱走后门的情况？”杨脚板指着黄端公的鼻子问。

“没有根据的事不要乱说，小心谭铁牛告你诬陷。熊翘壳的猪圈屋得到补偿，好像有法律依据。”

“熊翘壳的猪圈屋得到补偿，有法律依据？哪家的法律？”

黄端公话锋一转：“这个问题涉及法律，比较复杂，我也搞不懂。现在我跟你谈的是你孙子的社保问题。”

“房子没了，地也没了，我一家人现在连立足之地都没有。我孙子现在小,可是他长大了靠什么生活？”杨脚板忧心忡忡地说。

“县政府承诺过，每家每户都有一个进厂工作的名额。”黄端公说。

“我家只有一个名额，肯定给我儿子，我儿媳妇、孙子怎么办？他们要吃饭要穿衣，孙子大了还要上学读书。我家以前还有一团土，至少不缺吃的。现在我家一无所有，他们靠什么活命？”

“我们这辈人不管下辈人的事，想那么远干啥？再者说，县政府只征收你家两间破房子，还能管你家世世代代？有一点我们应该看清楚，国家只能越来越强大，分给老百姓的红利只会越来越多。一代人有一代人的福气，说不定你孙子比你过得还好呢。”

“我家和你家的情况完全不同。你家女儿争气，不用你操心。我儿子没啥出息，我不管他能行吗？儿子啃我，我没办法，难道孙子还要啃我？我这把老骨头也啃不了几口喽。”

“你确定你孙子会啃你？”

“我儿子没啥本事，安排他学手艺，他非得去打工，打工就好好打工吧，他却睡懒觉，被厂长开除了。让他送外卖，他又吃不了那份苦，只得打道回府。像他这样人的后代能好到哪里去？

唉，我家是一代人不如一代人。”

“还不是你从小娇惯的！”

“哎呀，过去的事就不要提了，我现在是火石落脚背，晓得痛了。娇生惯养的子女都是那副德行。”

“我看未必。我家黄鹂就不啃老，还养我老。”

“我不想和你争论了。面条做好没有？”

6

黄端公和杨脚板坐在灶屋吃面条时，谭铁牛给黄端公打来电话：“老黄，杨脚板跑到你家里去了没有？”

黄端公瞅瞅杨脚板，见杨脚板连连摆手，就说道：“他没来。”

谭铁牛呵斥道：“你放屁，刚才有人看到杨脚板在你家吃面条呢。”

黄端公顿时没了胃口，把碗往灶上一蹾，眯缝着眼睛望着杨脚板。

月儿山没有不透风的墙。既然有人看到杨脚板在自己家里吃面条，黄端公只好承认。

“你让杨脚板接电话。”谭铁牛吼道。

当黄端公把手机递给杨脚板时，杨脚板却不接。杨脚板不慌不忙地抽出一张餐巾纸，擦了擦嘴巴，捋了捋山羊胡子，然后推开黄端公的手，起身扬长而去。

杨脚板竟然在黄端公面前摆谱。

黄端公心里不是滋味儿，感觉自己两头不讨好。他知道谭铁牛不会放过杨脚板，如果杨脚板再胡闹下去，怕是要吃大亏了。

黄端公当然了解杨脚板的脾气。杨脚板没有金刚钻，绝对不敢揽瓷器活儿。杨脚板是月儿山远近闻名的石匠，他做的水缸、石磨、碾子、碓窝、石础，造的地基，修的圈坟，全镇无人能比。

同时，他还争强好胜，凡事都想做到第一。就因为他的这些优点，他在一次村主任换届选举时成为谭铁牛的劲敌。虽然他最后落选，但他并不认输。

杨脚板的另一面，就是眼里揉不得沙子。只要他跟别人较上劲儿，即便明知道自己错了，也必须拗着来。就拿这次月儿山拆迁来说，别人都知道这是翻身的好机会，连没有纳入拆迁范围的人，都想办法争取拆迁，闹点事儿、找点碴儿，目的就是争点利。可是杨脚板不一样，他以各种理由拒绝与拆迁办的人谈判，甚至不惜拿孙子社保问题难为拆迁办的人。其实，他并不是想多要点拆迁补偿款，而是看到拆迁办的人就来气。这就是他性格中的死结——多数人看不懂的死结。

第二天清早，谭铁牛骑着摩托车，载着罗满江，来到黄端公家。

领导上门，黄端公立即泡茶招待。

黄端公一直研究茶道，对茶道颇有心得。他一边泡茶一边说："泡茶也是一门学问，我想在云梯街开一家茶馆。"

"你的茶馆营业，我就是你的第一位顾客。"谭铁牛看好黄端公的茶艺。

闲聊几句后，谭铁牛直奔主题："老黄，周转房住着还舒适吧？"

"舒适是舒适，但房子毕竟不是我自己的。"

"你放心，拆迁户的安置房建造速度非常快，年底就能交房。那个社区的房子品质可是全镇最好的，全框架结构，抗八级地震，楼下有花园，还有幼儿园、小学、医院，各种生活配套设施一应俱全。县政府啊，就是把你们当成祖宗一样供奉。"谭铁牛说，"罗镇长今天就是来看望你们的。"

黄端公拿起烟盒，抽出一支香烟递给罗满江。罗满江摆摆手，说他不想抽烟。

谭铁牛站起来，指着杨脚板老房子方向："你最清楚，县政府为了加快月儿山工业园区建设速度，拆迁补偿款支付是非常及时的。月儿山工业园区是三峡移民的配套工程，是对革命老区、特困山区、少数民族地区的扶贫项目。但是，杨脚板却不领情。"

黄端公的弯刀脸上霎时涌现一层愁云。

谭铁牛睁大眼睛，盯着黄端公："昨天他跟你说啥了？"

黄端公突然反感谭铁牛审问般的谈话方式，冷冷地说道："昨天他根本就没有说话，也不想接你的电话。"

得知杨脚板是这种态度，谭铁牛有些烦躁，伸出粗大的手，指着黄端公："老黄，月儿山工业园区将有百余家企业入驻。事情到了这个节骨眼儿上，县政府能因为杨脚板的无理取闹就妥协吗？只要月儿山工业园区发展起来，什么就业呀、农副产品销售呀、房地产呀、旅游呀，都能一并解决了。杨脚板这么闹，就是阻挠滨江社区人发家致富！"

黄端公听谭铁牛这么说，身子抖动一下，立即坐直身子，脸上愁云顿时飘散，却呈现冷峻之色。他望着罗满江："谭支书此言差矣。"

黄端公看看谭铁牛、罗满江，取出一支烟点燃，猛吸几口："我们应该支持国家建设，但县政府、镇政府是不是也应该尊重我们的合法权利？"

谭铁牛"呼"的一下站起来，摊开大手，对罗满江说："你说句公道话，难道我这么说有啥不妥吗？眼下的大好形势，难道杨脚板看不到吗？我这么做，是为他好，还是坑害他？"

谭铁牛已经按捺不住愤怒的情绪，指着黄端公的脸吼道："你和杨脚板昨天怎么串通的？"

黄端公见谭铁牛指着自己，鬼火乱冒，也站起来指着谭铁牛吼道："你这么说，就是侮辱我的人格。他是他，我是我，羊不跟狗搭伙。”

罗满江待黄端公说完，就挥手示意他们坐下，但是没有表态。

谭铁牛此时多么希望罗满江站出来，谴责杨脚板的自私行为。可是，罗满江只是让黄端公递给自己一支香烟。

罗满江慢悠悠地点燃香烟，轻轻吸一口，然后又大口大口地吸起来。

罗满江意识到，杨脚板此举的负面影响非同小可。他心里其实比任何人都着急，但又不能自乱阵脚。目前这种僵局，该如何破解，他心里没底。

谭铁牛作为滨江居委会党支部书记，这种工作热情值得肯定。但是，他性子急，说话过于直率，反倒会伤人，不利于化解矛盾。

罗满江还意识到，他遇上了云梯镇有史以来最牛的钉子户。

他没有说话，便和谭铁牛回到滨江居委会办公室，提醒谭铁牛注意工作的方式方法，无论如何都不能激化干群矛盾。

即便杨脚板如此难缠，罗满江还是不愿意把杨脚板的事情上报县政府。他一再提醒自己，杨脚板这块骨头再难啃，自己死活也要啃下来。

杨脚板摆出舍出破头撞金钟的架势，拒绝任何形式协调，拒绝与镇政府任何干部见面，拒绝与谭铁牛商谈。他这么强硬的理由是，他的房产为私有财产，私有财产神圣不可侵犯。他要凭一己之力，对抗拆迁办，对抗县政府。

让罗满江心急如焚的是，杨脚板还把信访材料寄到了县信访办。

县信访办接到杨脚板的信访材料后，经过评估，决定把杨脚板家拆迁事宜纳入挂牌督办案件名单。

7

月儿山工业园区的移山填溪工程接近尾声。月儿山变成了平原大坝。唯一没有拆迁的杨脚板的老房子，此时像随意丢弃的一袋垃圾，孤零零地蜷缩在角落里，已经没有人理会。

罗满江提副处级干部的事，硬生生地被杨脚板的信访行为搅黄了。这是罗满江意料之中的结果。现在已经入冬，原本有早起习惯的罗满江，竟然也睡起懒觉。今天是周末，他又不值班，就索性彻底躺平。

正当他的回笼觉睡得正香时，谭铁牛打来电话。

谭铁牛急切地告诉罗满江："罗镇长，告诉你一件大事，重点信访人杨脚板生病了，今天早晨送到镇卫生院——"

不等谭铁牛说完，罗满江便翻身下床。他仿佛等来一个契机。人一旦生病，就会变得心平气和。如果杨脚板让步，这件长达两年的信访案件便可以圆满了结。

"走，我们去医院看望杨脚板。"罗满江毫不犹豫地说。

罗满江和谭铁牛一前一后走进杨脚板所在的病房。

杨脚板躺在病床上，双目微闭，头发白了一半，脸色灰暗，颧骨凸显，下巴上的那撮山羊胡子，也失去了往日的光泽。

杨脚板凭一己之力，对抗拆迁队两年多，威胁拆迁办的工作人员，拒绝所有劝说他的人，最后甚至拉起横幅，以死要挟。

因为杨脚板的固执，儿媳妇一气之下跑回娘家，搞得杨脚板颜面扫地。儿子气冲冲地把孩子扔给杨脚板，外出打工。杨脚板抱着日夜啼哭的孩子，气得病倒住院。

拆迁办的工作人员不再理会杨脚板，月儿山工业园区也没有因为杨脚板拒绝拆迁而停止建设。

现在，杨脚板也意识到，自己拒绝拆迁，就是螳臂当车之举，自己酿造的苦酒还得自己吞下。事情闹到这种地步，他把心一横，只要自己还有一口气，就要守住祖业，看好祖坟，哪怕倾家荡产、妻离子散。

此时的杨脚板，在谭铁牛看来，就是疲惫不堪的公羊。

但是，在罗满江看来，杨脚板这个病恹恹的老头却是他无法翻越的大山。

杨脚板见罗满江、谭铁牛走进病房，马上把头扭到一边。

谭铁牛又急了，没有询问杨脚板的病情，就直接劝道："老杨，月儿山工业园区是县政府的头号工程，拆迁千余户，虽然其中也有个别村民想不通，但最后他们都签订了拆迁协议，得到了应有的补偿。他们当中，有的在县城买了楼房；有的开店当老板，摇身一变，穷人成了富人；有的住进安置房，享受高品质生活。可是，你就不一样了，一分钱好处没得到。听说你儿媳妇因为没有得到拆迁补偿款，与你儿子闹离婚呢？你就折腾吧，看你折腾到什么时候是个头。别人都到镇上过舒心日子，你还在这里吃土。别人走在大街上脚底都不沾土，你走在田埂上，浑身上下没有一处干净过。这就是对比，没有对比就没有伤害。有了对比，就有了反差，有了反差就有了落差，你不生病才怪。"

"谭铁牛，我是病人，请你留点口德！"杨脚板受到刺激，开始说话。

谭铁牛打开话匣子，根本收不住："你这么闹，不仅把自己该得到的利益闹丢了，还把县委书记、县长搞冒火了，把罗镇长害惨了。"

"关我屁事！"杨脚板没好气地吼道。

罗满江示意谭铁牛不要说话，上前握住杨脚板的手，安慰道："你生病了，注意休息。我们今天来，就是想最后一次征求你的意见。你愿不愿意拆迁？"

"不拆，不迁！"杨脚板回答得非常干脆，没有丝毫犹豫。

罗满江见杨脚板依旧不松口，于是劝道："好吧，镇政府、滨江居委会所有干部，一直没有放弃你。他们对你如何，你心里最清楚。谭支书有时候心直口快，说话噎人，可是他一直为你好，没有任何私心。老杨，你不愿拆迁，我们充分尊重你的意见。你认为私有财产神圣不可侵犯，至今没有人反对，我也尊重你的选择。我作为国家干部，今天要跟你坦诚地交心，也可能是我最后一次接访。我晋不晋升是小事，你拆不拆迁就不一样了。你同意拆迁，就能享受县政府的拆迁补偿政策，你家的生活品质就会大幅度提升，跑回娘家的儿媳妇自然会回来。你不同意拆迁，你还在原地受穷，所有矛盾还会激化。月儿山工业园区，是县政府的大型投资项目，如果你跟不上形势，就会吃大亏。我和谭书记也不愿意看到，因为你的一时糊涂，放弃脱贫致富的大好机会。我把丑话好话说尽，听不听是你的事。远的不说，就拿你家和黄端公家比，黄端公家过的啥日子，你家又过的啥日子，一个在天上，一个在地下吧？思想能不能转变，就在你的一念之间，关系到你家和月儿山工业园区的未来，也关系到你子孙后代的生活质量。”

杨脚板听完罗满江的话，眼睛突然闪光，咂咂嘴巴。

正当罗满江、谭铁牛等待杨脚板表态时，杨脚板却咬牙切齿地说出了四个字——不拆、不迁。

罗满江、谭铁牛失望地起身离去。

云梯镇有史以来最牛的钉子户与有史以来最牛的工业园区，还在僵持着，谁也奈何不了谁。杨脚板坚信自己是对的，时间会证明一切。现在他唯一能聊以自慰的，也就剩下这个牵强而又毫无价值的理由。

第三章
基层干部的无谓忙碌

1

罗满江是土生土长的云梯镇人，大学毕业后考上云梯镇政府公务员，从窄板凳坐到宽板凳，从宽板凳坐到老板椅；从三峡移民办主任调任县信访办主任，从县政法委副书记改任云梯镇镇长。唯一没有改变的，就是他一直分管急难险工作。

与他同时入职的同事，有的调离，有的晋升，有的被重用。他这个做事最多、工作最累的人，犯错误也最多，总是在该晋升时出乱子。

比如，他分管建设月儿山工业园区过程中工作业绩突出，应该晋升了，却因为杨脚板拒绝拆迁没得到晋升。这不是处分，而是组织内部处理，但比挨处分还扎心。

逐渐地，他对仕途升迁丧失信心，只想在云梯镇混到退休。所以，他被谭铁牛称为“云梯镇的老黄牛”。

混归混，他负责的工作一样没落下。他活到这么大的岁数，什么事情都想开了、看淡了。

罗满江心里很清楚，自己负责的维稳工作，就是在刀尖上跳舞，一不留神就会被刮伤捅伤。繁杂的基层工作，根本不容他因为不能提升副处级干部懊恼。

他每天上班后的第一件事，就是去月儿山工业园区巡查。因为他一天不去，就会接到很多与月儿山工业园区有关的电话。

可最近一周内，关于月儿山工业园区的电话，竟然戛然而止。

罗满江也发现，他去县政府开会时，所有领导都不再讲与月儿山工业园区有关的事情。他主动向分管工业的副县长汇报月儿山工业园区的事，副县长却顾左右而言他。

罗满江有点蒙圈了。分管工业的副县长不再提月儿山工业园区的事情，是对他个人不满意，还是对他分管的月儿山工业园区不满意？

他又想到，镇党委书记到县政府开会，几天内都不给他打电话。他向镇党委书记请示月儿山工业园区的问题，镇党委书记也是语焉不详。

总之，所有领导突如其来的变化，让他寝食难安。

意料之外的暴风骤雨，最终在周五晚上到来了。

周五，镇党委书记召开经济会议，会上宣布县委、县政府的决定——关停月儿山工业园区。镇党委书记阴沉着脸，一条一条地梳理和部署善后维稳工作，并责令罗满江牵头负责。

会后，罗满江来到滨江居委会，主持召开关停月儿山工业园区善后工作会。罗满江讲完，会场鸦雀无声。谭铁牛瞪着一对铜铃般的眼睛，看着罗满江，好一阵子没说话。

会后，罗满江拿着笔记本走到门口，扭头对谭铁牛说：“你早点儿休息，有事给我打电话。”

脸如铁板的谭铁牛，猛地拍着桌子，恶狠狠地吼道：“一盆冷水，把老子浇透了！”

参加会议的居委会干部，有的拍桌子，有的踢凳子，有的骂娘。一阵躁动过后，他们意识到月儿山工业园区关停之事，木已成舟，无法更改，便迈着沉重的脚步离去。

会议室内只剩下精神几近崩溃的谭铁牛。

他像泄气的皮球，无力地靠在椅背上。

他实在想不通，整座月儿山已经荡平，多家工厂已经进驻，咋就说不搞就不搞了呢？

手机铃声响起。谭铁牛瞥了一眼手机屏幕，是杨脚板打来的。

谭铁牛按下接听键，听筒里立即传出杨脚板得意的声音：“喂，谭支书，听说月儿山工业园区黄了，我必须给你打电话，不然我实在睡不着啊。我为月儿山工业园区关停感到可惜，为月儿山被毁感到可惜，为月儿溪被污染感到可惜，也为那些得到政府好处的人感到可耻。”

“你到底想说啥呦？”

“铁牛，在这次较量中，你看出我的预见水平了吧？月儿山所有人，就数我还有那么一点点前瞻性。”杨脚板对谭铁牛不再称呼“谭支书”了。

“滚！”

“铁牛，你知道自己大错特错了吧？我现在越来越坚信自己当初拒绝拆迁是正确的，越来越坚信自己对形势的判断和把握是准确的。在这个层面上，即使你是滨江居委会党支部书记，也确实不如我啊。”

“我看你是清醒过头了。月儿山工业园区黄不黄不说，月儿山绝大多数村民，已经把拆迁补偿款揣进腰包了，而你还是打个光脚板。”

“唉，你说得对，我这两年跟拆迁办斗法，确实把身体累垮了，还得了绝症，活不了多久了。”

“我看你还蛮精神的嘛，还有心情气我嘛。”

“铁牛，实话实说，我被气出肝癌了，现在已经到晚期了。”

“啥？肝癌晚期？你的话有几句是真的？上次我和罗镇长去医院探望你，你不是说你患的是小感冒嘛，咋这么快就变成肝癌晚期了？”

“铁牛，谁会拿这种病开玩笑？我真要死翘翘了。”

“只能说你有革命乐观主义精神，才把生死看淡。”

“没办法，生死有命。我乐观点儿，还能多活几天。”

“杨脚板，你给我打电话，就是为了说这件事？”

“人之将死，其言也善。我只想在自己离开这个世界之前，提醒你一下，我确实有远见卓识。不过，我想知道关停月儿山工业园区的真正原因。”

“实不相瞒，月儿山工业园区触及长江生态红线，被卫星监测到了。环保部门约谈了县委书记和县长。经县委、县政府领导研究决定，撤销工业园区项目，进驻的工厂限期搬迁。挖掉的月儿山，填平的月儿溪，全部恢复原貌。也就是说，现在的月儿山，连庄稼都不种了。唉，全县的头号工程，一夜之间变成头号烂摊子了。”

“我没猜错吧？”

“杨脚板，既然你还要坚持，我也不怕得罪你。月儿山工业园区确实完蛋了，但是你也没占到便宜。整个月儿山村，只有你一家拒绝拆迁，结果你一分钱没得到。两年了，你像孙悟空一样斗到天上，斗到天涯海角，结果怎么样？你把自己斗到棺材里去了，正好用你那片承包地埋你。”

“铁牛，你不要恼羞成怒嘛。”

“假如月儿山工业园区没有关停，你愿意拆迁吗？”

“不愿意！老子就是死，也要死在月儿山！”

“死不悔改。”谭铁牛挂断手机，“啪”的一下把手机丢到桌上，仰起头闭上眼睛。

骂完杨脚板，他心里反倒好受些。

不一会儿，杨脚板又把电话打过来："喂，铁牛，我知道你还在办公室，我要向你反映问题。"

"我不是给你讲了嘛，你的名字，已经从钉子户、重点信访人名单上撤下来了。你的信访案件已经完结。"

"谁说完结了？你千万别把我的名字从重点信访人名单上撤下来。每年节假日，镇政府都会慰问信访困难户，你把我从重点信访人名单上撤下来，镇政府还给不给我慰问品了？铁牛，我告诉你，我的房子一天不拆，我就是典型的信访大户。"

"杨脚板，你又在打啥主意？"

"现在我的诉求有四：一是重点信访人名额保留；二是把我全家纳入建档立卡贫困户；三是我已年过半百，手脚不太灵便，成为失能老人，赚不到钱，镇政府要供养我。我请求滨江居委会把我纳入低保户；四是滨江居委会给我家订一份《人民日报》，我要了解中央的政策。还要一台彩色电视机，我要听到中央的声音。"

"你的要求太过分了，恕我无能为力。"

"月儿山工业园区既然是上面关停的，那么我就要看关于上面的新闻。很多事情，我不能蒙在鼓里。这个要求不算过分吧？"

"你还想斗啊？如今可不比从前了，月儿山工业园区关停了，拆迁补偿款没了，你还斗啥？"

"铁牛，你给我听好了。月儿山工业园区关停，不等于所有问题都消失了。恰恰相反，所有潜在的问题都会冒出来。你们承诺每家一个进厂就业的指标能否兑现？土地没了，又不能复垦，连庄稼都不能种，这么多人吃饭穿衣的钱从哪里来？原来这些人以种地为生，县政府可以不管；现在这些人啥都没有了，县政府还能不管？新出生的孩子怎么办？"

"杨脚板，你都是要钻土的人了，还管这些干吗？"

“这些事解决不好，只要我还有一口气，就不会放过你。月儿山工业园区关停了，就一了百了吗？县政府想轻松迈过这道坎吗？没那么容易！”

“杨脚板，你父亲给你取的名字真好。过去你啥都没有，打光脚板，现在你啥都没争到手，还是打光脚板。你争来争去，到头来双手空空，到底图个啥？你全身上下只有嘴硬，看你还能撑几天！”

“这些事得不到解决，我肯定死不了。”

“我实在无法和你交流了。”

“铁牛，我的事，你要敢拖着不办，我明天就组织月儿山村民集体上访。”

“你想带他们进棺材？他们才不跟你去呢。”

“我不带他们进棺材，带他们进县政府，你看着办！”

2

杨脚板又住进镇卫生院。

谭铁牛为杨脚板的事情，专门召开村民大会，把杨脚板家纳入建档立卡贫困户。对此，杨脚板并不认为是谭铁牛同情他，而是认为是自己的上访发挥了恫吓作用，谭铁牛不得不服软。

虽然杨脚板的诉求没有得到完全满足，但他还是选择暂时休战。

杨脚板才消停两天，黄端公和熊翘壳为了进厂指标的事闹到滨江居委会。

谭铁牛不得不打起百倍精神应对他们。

热闹的月儿山工业园区，一下子冷清了。进驻的工厂已经搬走，月儿山成为七千亩的平坝。二十多台挖掘机整齐地停在月儿溪边。按照县政府的要求，平坝上不得种植庄稼，必须保持自然状态，逐渐恢复成月儿溪湿地。

月儿山的村民，祖祖辈辈种地，见不得土地撂荒。没过多久，这家一块，那家一片，平坝上都种上了庄稼。最后，镇政府派人制止，村民们不得不停止耕种。

谭铁牛向镇政府和接管月儿山工业园区的县文旅集团申请，他和村民承包这片土地种油菜，把工业园区变成观光园。

没想到,他的申请不但没有获得批准,还挨了罗满江一顿臭骂。

黄端公为此嘲讽谭铁牛，他作为滨江居委会党支部书记，缺乏生态环保意识。就县政府目前的要求，触及月儿溪湿地生态保护红线，就是跟县政府过不去。

“难道我们就眼睁睁地看着这片土地撂荒？”谭铁牛不想让这个全县头号大工程，变成全县头号烂摊子。让云梯镇有史以来的首次工业开发，变成云梯镇有史以来首个大疮疤。

这块大疮疤没有痊愈，还在渗血流脓，如同长在谭铁牛身上，令他感到灼痛难忍。在谭铁牛心里，月儿山工业园区就如同一棵移植在他梦想中的树苗，假以时日，一定会长成参天大树，为月儿山人遮风避雨。

为了建设月儿山工业园区，他倾尽全力化解各种矛盾，不知道熬了多少个通宵，受过多少窝囊气，没想到最终会是这种结果。

出现这种结果，没有一点征兆，而且出现得太突然太猛烈，让他根本没有回旋的余地。

烂摊子之下，各种问题层出不穷。摆在谭铁牛面前的这杯苦酒，不管是谁酿成的，他都得喝下去。

长江沿岸禁止大开发，共抓大保护，是国家的硬性要求。想重启月儿山工业园区建设，甚至办农业观光园，势必与各种政策法律相悖。

谭铁牛可以放下月儿山工业园区，但到滨江居委会提要求的人，已经踏破门槛。如何应对这些人，成为谭铁牛的心病。

他实在想不出抚慰这些人的办法，因为他自己的内心也是伤痕累累。

已经准备死磕到底的黄端公，坐在谭铁牛对面，争吵不再激烈，言辞不再犀利。

“我首先申明，我不是来闹事的。我这次来，主要是咨询县政府大政方针的。你也知道我的底细，我是二十世纪八十年代的初中生，最近我开始研究《易经》，那玩意儿虽然难懂，但是我收获很多，尤其是批八字、看阴宅……”

谭铁牛瞥了黄端公一眼：“你说话把舌头捋直了好不好？莫扯远了。我是中国共产党党员，不信命、不算命。我家也没死人，不用看阴宅。”

“铁牛，就咱们这里这副㞞样，我不干这个还能干什么？月儿山工业园区关停了，云梯镇也会垮掉。月儿山工业园区成了烂摊子，云梯镇也出现了烂尾楼。你不是常说，大活人不能被尿憋死嘛，我遭遇时代变故，还得讨口饭吃吧？话说回来，云梯镇进入经济疲软期，你能给我找一份光鲜的工作吗？”

“我天不怕地不怕，就怕你黄端公咬文嚼字地说话。”

“我今天要发出三个灵魂拷问。”

“你就直接说吧，别啰里啰唆的。”

“第一，县政府建设月儿山工业园区，符合国家的大政方针吗？”

“当然符合国家的政策。为了扶贫，全国各地建设了不少工业园区呢。”

“第二，现在月儿山工业园区为何关停，且为何关停得如此突然和彻底？”

“月儿山工业园区的位置，设在月儿溪湿地内，严重损害生态环境。”

“第三，月儿山工业园区是在月儿溪湿地保护线划定之前建设的，还是之后建设的？”

“之后。”谭铁牛喝了一口水，望着黄端公的弯刀脸。黄端公哪里是询问，简直是捅了他三刀。他明白，这样的问题，别说他这个小小的居委会干部，就是县政府的领导也未必能回答。

但是，谭铁牛早就制定一套“抚慰伤口”的办法。这时候，大道理已经讲不通，只有“抚慰法”才有疗效。

谭铁牛问：“你知不知道，月儿山工业园区关停后，上面问责，罗满江受到处分？”

黄端公仿佛对这个话题更感兴趣：“以前听说因为杨脚板拒绝拆迁，罗满江晋升的好事泡汤了；他现在受到处分，是不是月儿山村拆迁速度太快了？”

谭铁牛一拍大腿：“你说得太对了。做任何事情，只要节奏不对，结果就不对。”

“罗满江好倒霉呦。他的副处级，恐怕这辈子都别指望了。”

谭铁牛见自己的“抚慰法”见效，于是乘机把话题岔开：“就是因为月儿山工业园区选错了位置，生态环境保护这根弦绷得不紧，上面才要求整改。”

“黄端公，我跟你一样留恋月儿山。可是，山清水秀的月儿山已经成为过去式了。我们再怎么留恋也无济于事。你心里最清楚，过去你一家人在月儿山过的是啥日子？有几亩承包地，有几间破房子，如果你想靠月儿山奔小康，提升生活品质，难如登天。如果原来的月儿山还在，你说靠它缓解乡愁，坐到山上数星星看月亮，我还能勉强接受。”

“铁牛啊，我心里难受啊。月儿山村民的心里都难受。工业园区落户月儿山，除了杨脚板外，所有村民都大力支持，都指望依靠它过上好日子呢。我豁出全部家当豪赌一把，结果却输得彻头彻尾、干干净净。月儿山没了，老天只是平添了月儿山村民的乡愁；工业园区没了，可是要了月儿山村民的命啊。”

黄端公说到这里，用袖子擦了擦浑浊的老泪。

谭铁牛鼻子发酸，伏在办公桌上抽噎。

自从月儿山工业园区开建到今天，谭铁牛还是头一次这么伤心。他见衣袖已经洇湿，赶忙抽了一张纸巾擦掉眼角的泪水，然后对黄端公说：“这件事，怪不得任何人，大家都凭良心做事。要怪就怪苍天不公吧，让月儿山村民承受这种巨大的创伤。”

“这个烂摊子，难道就这样撂着？”

“我曾经尝试租赁月儿山工业园区的土地种油菜，把那里建设成农业观光园，起码能让那里恢复一点生机，遮住那块伤疤。可是我的提议被镇政府领导拒绝了。理由是，那里是珍稀濒危植物荷叶铁线蕨的生长地，要大力保护生态环境。县政府已经把月儿溪申报长江湿地。不管怎么说，生态环境是敏感和脆弱的，一旦被破坏，极难恢复。红线就是底线，碰不得。凡是纳入长江湿地的区域，禁止进行工业化和城镇化开发。我们错就错在触及生态红线，生态底线意识这根弦没有绷紧。云梯镇属于三峡库区腹地，是长江生态保护修复的主控节点，长江上游重要生态屏障，更是全国重要的淡水资源战略储备库。国家自 2011 年启动实施库区环保项目。那一年，正是月儿山工业园区开建之年。一边保护，一边开发，岂不是自相矛盾？所以，这样的开发项目注定无法成功。今后月儿山已经不可能恢复农业生产，或者大规模工业开发。我们都断了这个念想吧，只能另谋出路。”

谭铁牛讲完国家政策后，把话题一转：“月儿山工业园区虽然关停了，可是月儿山村一千多口人得到补偿安置，这是实实在在的红利。就凭这笔收入，你家就已经脱贫致富奔小康了。”

“但是，县政府在月儿山工业园区投资的几十亿元打水漂了，这不是小数目。另外，住在安置房里的人，都盼着进厂上班赚钱养家呢。”

“罗满江和县政府的相关领导都受到处分。他们和月儿山村民一样，承受了月儿山工业园区关停的阵痛。一个人不可能把好事占尽。有红利时，我们分享；镇政府有难处时，我们还得和镇政府一起扛。”

“全县头号大项目，投入几十亿元，像一桶潲水倒进长江，无影无踪。对于这件事，我能理解，但不是所有人都能理解。”

“这就叫巧妇难为无米之炊。县政府举全县之力建设月儿山工业园区，突然被关停，县委、县政府的领导面临的压力有多大，用脚指头都能想得出来。但是，作为月儿山村民，我们必须对县委、县政府有信心。一旦缓过气来，相信县委、县政府一定会出台新政策，让我们看见生活的曙光。”

“那么大一笔钱打了水漂，县委、县政府的领导肯定喘不过气来。唉，上上下下折腾了两三年，一切又回到原点，啥都没落下。”

“长江在这里回了头，打个结，还是依旧奔向前方嘛。我们不是得到拆迁补偿款了嘛，那就是我们翻身的本钱。老黄，不用这么悲观，你不是想用拆迁补偿款在云梯街开茶馆嘛，月儿山的房子没了，承包地没了，可是你在云梯街有了生意，咋能说啥都没落下呢？这几年我们没有白折腾，等于从山脚下走到半山腰，是不是感觉天也宽了，地也阔了，路也平了呢？”

“嗯，听你这么说，我还真想明白了一些事。云梯镇人向来聪明绝顶，我岂能在一棵树上吊死！”

“这才是云梯镇人的霸气嘛。”

“哎呀，我是想通了，但是龟儿子杨脚板，月儿山独一无二的蠢货，一条道走到黑，犟着不拆迁，结果没有得到一分钱补偿，如今只剩下他一家人在那里刨土。他过去打光脚板，现在还打光脚板。我给他总结五个字——心窄路也窄。我给自己也总结五个字——心宽路也宽。铁牛，我的总结有没有道理？”

“你不愧是月儿山二十世纪八十年代的初中生，见识就是高人一等，总结得非常到位。我在想，现在杨脚板也应该有所悔悟了吧？”

“我看未必，他是那种不见棺材不掉泪的人。”

他俩时而哭时而笑，聊得很深入。

黄端公抽完半包烟，烟头堆满谭铁牛面前的烟灰缸。黄端公正要起身离去时，杨脚板突然黑着脸闯进来，从荷包里取出一沓资料，往办公桌一摔，抬起头，山羊胡子往前一撅，说：“铁牛，我要上访！”

黄端公见杨脚板摆出这种架势，赶忙起身告辞。

谭铁牛连忙站起来，赔着笑脸给杨脚板让座。

3

谭铁牛早上起床后，见天气晴朗，就把照相机放到桌上检查一番。吃过早饭，他骑着摩托车来到月儿溪对面的手扒岩。

站在手扒岩上，云梯镇便一览无余。

云梯镇坐东向西，直面长江，南北两侧分别是石槽溪和月儿溪。月儿溪的入江口，原来有一座山挡住溪水，溪水不得不在山北转弯才注入长江。库区水位上升后，水位达到那座山的山腰，那座山变成一个岛。这个岛，就是回水沱的肚脐眼。

那座山原名欧家田，后来谭铁牛给它取名为“罗曼岛”。因为大约在明朝中晚期，有一罗姓人家从对岸的临江府来到这里替人种田，后来买下欧家田，在此扎根，繁衍生息。如今罗家人不断开枝散叶，已有五六个村落几千人，其家族成为云梯镇的望族。

罗曼岛在蔚蓝天空之下，碧绿的长江之上。河汉晶莹剔透，熠熠闪光，如少女澄澈明眸，顾盼生情。这里已经成为长江珍稀飞禽的理想栖息之地，江面上有白鹭和秋沙鸭翱翔，树枝上有成排的白鹳鸣叫。

这里与月儿山工业园区一溪之隔，形成鲜明对比，完全没有工业园区的粗野嚣张，宛如处子般恬淡，略显羞涩。

谭铁牛看了看照相机的屏幕。屏幕上，位于两溪之间的古老云梯镇，耸立云端，伟岸挺拔，恍如一条青龙下江，气势磅礴。

自库区水位上升后，谭铁牛第一次远距离拍摄这里。与过去他拍摄的照片相比，他觉得如今的家乡，蓝天白云，一江碧水如青龙盘卧，一切都是那么和谐宁静。

突然，谭铁牛的手机铃声响起。他看了一眼手机屏幕，是罗满江打来的。

罗满江命他立即赶到镇政府，商量重要事情。

谭铁牛来到罗满江办公室，见里面挤满了村民。

罗满江让人让出一个位子，招呼谭铁牛坐下，接着介绍情况。

原来，月儿山村民得到拆迁补偿款后，一部分人到云梯镇“江上风景小区”购买商品房。但月儿山工业园区关停后，商品房就卖不动了，房价狂跌后还是无人问津，开发商宣布破产，投资人失联了。

江上风景小区烂尾，购房的村民钱房两空，倒霉的村民中就包括熊翘壳。

江上风景小区在滨江居委会辖区，按照属地原则，罗满江决定把这件事交给滨江居委会处理。

谭铁牛领到罗满江交办的任务，转身让这些村民选出一名代表，与滨江居委会对接。村民们经过磋商，一致推荐熊翘壳为代表。

谭铁牛驾驶摩托车把熊翘壳驮回滨江居委会。

未等熊翘壳在办公室坐稳，谭铁牛就没头没脑地告诉熊翘壳，这件事属于民事纠纷，可以去法院起诉开发商。

熊翘壳听谭铁牛这么说，把桌子拍得“啪啪”作响，大声斥责道：“铁牛，你没有摸到筋，就开始骗牛。啥民事纠纷，这就是政府官员腐败导致的。”他从包里取出一大沓资料，放到谭铁牛面前，“你看清楚！没有调查就没有发言权！”

谭铁牛翻看那沓资料，里面有江上风景小区商品房预售合同，有按揭贷款协议，还有一份购房被骗说明书。

熊翘壳指着那份购房被骗说明书，手指战抖，失声说道：“这个——这个——就是——举报信。”

谭铁牛看完购房被骗说明书，见熊翘壳如此激动，接了一杯水递给熊翘壳：“你别激动，先喝口水，有事慢慢说。”他边浏览商品房预售合同边问，“老熊，你家还算殷实，一次性买一百八十平方米的房子，想做晒谷坝吗？”

“铁牛，别打岔，说正事。我们上当受骗，绝非个人投资失误，镇政府脱不了干系。”

“别玩这套把戏，动不动就把责任推给镇政府，想让镇政府为你的投资失误买单？商品房买卖属于市场行为，买卖自愿，与镇政府有啥关系？你求哪路神仙都不会显灵的。现在是法治社会，啥事都由政府兜底的时代已经过去了。我们的原则是，‘办事依法，遇事找法，解决问题用法，化解矛盾靠法’。说到底，就是用法治思维和法治方式处理问题。你以为还像以前那样，大闹大解决，小闹小解决，不闹不解决？”

“我们这次是依法信访，跟杨脚板那种无理取闹有本质区别。”

“好，就冲你这句话，我给你点赞。你先别提杨脚板，把自己的信访理由直截了当地抖出来。我没有把你的行为定义为闹访缠访。但是，我必须提醒你，依法信访是公民的权利，但是非法信访是要受到法律制裁的。凡事不要搞过头，要是做出违法违规的事，就是搬起石头砸自己的脚。政府是法治政府，不是万能政府。”

“铁牛，你讲的这些大道理对我的信访管用不？我信访的内容，不仅涉及购买商品房受骗，还涉及镇政府干部严重贪腐的问题。”

“啧啧，举报镇政府干部贪腐，可不能胡编乱造，必须有真凭实据。证据呢？你拿出来吧！”

熊翘壳从衣兜里掏出一张纸：“这就是证据——镇政府的宣传单。当初月儿山村拆迁时，镇政府给每家每户发放的告知书，凡是月儿山村的拆迁户到江上风景小区购房，享受九折优惠。”

“镇政府干部什么时候这样宣传过？我可是从未这样说过。宣传单上有镇政府的公章吗？”

“铁牛，你想赖账不成？镇政府干部亲自上门宣传，比盖章还管用吧？我们一介农民，不相信镇政府干部还能相信谁？江上风景小区，就是镇政府招商引资开发的嘛。”

“老熊，这份传单确实是这么写的，但这就是一份广告，跟合同一方的邀约一样，需要购房人认可上面的承诺才生效。这份宣传单上既没有落款人，也没有镇政府公章。我肯定地告诉你，这不是镇政府发放的宣传单。”

“不是镇政府发放的宣传单，为何由镇政府干部到各家各户发放？”

“这件事情我不太清楚，反正滨江居委会的干部没有发放。”

“铁牛，做人得凭良心。当初月儿山工业园区红火时，你确实没有发放过这种宣传单，但是，你去过江上风景小区工地没有？有一次，我还看见你陪着县政府的领导到那里视察呢。镇政府干部也隔三岔五去那里检查建设进度。你们这么做，就是在误导村民。如果月儿山工业园区不关停，你不仅认可江上风景小区，还会把它当作政绩。现在月儿山工业园区关停了，江上风景小区烂尾了，所有干部对其都避之唯恐不及。我把话说穿了，江上风景小区就是当初镇政府干部打造的形象工程。这就是你口口声声要的证据。”

“好，老熊，我今天算是重新认识你了。你说，这张宣传单能证明镇政府干部贪腐吗？”

“镇政府干部贪不贪腐，得依法调查。你非逼着我拿出证据，证明哪个干部贪腐，就是故意难为我。因为调查侦查行为是纪检部门的事，不是我一个农民能做得到的。”

“江上风景小区烂尾，我能理解你的心情，但你也得理解我的意思。现在月儿山工业园区就是一个大疮疤，出现这种结果，谁也不愿意看到。但是，我必须告诉你，不能因为一件事没有干成，就否定所有干部的付出。月儿山工业园区到了这种地步，我们都是受害者，即便彼此不能抚慰，至少不能往彼此伤口上撒盐吧？”

“好，我最后问你一个问题。江上风景小区的开发商，过去在镇政府眼皮底下搞开发，现在又在镇政府眼皮底下跑路，留下烂尾楼，难道说镇政府就没有一点责任？铁牛，我几乎把全部家当投到房子上，求求你们一定要想办法把房子建好。”

“老熊，我也跟你掏心窝子，现在这种情况，实难解决。你回去转告另外八个购房的村民，目前我县进入特殊困难期，投资月儿山工业园区损失惨重，举全县之力都无法承受，县委、县政府领导也承受着巨大压力。现在需要全县所有人共同面对、共同疗伤。但是，请你相信各级政府，这个问题绝不会坐视不管的。一旦各级政府缓过劲儿来，就会出台解决困难的良策。到那时，我会第一时间通知你们。”

“那要等到何年何月？”

“等吧，终有一天，各级政府会有新思路的。我相信，你的房子也不会丢，你绝不会像杨脚板那样回到原点。”

云梯镇世代相传一种儿童游戏叫“打郭”。按照游戏规则，孩子们分成敌我两个阵营，分别藏匿于云梯街两侧房内。然后，双方派出“侦察兵”，摸清“敌情”后，开始偷袭“兵营”，展开大规模进攻。

玩这种游戏的孩子需要手持一头粘着石灰的竹竿或者木棍，

谁的身上被点上石灰就视为被俘虏。一阵冲杀后，哪方被俘的人多，就算哪方战败。

孩子们玩完一场游戏后，再重新分配“兵员”，开始第二场游戏。这种游戏深受孩子们喜欢，自然就玩得畅快。

上访接访这件事，就如“打郭”游戏一般，一场接一场。后来，上访的村民累了，接访的干部厌倦了，双方便偃旗息鼓。如今，月儿坝静静地躺在月儿溪边，躺在“罗曼岛”边，七千亩的平坝上，在日复一日中变得杂草丛生。甚为诡异的是，那里还生长出一种外来物种——芒花。貌似只有顶端硕大、枝干高大的芒花，才有资格占据这片开阔的平坝。

一株一株的芒花，很快掩盖了月儿山工业园区的片片疮疤。

或许这就是物与物之间相互抚慰吧。

淡忘，其实也是人类繁衍生息的优势。忘记过去，才能开启未来。历史中的对与错，由后人评说。生命极其短暂的人，只是世间的匆匆过客。无论荣耀辉煌、痛苦悲伤，都会被岁月的年轮碾入尘埃。

芒花，别名“芭茅”，因为花朵大，果实轻盈，可以如蒲公英般随风飘舞，所以繁殖能力超强。在长江沿岸，均能看见芒花。在古代，芒花因为极易获取，也用作将军头饰。云梯镇有一种传说，战场上前哨如遇敌情，则举茅为号，此乃“名列前茅”的来历。月儿山工业园区关停了，却意外长出芒花，是不是大自然给予月儿山村民神秘暗示?

县政府的临时救市政策，让江上风景小区得以顺利完工，熊翘壳等九位村民总算有了安稳之家。谭铁牛与上访村民的拉锯战随之告一段落，滨江居委会办公室恢复平静。

谭铁牛闲下来，就在黄端公的“老瓦片茶馆”举办“古镇夜话”活动。他掏钱买茶叶、茶具，每天傍晚 7 点开始，他便与一些人在此谈古论今。

喜欢泡茶馆的人，多半是云梯镇民间文化爱好者。后来，熊翘壳、杨脚板也成为这里的常客。他们一起品茶，一起侃大山，一起仰面大笑，一起痛哭流涕，一起高歌一曲，一起捶胸顿足。

谭铁牛知道，这些人与他一样，为自己的过往疗伤。

参加“古镇夜话”活动的人当中，还有谭铁牛的老师刘惠芹。刘惠芹已逾古稀之年，深居简出，不问世事。然而，她为什么还要积极参加“古镇夜话”活动呢?

谭铁牛是摄影爱好者，喜欢把“古镇夜话”活动内容制作成视频，上传到抖音。

刘惠芹无聊时，就看谭铁牛录制的视频，最后还成为谭铁牛的“铁粉”。最近，“古镇夜话”活动，由过去的神侃瞎聊，变成有针对性地讨论云梯镇前途与未来的高级论坛。

这群云梯镇的汉子，在思索云梯镇的未来。这是刘惠芹最感兴趣的地方，也是她主动参加“古镇夜话”活动的主要原因。可以说，这个“古镇夜话”活动激活了她锈蚀的灵魂，打开了她的记忆之门。她有太多的话，要向云梯镇人诉说；她有太多鲜为人知的故事，想毫不保留地传给后代。

在谭铁牛心目中，刘惠芹是一本精美的书。她的人生充满传奇，甚至神奇。

在谭铁牛陷入人生低谷时，刘惠芹对他不离不弃；在他四顾茫然时，刘惠芹自愿做他前方的灯塔。

但是，刘惠芹的过往，对谭铁牛来说，却是谜一般的存在，因为他不知道刘惠芹绚丽多彩的人生背后，还隐藏着多少不为人知的故事。

刘惠芹参加“古镇夜话”活动，便把云梯镇的历史拉到一百多年前。

第四章

三条想翻身的咸鱼

1

云梯镇位于北纬 30°的渝东地区、长江南岸、巫山和大娄山中间。这里曾经是巴楚交界之地，一条长江、一条大路，呈“⊥”形连接，形成四通八达的交通枢纽，自古为蜀、巴、楚通商之口岸。

尤其是那条穿越武陵山的神奇盐运大道，向西可达成都平原，向东可达两湖平原。

为何这么重要的交通运输大通道要经过云梯镇呢？原来早在清朝时期，堪舆者便发现云梯镇是湖北人进入巴蜀地区无法绕开的咽喉要地。

因此，云梯镇因江而生，因商而兴，因盐而盛。

几千公里的长江，唯有云梯镇的云梯街位于江左，向上伸展近三公里。

有人说，云梯街像一条小青龙，匍匐江边，吞云吐雨，滋润乡里。

有人说，云梯街像一架云梯，搭在陆地与长江之间。

有人说，云梯街是一条盐运大道，也是巴人后裔土家族的背脚子们艰难登攀的心酸路。

有人说，云梯街是繁华的商埠。川盐商把自贡、犍为的盐巴从水路运至这里，再由背盐汉子背运，走陆路，穿过武陵山，向东到达湖北省西大门来凤县，再由荆楚盐商经酉水河运到两湖平原。

有人说，云梯街就是一架凿在巨石上的石梯，一眼望去，与长江边码头的背脚子一样刚直简单。因此，对云梯街的另外一种说法是“一石成山，一梯成街”。

云梯街的兴盛不知始于何时。据史料记载，大约在太平天国运动时期，长江中下游一带陷入战乱，航运不畅，淮盐无法补给，便改为“川盐济楚”。但三峡险恶难行，此地井盐和川盐只能改走陆路。云梯镇是回水沱，天然深水良港，由此形成长达千里的交通运输大通道起点，就是必然的选择。

那时候，云梯镇就是川江盐埠。清朝晚期，慈禧太后专权，皇权旁落，国势衰微，外敌觊觎，群雄逐鹿，以致国内风起云涌，乱象丛生。

云梯镇是盐商的必经之地，聪明机智的云梯镇人，就在狭长的石梯两边，依山建房，凿石成路，破石扎根，开设店铺，一家挨着一家，层层叠叠而上，陆续形成一条街，形成一座城镇。

云梯镇的主街道修建在石板皮凸起的部位，如一道脊梁，两边是小溪，形成天然的护城河。从云梯街下端向上看去，店铺林立，各家各户招客彩旗、大红灯笼在风中摇曳，卖盐的，蒸猪儿巴的，打铁的，做鞭炮的，剃头的，耍猴的，熙熙攘攘，挤满整条云梯街。

按理说，云梯镇如此兴盛发达，早就应该名扬天下。可惜的是，这里的人，恍若沉沦于盐商经贸的浪潮中无法自拔，似乎只认得盐巴和银子。所以，云梯镇的掌故就如长江之水，奔腾而去，不舍昼夜，来自四面八方的人，也皆成匆匆过客，没有留下多少印记。

这里除了几个大家族的家谱还能简单而重复地记录自家家族的人名职位外，只剩下这条青石板上的云梯街。但是，要从这条云梯街搜寻云梯镇的历史很难，因为这里只有口述史。

后来的云梯镇人，仅从老一辈人口口相传中获悉，这里曾经出现一个传奇人物哼老爷，以及他开创的哼记盐业帝国。

2

哼树园的主人姓杨，单名哼。最初，杨家祖上没啥来头，家里穷得只有几个人影晃动。

以前，杨家人居住在斗山盐道上一个叫“楠木垭”的穿心店里。

穿心店是盐道上的典型建筑样式的称呼。它是一个封闭的院子，四周是长条石做基础的土围墙，里面是两排两层木房，木房中间是横贯院子的通道，通道两端均设有石门。

两道石门，白天敞开，晚上关闭。

这种建筑的特别之处在于，一是防匪防盗，二是如城堡般坚固。进入穿心店歇脚的客商，夜里想打歪主意，没有十足把握，是不敢轻举妄动的，否则会被关门打狗。

白天，两道石门打开后，这里就变成热闹的赶场街。

这个穿心店，不知道是杨家哪代人修建的。能修建穿心店的人，肯定发达过。但是，到了杨哼爷爷杨楠木那一代，杨家家道如坠下悬崖般败落，日子过得一天不如一天。

最后，杨楠木卖掉穿心店，走盐道，当起猪贩子，靠下苦力为生。在这座豪华的穿心店里，活得最卑微的杨家人，很快又被人赶出去 。

穿心店位于斗山顶上，住在这里的人到长江边的云梯镇赶场，要经过一个大坡，翻几座小山，来回几乎要耗时一天。因此，这里的人早就想搬到长江边繁华的川江盐埠云梯镇。

杨楠木也这么想。

杨楠木的父亲是木匠，杨楠木出生后，父亲想让杨楠木继承祖传的木匠手艺，就给他取名“杨楠木”。可是事与愿违，直到杨楠木结婚生子，也没有学木匠手艺。

杨楠木懒惰呆傻，蠢笨得让人吃惊。祖先的优良基因，在他身上彻底遗失了。

眼看三代单传的杨楠木成为废物，父亲心里怄气，早早地丢下一家人驾鹤西去了。

父亲去世后，杨楠木好似开了点儿窍，做起猪肉贩子。他凭着一身蛮力，行走于盐道上，在沿路的两三个老场卖猪肉。虽然赚不了多少钱，但他乐此不疲。他习惯于到山脚猪市坝露脸，和熟人打招呼，仿佛那才是他存在的全部意义。他只想以此向乡亲证明自己还活着。

清朝最后一个皇帝被赶出紫禁城的第四个年头，腊月二十五，杨楠木来到猪市坝，腰间别着竹管烟袋，一脸茫然地走着。他那张脸已经枯黄萎缩，就像他的猪肉生意一样不景气；门牙掉了一颗，说话怪腔怪调，然而他见人仍旧笑嘻嘻的，露出牙床上的豁口；下巴上那撮灰白的山羊胡子，看样子很久没有清洗修理过。

老妇女冲杨楠木尖厉地喊道：“木老头，买不买嘛，便宜价，四个猪崽换一个大洋。”

脸被寒冷的山风吹得黑里泛白的杨楠木，搓了几下手，接住老妇女的话：“有钱！有钱！”

其实，杨楠木打心眼儿里不喜欢别人叫他“木老头”，尤其是猪市坝里说话尖酸刻薄的老妇女。因为“木”，在当地就是“笨”的意思。

“有钱就拿出来，没钱爬开点儿，不要岔我的生意。”老妇女大声呵斥杨楠木。她看到杨楠木干瘪下巴上那撮山羊胡子就恶心。那撮山羊胡子，不仅不干净，还粘着一绺鼻涕。

“哼，有本事到大江边做生意嘛，在这里凶啥？抱住门槛狠。”杨楠木回敬老妇女一句后，便躲到一边默不作声，因为他口袋里确实没有多少钱了。

老迈的杨楠木，此时为露脸才来赶场，不是为了做生意。按当地人的说法，他就是一个干麂子。每当被人嘲笑，他便会知趣地退到一边，回敬道：“没有老子，你几爷子能在这里做生意？等老子有钱了，把生意做到云梯街去，气死你个傻婆娘。”

中午，杨楠木来到朱记蒸笼馆，要了一盘热腾腾的鸭儿巴。他摸了摸口袋里仅够买一盘鸭儿巴的钱，心想，这顿吃了，下顿就打梁山锣鼓咯。即便如此，他也一定要买，因为这是身份和地位的象征，是一种无声的表达——只要他坐在朱记蒸笼馆里，就证明他还是有钱人。

鸭儿巴端上来后，杨楠木用筷子夹起一个，慢慢咀嚼。吃完一个，他便向左右看看。直到全部吃完，他才抹着嘴，走出朱记蒸笼馆。

他享受此刻别人对他充满羡慕嫉妒的眼神。那种眼神，让他感觉特别满足。

是什么东西支撑着一无所有的他，苟延残喘地活到现在呢？这要从四十多年前说起。

四十多年前，这个猪市坝原本不是市场。杨楠木从云梯街将猪崽运到斗山后的王家坳兜售，做成了几单生意。自那以后，他便在距离幺店子不远的大黄葛树下，搭了一间简易棚子，售卖猪崽。

后来，有些人也在那里支起摊子，有买卖猪崽的、有杀猪卖肉的、有开鸭儿巴店的、有开客栈的……十年间，这个市场就自发形成了。

杨楠木认为自己才是这个猪市坝的开市始祖。

借助这个市场，有人做生意赚到大钱，有人建房过上安逸的生活，而杨楠木却始终没有攒下钱，到老依旧穷困潦倒。他的生活，就像斗山顶上的穿心店，一年不如一年。

他那间草棚，早就被朱记蒸笼馆挤占，最终他在那里连一个歇脚的地方都没有了。

他把这一切归咎于父亲说他“蠢笨”上。但是，他仍然喜欢到彰显身份的朱记蒸笼馆坐一坐，向别人炫耀一下他那间早已消失的草棚。

现在，六十六岁的他，穿着黑色棉长袍，腰系草绳。挂着汗渍或者油渍的棉袍上面有几个破洞，沾了一层柴灰，已经看不见布料本色。他头上缠着一条和他的脸一样黝黑的头巾。头巾到底是布条还是毛巾，已经分不清了。

他一直在猪市坝转悠，踏着青石板铺成的窄窄的街道，走了一趟又一趟。

3

其实，杨楠木有家，也有家人，儿子已经成年娶妻了。

他之所以留恋这个并不繁华的猪市坝，因为他还关心这里的每个人、每间铺子，尤其是朱记蒸笼馆大个儿鸭儿巴。他关心哪家店铺开业了，哪家店铺门上换了新锁，哪家店铺关门歇业了……

杨楠木是失败的商人，是一无所有的老人，已经没有脸面回到家里，只能在这个猪市坝里寻找些许慰藉。

杨楠木的老家在楠木垭，那里的人不知道他已经落魄，还不时地夸他是闯过云梯街的人。因为在楠木垭人眼里，敢闯云梯街的人都不是普通人。

以前老家人这样评价他，让他感觉格外舒服。但是，现在的老家人，似乎把他遗忘了。

快过年了，杨楠木的老婆不见他回家，实在忍不住了，对儿子吼道：“杨青冈，快起来！你去猪市坝看看那个糟老头子咋还不回来。”

杨青冈，是杨楠木儿子的绰号。人们这样叫他，缘于他长得像青冈棒一样壮实。他的名字到底叫什么，很少有人知道了。再者说，一个人穷困时，叫什么已经不重要，有个绰号就已经不错了。

杨楠木虽然愚笨，但父亲给他找的媳妇却是恪守妇道的老实人。杨楠木不顾家，她硬是把这个破败家庭维持下来，并把儿子杨青冈抚养大。杨青冈长大后，她四处张罗，不但为杨青冈娶了媳妇，还抱上了两个孙子。

听到老妈的喊声，杨青冈一边磨磨蹭蹭地起床，一边说道：“老头子不会有事的。他现在还不回来，就是不想回家。即便我找到他，他也不会跟我回来。”

“儿子，不管怎样，他也是你老汉儿。马上过年了，活要见人，死要见尸。他在外面飘荡一年了，也该回家了。”

“你说啥子，啥子见人见尸？清早大巴晨的，多不吉利。”杨青冈嘟囔着，极不情愿地下山了。

杨青冈来到猪市坝，向朱记蒸笼馆老板打听杨楠木在哪里。老板说他两天没看见木老头了，大概是回老家了。

杨青冈回到家里告诉老妈，杨楠木不在猪市坝。

老妈有些焦躁，说：“昨夜我做了一个很不好的梦，你老汉儿不会出事了吧？”

杨青冈不耐烦地说：“老汉儿心里就没有这么家，他不回家很正常，你不要担心。”

老妈还是不放心，坐在灶膛前不停地念叨：“你平时说你老汉儿什么都不好，诅咒他怎么不早点儿死掉。可是，我倒是不这样想。”她一边嘀咕一边往灶膛里添加柴火。

“妈，你咋的了？平时你都没说这些，眼看要过年了，你咋净说些不着边际的话？”杨青冈揭开锅盖，往锅里倒入一瓢水。

“妈就是直性子，妈就是觉得你老汉儿没有坏心眼儿，还算好人。”

“他算什么好人？一年四季在外面瞎逛，不顾家。”

“唉，你不知道，妈生你那天，你老汉儿就从山下捎来一汗帕子鸭儿巴。妈是苦命人，以前没吃过那玩意儿，现在做梦都想吃。”

“妈，别说这个好吗？等我有钱了，天天给你买鸭儿巴。嘿嘿！”

“还有，每年过年，你老汉儿总能带回来一块肥肉，给全家人打牙祭。”

“妈，老汉儿在外面飘荡一年，回来提块肉，就把你俘虏了？你也太不值钱了吧？”

“嗯，这年头，兵荒马乱的，也不知道你老汉儿怎么过的，是死是活。”

“妈，你净说些没头没脑的话，老汉儿不回来，未必就是死了嘛。再者说，他要是真死了就好了，免得祸害别人。”

“儿子，别这么说，你老汉儿没管我们，但他没害我们，也没害别人。他想做生意，想把生意做到云梯街，想接我们母子去云梯街享福，初衷还是好的嘛。可是，你老汉儿太笨了，一辈子只知道下苦力。唉，没办法，他的命不好。我也没啥出息，一辈子就盼着他能转运。可是，我这辈子无望了。”

“我就是看不惯他，一年四季不落屋，哪有当爹的样子！”

母子俩边做饭边闲聊。

第二天，杨青冈遵照母命，来到猪市坝，又到朱记蒸笼馆打听。店里的伙计告诉他，木老头上午没来店里，他便在店里等候。他知道这里是杨楠木必来之地。

直到下午 2 点，杨楠木才走进朱记蒸笼馆。

杨楠木进来后，没有看见坐在角落里的杨青冈，也压根儿想不到杨青冈会下山。他径直走到灶膛口，拿起一把干草，揩身上的油渍。揩不掉的油渍，他就用灶膛灰擦拭，擦拭过后的衣服，出现一团白花花印迹。他抓了一把灶膛灰在手上搓，然后从水缸里舀了一瓢水，把手洗净，坐到桌子边。

“鸭儿巴一大盘，菜汤一大碗！”杨楠木大声吼道。

“木老板坐好，马上来！”老板娘回答得清脆响亮。

老板娘把鸭儿巴和菜汤端上桌，乐呵呵地问道：“木老板上午找了几个大洋？”

杨楠木嘴里含着一个鸭儿巴，不方便回答，只顾埋头吃着。他饿得心慌，咽下一口鸭儿巴，再喝一口汤，才扭头大声嚷道：“老子今天扛了整整五头猪，搞到几块散碎银子。我说啥，老子找到钱了，就回家。”

“你回哪个家？你还有家？”

“哼，老子不但有家，还有儿有女有孙子。我明天上午再扛两头猪，买几笼鸭儿巴，割一块肉，回家过年。”

老板娘挺着胸脯靠近杨楠木，把嘴贴近杨楠木耳朵：“木老板，那边坐着的人，是不是你儿子？”她说完朝杨青冈努努嘴。

杨楠木扭头看见杨青冈，脸色马上沉下来。

他又要了一盘鸭儿巴，招呼杨青冈过来吃。待杨青冈吃完，他催促道：“你跑下山来干啥？这里也是你来的地方？江湖险恶，老子一辈子都没整醒豁，你个哈宝，赶紧回去砍柴过年。哎哎，你告诉老太婆，明天家里打牙祭。”

其实，杨青冈打心眼儿里瞧不起杨楠木，根本不愿意搭理杨楠木，但是母命难违，不得不来找杨楠木。好在杨楠木主动说自己明天回家，他索性不催了。可是他不放心，佯装离开后，走出不远又折回来。

他在朱记蒸笼馆附近逗留到天黑，再也没有看见杨楠木。他估摸杨楠木又去哪家酒馆喝酒了，他便住在朱记蒸笼馆里。

半夜，杨青冈摸黑进入茅厕。突然，他在猪圈门口被什么东西绊了一跤，便伸手去摸，摸着摸着就摸到一个人。

“龟儿子，眼瞎了吗？”那人突然咕哝一句。

杨青冈本想骂人，但听出那人是杨楠木，便撒完尿跑回屋。

第二天，天还没亮，杨青冈鄙夷地朝杨楠木住的猪圈看了一眼，就起身回家了。

杨楠木上午揽到活儿，还是扛十头猪的大活儿。这是今年他接到的最大一单生意。

扛完十头猪，杨楠木看着手上沉甸甸的两个大洋，满心欢喜。他在铺子里砍了一块猪肉，买了两盘鸭儿巴，打成包，捆扎结实，准备回家。

斗山顶上到了冬天就积雪，但猪市坝这么多年还是头一回下雪，看来老天爷也在催杨楠木回家。

偌大的猪市坝，已经没有杨楠木的容身之地，他不得已走上回家的路。龙骨石铺成的盐道，高一步低一步，很不平坦，难以行走。山腰上铺着厚厚的积雪，路面湿滑，石头上结了冰凌，就像鹅蛋上刷上桐油一样光溜。

突然，他踩虚了一脚，径直摔倒，直溜溜地滚到坎下。身体重击地面时，他却下意识地护住鸭儿巴。那块猪肉先落地，他一屁股坐到猪肉上，猪肉救了他的命。

他站起来，拍了拍那块猪肉，嘿嘿地笑起来：“没想到，老子卖了一辈子猪肉，反倒被猪肉救啰！”

既然猪肉救了他的命，说明他命不该绝。摔了一跤也没啥，他爬起来继续赶路。

杨楠木推开家门时，一家人正坐在火塘边烤火。两个小孙子见他回来，知道他的包袱里肯定有好吃的东西，不约而同地盯着他。

“老婆子，拿去给他们分了。”杨楠木把包袱往桌上一丢，有气无力地说。他知道只有孙子打开包袱，看见鸭儿巴时，才会叫他爷爷。

孙子一声声地叫爷爷，把杨楠木的骨头都叫软了，把一年的不快全部融化。

猪市坝的人过完年，就开始忙农活儿，市场上冷清许多。只有朱记蒸笼馆营业，因为这里要给过往的背脚子、挑子客供饭。

过完年，杨楠木又回到猪市坝。他这个年龄的人，还在外面飘荡，是不合时宜的，更何况还混到这种地步。但是，他就是不打算离开这条街。临出门前，他媳妇说出她做的那个不吉利的梦，叮嘱他小心点儿，他压根儿就没往心里去。

其实，猪市坝做生意的人已经换好几拨了，现在的商家，早已忘记杨楠木是这个市场的创始人，只有杨楠木对此念念不忘。杨楠木越来越觉得猪市坝的人不可理喻，像他这个伟大的先行者，理应受到他们尊敬，甚至崇拜，结果却被他们漠视、嘲讽。

年后，猪市坝的各家生意越来越寡淡，杨楠木只好白天四处乞讨，晚上借宿在朱记蒸笼馆的猪圈里。他成了猪市坝多余的人，成了所有人都讨厌的叫花子。

曾经的猪贩子，现在成了猪圈守门人。

“滚，滚！” 朱记蒸笼馆老板娘看见杨楠木就生气，毫不客气地轰他走。

杨楠木梗着脖子，刚想发作时，只听“啪”的一声，老板娘手里的那根柴棒横扫过去，打在杨楠木的连二杆上，疼得杨楠木嗷嗷大叫。

要在过去，杨楠木总能掏出钱，买几个鸭儿巴，现在他穷得舔灰，到处乞讨不说，就差把脏手伸进蒸笼抢鸭儿巴了。

老板娘最怕杨楠木摸蒸笼，就驱逐他。只要杨楠木靠近朱记蒸笼馆门口，老板娘就举着柴棒撵他。

杨楠木挨了几柴棒，腿上紫了几大块。老板娘是他的老熟人，以前不但任他挑逗，甚至还能主动与他打情骂俏。但是，现在他身无分文，老板娘翻脸不认他了，还觉得他脏兮兮的，影响她做生意。

“从今晚起，不许你住我家猪圈。”老板娘发了狠话，拿着柴棒把杨楠木打跑了。

杨楠木实在没办法，就到一家店铺的屋檐下过夜，却被店主呵斥、驱赶。他去了几家店铺，都没有人愿意收留他。

杨楠木走投无路，只好躲到猪市坝的山王庙。山王庙已经破败不堪，晴天还好，下雨时四处漏水，他只好躲在大树下过夜。

杨楠木不死心，还想回到猪市坝、回到朱记蒸笼馆。他已经挣不到钱了。连日下雨，他连一个遮风避雨的地方都没有，更麻烦的是讨不到饭食，饥饿难耐。此时，他才预感到自己的死期临近了。

他走进朱记蒸笼馆，小声说：“没有老子，你们还能做生意？”

见没有人搭理他，他就指着朱记蒸笼馆的四壁喊道：“这里是我的房子。”

他的话只能引来众人哂笑，换不来一丝怜惜。朱记蒸笼馆的老板娘，还要他拿出房契。

杨楠木气得不行。他觉得自己就是在这里修的草棚子、在这里开的市。没有他，就没有这个猪市坝。这些在猪市坝发财的人，现在居然不认他了，良心都被狗吃了。

“既然你让我不得安宁，我也不让你这个骚货睡安稳。”杨楠木砍了一根竹子做成木鱼，每天定时到朱记蒸笼馆门口敲。名为打更，实则不想让朱家人休息。尤其那个把他小腿打得青紫的老板娘、那个骚婆娘，更不能让她吃得好、睡得香。

清明节前，猪市坝下了三天三夜暴雨，高高的斗山变成了瀑布群。

半夜，一阵轰隆隆声响过，山体塌下一大块，猪市坝被泥石流夷为平地。杨楠木与所有鄙视杨楠木的人，自此再也没有出现过。

杨青冈的母亲得知杨楠木死于非命，呼天抢地地号啕。

杨青冈虽然没有那么悲伤，但心里也不是滋味，毕竟他老汉儿死了。虽然他老汉儿与他形同路人，但是，只要这种父子关系存在，便有一种天然的牵挂和寄托。现在老汉儿死了，他还是感觉心里空落落的。

他鄙视老汉儿，但老汉儿“把生意做到云梯街去”那句话，却像魔鬼似的附在他心里。

他决定出去闯一闯。

4

杨青冈跟杨楠木一样，相貌智商都很普通，反应迟钝，甚至说话都说不明白，好在他读了一年书，识得几个字，知道他闯云梯街的本钱就是力气大，能背起两百斤的重物。

他的大儿子黄牛儿瘦弱，已成年；小儿子黑牛儿粗壮，但年龄小。因此，这次出门，他只带着黄牛儿。

踏上埋葬杨楠木的那片滑坡地，想到下面的冤魂，杨青冈倒吸了一口凉气。他突然感觉这里就是一座大坟墓，阴气很重。但是，这里是去云梯街的必经之地，他不得不踩着老汉儿的尸骨走过去。

烈日之下，斗山顶上山风习习，松涛阵阵，坐到林子里还感觉寒气逼人。走到山脚下，便如同进入蒸笼一般，脚下热气升腾，浑身大汗淋漓。

杨青冈父子来到云梯街后，沿着街道一直走到黄老虎峡口，又从黄老虎峡口攀登而上。他们沿街收集招工信息，走累了就坐在石梯上歇息。

突然，一位穿着考究很像老板的人，靠近杨青冈，拿起杨青冈的扁担问道：“一看你们就是新来的。你们是哪里人？”

“你怎么知道我们是新来的？”黄牛儿问。

老板得意地说："光石板上一条通天街，落根针都瞒不住我，还有我不认识的人？"

"我——我——我是楠木垭人，叫杨青冈。"杨青冈指着黄牛儿，"他是我大儿子黄牛儿，生在大山坳里，没啥出息。今天我们第一次来到云梯街，想找点活儿，求点财。没想到我们把一坡石梯子走穿了，还没个着落。这位爷，你——你——你能不能行个方便，给我——我——介绍点活儿？"

杨青冈结结巴巴地说完，满脸祈求地望着老板。

老板身材颀长，一身黑色绸缎衣服，一看就是非富即贵，但是长得寒碜，尤其是那张脸，上大下小像个陀螺，尖尖的下巴把脖子遮住一大截。

老板把扁担递给杨青冈："你们到我铺子去。"

杨青冈父子紧紧跟在老板身后。杨青冈问道："老板，你——你——你是我的贵人，你贵姓？"

"我姓王，王顺丞，和顺的顺，丞相的丞。"

"王老板，你是干哪行的？你——你——给我们介绍啥活儿？"

"马上你就知道了。"

三人走到云梯街中段，进入一家盐铺子。杨青冈认识门顶上"王记商号"四个字。盐铺子前后的一段街道和街沿，颜色暗淡，这是被盐水浸泡过的痕迹，看样子王老板是开盐铺子的。

进入盐铺子，杨青冈顿觉阴凉，地面显然也被盐水浸过。

王记商号有三间门面，中间双开大门，挂了一把大铁锁，两边门面则是活动的铺板，白天取下来放在门口的木凳上当货架，摆满货，晚上放回原位当墙壁。盐铺子里有一排半人高的柜台，柜台后面有两口敞口斗，一口装满蓝幽幽的锅巴盐，一口是白晃晃的面盐。盐铺子后面是天井，天井后面还有三间库房。库房的门厚实，安装两把大锁，再后面就是厨房和茅厕。

杨青冈感觉这位王老板不简单。因为盐巴很贵重，他家里能储存这么多盐巴，修得起带天井的院落，绝对不是一般人。

杨青冈心中暗喜，看来今天自己遇到贵人了。跟这样的大老板混，肯定错不了。看完盐铺子，父子俩坐在门槛上四下打量，心里满是羡慕。

王老板从里间屋子走出来，坐到柜台里的高脚椅上，挽了一下袖子，正了正瓜皮帽，扫视盐铺子一圈，问杨青冈："杨青冈，你父子俩身强力壮，给我背锅巴盐如何？"

听王老板问自己，杨青冈赶紧进屋，站在柜台前点头哈腰："承蒙王老板抬爱，让我们做什么，你——你尽管吩咐。"

"好，今天酉时，有一船锅巴盐从对岸过来，我们一起去接货。船靠石槽溪码头后，你们把锅巴盐连夜背到店里。"

"好的，王老板。我们第一次出门，没带背篼，店里有吗？"

"这个没问题。"王老板说完，从里间屋子取出两个扁背、两个大钉杵、两盏马灯。

过了申时，王老板吩咐账房先生到厨房取来一木盆子煮熟的红薯，一大碗咸菜，让杨青冈父子吃。吃过红薯，王老板把一个大皮箱捆扎在扁背上，让杨青冈背着。

三人来到长江边石槽溪码头，只见江边系船柱上拴着十几艘大大小小的木船，在浪里摇摆起伏。江水浑浊，而溪水清澈，在入江口显得格外分明。

一艘大柏木船停在岸边，已有几个背脚子从大柏木船上往岸边搬东西，岸边摆了一地货物。

王老板跟一位穿着短衫的中年人接洽后，就叫杨青冈提来皮箱。短衫中年人掂了掂皮箱的分量，没有清点，直接把皮箱里的大洋倒进一口木箱子。

杨青冈有生以来第一次见到这么多大洋，嘴里不停地发出"啧啧"声。他想往前凑，让自己看个够，却被水手拦住。

锅巴盐五十斤一坨，杨青冈背了两坨，黄牛儿只能背一坨。从石槽溪码头到王记商号，一个来回父子俩走了一小时。他们背完锅巴盐已经到了后半夜。王老板叫杨青冈洗净手脚，带他们到厨房胡乱吃了几个红薯后，就在盐巴仓库里铺开一捆稻草，叫他们睡下。

杨青冈父子俩实在太累了，把扁担当枕头，倒头睡得像头猪。第二天早晨，杨青冈正要开口要工钱，王老板递给他一把开山斧："你们还没完成任务呢，昨晚背回来的锅巴盐，还得锤烂。"

"这个不难。"杨青冈随口说道。

杨青冈在家里极少看见锅巴盐，现在他才明白锅巴盐是用盐井的卤水熬制成坨的，跟龙骨石一样坚硬。他把竹席子摊开，搬过一坨锅巴盐，一斧子下去只劈出一道白印。他再用力劈，只劈了一道浅浅的口子。

此时，他才意识到自己遇到硬货了，便不敢轻视，改砍为敲，一点一点地敲击。

一个上午，他才敲完一坨锅巴盐。

"这哪是盐巴，怎么比石头还硬？"黄牛儿敲了一阵，手都软了，便开始抱怨。

王老板并不在乎杨青冈父子俩的苦与累，一直在柜台里处理生意。

又到了酉时，王老板说来货了，让杨青冈父子俩去背盐。于是，杨青冈父子俩跟随王老板到石槽溪码头背盐。

杨青冈父子俩折腾半宿才睡，第二天接着砸锅巴盐，第三天依旧，可是王老板闭口不提工钱。

第四天早上，杨青冈实在忍不住，向王老板索要工钱。

王老板见杨青冈索要工钱，顿时沉下脸："你们吃我的，住我的，用我的，这工钱就不好算啰。"

生来木讷的杨青冈，闻听此言，心里就憋得慌，越发口齿不清。

黄牛儿说道：“饭食钱、住宿费、工钱，各算各的嘛。”

经过黄牛儿提醒，杨青冈大脑突然开窍，赶紧附和一句：“对嘛。”

账房先生提着算盘走过来，把算盘珠子拨得叮当响：“三天力资，我给你两块大洋，这还是抛起算的。减去饭食钱、住宿费、灯油钱、稻草、水费、扁背大钉杵磨损费，你们爷俩儿三天的工钱，还剩一块大洋。”

“你这是哪家的算盘？天下哪有这样的算法？”杨青冈嘟囔道。

账房先生白了杨青冈一眼：“账是明摆着算的，王记商号从来就没有白吃白住的人。”

黄牛儿问：“啥？我们白吃白住？妈呦，就是请个长年嘛，也要供饭嘛，我们做三天工，三更半夜去背盐，还要我们出饭食钱？”

杨青冈刚想发作，看见里间屋子走出一个五大三粗的汉子，一身短打扮，腰里别着手枪，顿时吓得魂不附体，退到门口。

账房先生追出来，丢给杨青冈一块大洋。

杨青冈父子俩怒气难平，却毫无办法，摊上这种事，只能自认倒霉，难不成为三天的工钱丢命？在云梯街，他们初来乍到，没有亲戚朋友，被人暗算也是正常的事情。父子俩走到街上，坐在大黄葛树下生闷气。

“狗日的王老板，几盆红薯就把我们打发了，咒死他龟儿子。”杨青冈边骂边叹气。

此时，一个背脚子也在大黄葛树下歇息，听到杨青冈的话，就问起事情的缘由。杨青冈便向背脚子讲述了他们父子俩三天的经历。

背脚子听完哈哈大笑：“你们是新来的吧？那个王老板，心狠手辣，外号‘一把刀’，你们被砍了工钱算是走运了，如果再待几天，你们爷俩儿手脚都要被他砍去，爬都爬不出来。”

黄牛儿很不服气，问道："他是开黑店的吗？"

背脚子低声说："比黑店还黑。他是给日本人做事的。"

"啊？"杨青冈父子俩闻听此言，都吓出一身冷汗。他们在此人生地不熟，又被王老板欺骗，以后咋办？

背脚子说："现在云梯街生意寡淡，过去背盐巴的，现在都改行了。你们到宜昌走走，那里生意比这里好一些，乘船一天就到了。那里是大码头，老板多如牛毛，他们稍微洒点油水，就够你们花一辈子的。云梯街这个鬼地方，光石板上的人，爹毛子凶得很，想在这里找钱，难。"

杨青冈父子俩听完背脚子的话，犯起难来。他们还要远走吗？万一又被骗怎么办？如果现在回家，还没挣到钱，等于打狗脑壳回去，多没面子，不被街坊邻居耻笑才怪。

"好马不吃回头草，老子既然出来了，死也死在云梯街。"杨青冈把心一横，闯一闯宜昌大码头，有什么不可以的呢？他发誓到了宜昌，绝对不能再给像王老板这种人做事。他还琢磨，如果这次他能发财，就叫黄牛儿回家把黑牛儿带出来。

背脚子是下苦力的，发财的事断然轮不到他们。杨青冈父子俩在宜昌干了半年，除去生活开支，竟然所剩无几，他们只好硬着头皮回到家中。

杨青冈开始埋怨祖宗。每到夜里，他便坐着院子里抽闷烟。他无法理解，祖宗为什么将家安在斗山顶上楠木垭。从这里出发，上行下行都必须走又长又陡的山道。虽然山道是一条大路，客商不断，但和他家没有丝毫关系。这里到处是石灰岩、鸡窝地，怎么卖力耕种也没有好收成。这也是他坚持去云梯街下苦力的原因。尽管闯云梯街也不容易，下苦力也很难挣到钱。

开春后，杨青冈见过路的客商多起来，打听后得知要打仗了，盐巴紧俏，从四川往湖北运散盐的生意火爆。从自贡经过云梯镇到来凤县是一条直路；从来凤县走酉水河，最远抵达常德，也是一条直路。开通这条盐路，是政府早就谋划好的。运输淮盐的路已经被日本鬼子切断，湖南湖北人吃盐，只能靠川盐接济。于是，他就想带领黄牛儿再闯云梯街。

5

元宵节后，杨青冈就迫不及待地带着黄牛儿来到云梯街。让他欣慰的是，云梯街的生意已经好起来了。他看到像石头一样坚硬的锅巴盐、白花花的散面盐，心里充满羡慕。

从四川自贡运来一船盐巴。杨青冈加入搬运队伍，没多大工夫，他们就把一船盐巴卸下来。见盐巴堆得像小山一样，杨青冈怯生生地靠过去，与来自四川自贡的杨老板套近乎，探听做盐巴生意的门道。

杨青冈已经意识到，下苦力赚不到钱，老实巴交的人很难找到活儿干，还被人瞧不起。他与杨老板搭讪后，发现杨老板竟然是自己的本家，彼此都觉得有些亲近。杨老板告诉他，他们可以合伙做生意。

“儿子，靠当背脚子，挣不了几个钱，现在盐巴紧俏，听说王记商号仓库的盐巴，十斤一块大洋，背到来凤县还能翻倍。”杨青冈对黄牛儿说完这句话，凸起的颧骨两边的杂乱胡碴儿竖起来，一双深陷的眼睛发出寒光，瘦削的脸上呈现神秘之色。

“老汉儿，你想做生意？”黄牛儿问。

“我找朋友凑几块大洋，搞一回看看。”

“莫搞栽了，妈又要说你空欢喜。”

“不得，这次看准了的。”

第二天，杨青冈带着黄牛儿，在码头闲逛。他们合计半天，还是没敢下手。他们手里这点儿钱，只够买五十斤盐巴，除去来回路资，还要倒贴钱。所以，他们决定给杨老板背一趟盐巴，顺便熟悉长江沿岸盐巴的价格。

走一趟来凤县，需要一个月时间。杨青冈一行五人，由一个携枪的大汉当带捎，把盐巴送到来凤县。得到力资钱后，杨青冈父子俩买了一斗米背回家。这一斗米，够杨青冈家里人吃一个月。

时至初夏，杨青冈的心里也像升起的气温，越来越热，最后决定赌一把。

晚上，山里的蝉不停地鸣叫。杨青冈心烦意乱地坐起来，叫醒老婆："我和你商量一件事。"

"什么事？不是空欢喜噻。"

"这次应该能发财。"杨青冈说得很认真，呈现出少有的深沉。

"我去过来凤县，晓得那里盐巴的行情。我组一个盐队，先少运些，慢慢地积少成多，就能挣大钱。你把家里的钱统统找出来，我和黄牛儿运盐巴，保证不是空欢喜。"

第二天早晨，杨青冈老婆翻箱倒柜找出五块大洋，全部交给杨青冈："这是全部家当，给你做本钱。你小心点儿，不要倒进江里了。"她说完盯住黄牛儿，示意黄牛儿看紧点儿。

炎热的夏天，把云梯街变成火炉。过去冷清的码头，现在却是人山人海。

杨青冈揣着五块大洋，伺机出手。他硬着头皮找到杨老板："本家老板，我押五块大洋，再打五块大洋的欠条，要一单盐巴。我从来凤县回来再还本钱，你信得过我吗？"

杨老板上下打量杨青冈，犹豫一下，说道："我没见过萝卜地里长金子，你是背脚子，包里也没几个钱。但是，一笔难写两个杨字，我给你打抽伙，可以赊欠。"

"那你就多赊我一点儿，这次我要五百斤。"杨青冈很认真地说。

此时，杨老板已经发达了，对五百斤盐巴满不在乎。

拿到五百斤盐巴后，杨青冈便雇人运到来凤县，净赚五块大洋。此后他又运了几趟盐巴，腰包便鼓起来。

年底，杨青冈运完最后一趟盐巴，回到云梯街，发现他们今年挣的钱，能装满一小口袋了。

在出租屋里，喜形于色的杨青冈，双手按在小口袋上，低声喊道：“老子发财了！”

那天夜里，杨青冈父子俩像做贼一样，连夜背着钱袋子回到楠木垭，将大洋埋在后山松林里。

在家里过了两个月的舒心日子后，杨青冈带着两个儿子来到云梯街。这次，杨青冈有一笔钱垫底，信心十足地去找杨老板。没想到，杨老板去犍为县开盐矿了。

于是，杨青冈想入股谭天运的船帮。

谭家是云梯街的大户，做生铁、棉花、粮食运输生意，家大业大，人口众多，已是云梯街一霸。现在谭家又垄断了云梯街的盐巴生意，更加不可一世。

杨青冈把自己打算入股谭家船帮的想法说出来之后，却遭到谭天运一口拒绝。

谭天运看不起杨青冈，自然也在情理之中。他虽然不了解杨青冈的底细，但晓得杨青冈只是下力汉，有啥资格跟他谈合作？云梯街现在生意火爆，异想天开的人多，想入股谭家船帮的人排成串，杨青冈是什么货色？真是不自量力！

杨青冈本想依靠谭家发财，在云梯街站住脚。谭天运的无情拒绝，让杨青冈断了这个念想。但是，尽管遭到谭天运白眼，杨青冈依旧没有死心，转而找到黄中云。

黄中云，早年混迹宜昌大码头，云梯街生意不景气时很少回来。今年他见云梯街生意火爆，便依仗家族人多势众，强占码头上的货物卸载转运业务。

杨青冈在云梯街码头混了那么久，自然知道黄中云绝非等闲之辈。

在犍为县开盐矿的杨老板的运盐船队，在云梯街码头靠岸，杨青冈上船找到杨老板，联系搬运业务，杨老板爽快答应。

但是，杨青冈找到黄中云，提出入股黄记商号时，黄中云看出杨青冈在打杨老板两艘船装卸费的主意，于是脸色骤变，举起拳头骂道："龟儿子杨青冈，你想找死吗？云梯街的河水，老子还没喝够呢，还轮不到别人喝！"

杨青冈心想："既然杨老板两艘船的装卸业务，你都不肯让给我，我只能硬抢了。"

杨青冈倚仗有杨老板和两个儿子支持，就找到几个背脚子，向他们许了好处，并答应他们，只要他们占了杨老板的两艘船，挣来的装卸费他们平分。

午时刚过，杨老板的一艘运盐木船停靠云梯街码头，杨青冈便带着几个背脚子上船，扛起盐巴就走。

黄中云也带人往船上走，看见杨青冈带人上船，便大声告诫杨青冈："杨青冈，你给我听好了，云梯街还没有人敢抢黄家的生意。"

"黄老板，我不过是想赚两船的装卸费糊口而已。你家大业大，求你抬抬手，给我一条活路。"杨青冈恳求道。

"在我的码头，一文钱你也别想赚。"黄中云根本不把杨青冈当回事儿。

此时的杨青冈，明知道黄家人多势众，心里却不服气。

黄中云的手下冲上船，"噗噗"几拳便把杨青冈打倒在地。黑牛儿看见老汉儿挨打，抄起大钉杵就要冲上去，却被黄中云的手下死死按住。

一通拳脚上身，杨青冈父子哀号着，连滚带爬地跑下船。其他几个背脚子见状，哪敢停留，皆作鸟兽散。

杨青冈和黄牛儿被打得鼻青脸肿，黑牛儿脸上还挨了一刀，血流不止。

杨青冈带着黑牛儿去熊记药铺治疗。神情呆滞的杨青冈坐在熊记药铺角落里，思前想后。这么多年，他为了实现老汉儿“把生意做到云梯街”的夙愿，两手空空三闯云梯街，受尽欺凌。如今他有钱了，还是照样受气，究竟为啥呢？

黑牛儿包扎完伤口，见杨青冈一脸茫然，便拉起杨青冈的手说：“老汉儿，我们靠蛮干是不行的。我有一个主意，自己建码头。”

杨青冈摇摇头，没有说话。

此时，杨青冈已经想明白，在云梯街没有自己的地盘，实难扎根，更谈不上发财。在云梯街上，没钱人跟有钱人扯不上关系。可建码头这样的大事，他想都不敢想。他没有当老板的野心，更缺乏建码头的本钱和经验。

父子三人商议了一夜，最后决定让黄牛儿回家，征求杨青冈母亲的意见。

黄牛儿回来，将奶奶和母亲的意见告诉杨青冈——在云梯街建码头，兹事体大。她们作为妇道人家，断不能草率决定，请在外的三个男人自行决断。

黑牛儿急切地对杨青冈说：“不就是建个码头嘛，我就不相信我们杨家干不赢黄家！”

黑牛儿因为受了刀伤，心中的闷气无处发泄，死活要建码头，和黄家人一较高下。

杨青冈胸无点墨，心无大志，决心难下。

“老汉儿，就算我们把挣到手的钱亏掉了，大不了我们再当背脚子，再辛苦几年挣回来就是。再者说，我们还有杨老板的盐矿支持呢。”

已经深夜，父子三人始终睡不着。杨青冈点燃一炷香，熏走讨厌的蚊子。

黄牛儿满脸忧虑的表情：“仅靠我们这点儿实力，凭什么与黄家人争？”

黑牛儿显然还在气头上，大声反驳黄牛儿：“在云梯街光石板上讨生活，不争，就站不住脚；不争，就等于失败。”

小小的黑牛儿竟然说出这样的话，让杨青冈感到吃惊，顿时沉默了。

云梯街此时仿佛也沉寂了，灶鸡刺耳的叫声也收敛了，已经能听见江水撞击岸边礁石的“哗哗”声。

此时，杨青冈的心情，也如江水一样难以平静。

“建一座码头，谈何容易！建起码头，黄家人允许运盐的船停靠吗？”杨青冈忧心忡忡地说。

“这么办行不行？码头建好以后，第一个月不收停靠费、货物保管费。库房肯定不会有太多货物，就免费给背脚子住一个月。”

黑牛儿的建议，得到黄牛儿大力赞同。

父子三人，你一言我一语地讨论着。杨青冈虽然没啥主意，但他觉得黑牛儿的话在理，最后决定建码头。

鸡鸣声传来，他们才感觉睡意来袭，在你一言我一语的商议中逐一睡去。

6

黄牛儿见杨青冈下了决心，便开始筹划建码头的事情。黑牛儿则跟随黄牛儿跑前跑后选址，最后他们决定把码头建在马尿溪的大沙坝。

随后，杨青冈邀请几个背脚子来到大沙坝。

“黄家人不让我们建码头怎么办？”有人担心。

“一个背脚子下力汉，还想建码头？难道祖坟冒青烟了？”有人阻止杨青冈。

“这里离黄家码头很远呢，各做各的生意，互不影响嘛。”

杨青冈没想那么多。

“要是没船停靠怎么办？”有人提出最关键的问题。

“哼，我一个月不收停靠费，我就不信没船停靠。再者说，我有本家杨老板的货船支撑，起码能够本。”杨青冈信誓旦旦地说。

说服了几个背脚子，杨青冈开始雇石匠修码头。其实，修建这样的码头并不复杂，从江边凿出一条石梯路，连接云梯街，然后按照高中低的四季水位线，各立一根系船柱，在岸边搭起几间工棚做临时仓库和住房，就算建成了。

杨家码头的缺点是，江水水位下降后，码头会出现一片沙滩，上下船都不方便，无故增加很多成本。

在黄中云看来，在这样的地方建码头，纯属瞎胡闹，也就没有在意。

后来，大量船只停靠杨家码头，杨家码头上的生意一度盖过黄家码头。

为了和其他码头抢生意，杨青冈竟然不惜代价，在杨家码头搭起简易的库房，免费给背脚子居住。越来越多的背脚子聚集在杨家码头，既方便运盐船卸货，也提高了杨家码头的人气。

杨家码头的生意越来越火爆，杨青冈的野心就越来越大。他不仅想在云梯街站稳脚跟，还想挤走谭家、赶走黄家，自己做云梯街的霸主。

然而，事业成功不仅需要实力，还需要一点点运气。

杨青冈似乎没有那么好的运气。

夏季江水淹没码头，长江的水运生意进入淡季。没有船只停靠杨家码头，背脚子们坐吃山空。一天，一条大木船停靠杨家码头，好多天没有收入的背脚子们争抢着上船卸货。

突然一个大浪涌来，船身摇动，跳板翻转，走在跳板上的五个背脚子同时落水。

黑牛儿见背脚子落水，没有多想便跳进江里营救。他仗着自己力气大，抓住一个背脚子拖上岸，接着去救第二个……黄牛儿也落水了，但是黑牛儿始终没有找到黄牛儿。

好在这里是回水沱，黄牛儿没有被冲到下游，而是冲到上游。杨青冈和黑牛儿沿着江边一直找到月儿溪，才在江面上的垃圾堆中找到黄牛儿。他们把黄牛儿拖上岸，发现黄牛儿的肚子鼓鼓的，已经没有气息。

原来，黄牛儿遇到威力巨大的漩涡，被卷入江底。

任何人碰上这样的漩涡和鼓泡，只能按倒霉处理，绝无生还的可能。

不但黄牛儿死了，四个背脚子也死了。五具尸体在杨家码头上摆成一排。

午后，闻讯赶来的背脚子亲属，把杨家码头围得水泄不通，各个披头散发地哭爹叫娘、抡锤砸东西，把杨家码头弄得乌烟瘴气。

杨家码头出事后，黄中云暗地里派人假扮背脚子亲属，向杨青冈索要高价赔偿。

黄中云见杨青冈焦头烂额无计可施，便让管家把杨青冈请到黄家。

“你家码头出了这么大的事情，也是我不愿意看到的。请问，你打算怎么摆平四条人命？”黄中云单刀直入地问。

“我就是个下苦力的，没经历过这样的大风浪，还请黄老板高抬贵手，借我一千块大洋，渡过这个难关。”杨青冈几近哀求。

“杨青冈，你还真是没有见识的下力汉。我直接跟你说吧，你现在就是倾家荡产，也难以补偿四条人命。”黄中云说完，嘴巴翘起，轻蔑地看着杨青冈。

“黄老板，请你借我一笔钱。待我处理好这件事，恢复元气，一定加倍偿还。”杨青冈还是对黄中云抱有一线希望。

“我直截了当地给你交个底儿吧。我帮你把死者家属全部摆平，你把你的码头和仓库抵给我，你折财免灾，如何？”

杨青冈知道黄中云想趁火打劫，却没有丝毫办法，只好忍气吞声地答应。

“云梯街的水很深，不是你这样的下力汉能蹚的。就凭你胸中那点儿墨水，还想在云梯街建码头，岂不是癞蛤蟆想吃天鹅肉嘛！老子驰骋江湖这么多年，走南闯北，什么人什么事没见过？在云梯街，敢跟老子对着干的人，最后不是身败名裂，就是倾家荡产。你还是规规矩矩回老家吧，拿锄头把儿比较稳当。”黄中云阴阳怪气地嘲讽道。

此时，杨青冈已经没有资本跟黄中云较劲，也不想跟黄中云打嘴仗，只求黄中云赶紧出面，把码头上的尸体处理掉。

双方签订契约后，黄中云带领手下，威风凛凛地来到杨家码头，宣布正式接管杨家码头。他当着死者亲属的面，宣布他的处理决定，“每个死者赠送一口棺材，限下午酉时运走尸体，否则扔进江里喂鱼”。

杨青冈和黑牛儿等到酉时，只有两个死者亲属抬走尸体，其他死者的尸体无人认领。酉时刚过，黄中云便命人将死者的尸体投进江中。

杨青冈看出黄中云在背后使坏，可他确实不知道如何处置这样的突发事件，像黄中云那样毫无人性地处理背脚子的尸体，他根本做不到，因为良心不允许他那样做。

杨青冈辛辛苦苦创建的杨家码头，两年后只能眼睁睁地看着被黄中云强行接管。

杨青冈心有不甘，把黑牛儿叫到面前：“老子好歹也是闯过云梯街的人，没有给埋在楠木垭的祖宗丢脸。虽然老子时运不济，丢了码头，但开弓没有回头箭，老子就是死，也要死在云梯街……”

未等他把话说完，便一头栽倒在地。

黑牛儿立即喊人帮忙，把杨青冈抬到熊记药铺，进行针灸。

一阵忙碌后，熊单方告诉黑牛儿：“杨老板患的是脑出血，我已无力回天。你赶紧想办法把他的尸体运走吧。”

黑牛儿只好和几个背脚子，将杨青冈和黄牛儿的尸体装殓。

黄中云接管杨家码头后，并没有妥善经营，而是全部拆毁，杨家码头自此在云梯街不复存在。

创建杨家码头，几乎耗尽父亲和哥哥的心血；他们爷俩儿，也因杨家码头丧命。因此，黑牛儿决定将父亲和哥哥葬在杨家码头。

黑牛儿请来石匠，在杨家码头的第一根系船柱和第二根系船柱下面，分别凿出墓穴，把父亲和哥哥的棺材埋进去。

黑牛儿跪在父亲和哥哥墓前，号啕大哭后，独自坐在码头上，迟迟不愿离去。

黑牛儿望着破败的杨家码头，心想：“这个码头，是父亲在云梯街开创的基业。第一根系船柱、第二根系船柱，是父亲和哥哥用心血和生命埋下的，第三根系船柱就留给自己吧。”

黑牛儿暗暗发誓，父亲和哥哥在云梯街上，凿石成路，踏石留痕，他一定也要在此破石扎根！

第五章

哼树园的主人

1

杨青冈发达时，楠木垭的人对他另眼相看，甚至过去瞧不起他的堂兄弟，也甘愿为他效犬马之劳。

这些人见杨青冈家道衰败，纷纷对杨家人避之唯恐不及。

杨青冈不但创业失败，还搭上他和儿子的性命。楠木垭的人断定杨家从此没落了，绝无东山再起的可能。

可是，向来不被乡邻看好，甚至不被杨青冈看好的黑牛儿，却有股蔫劲儿。这两年，他跟随杨青冈见识过云梯街的是是非非，经历过由穷到富再到穷的大起大落，领教了云梯街人的无情与狡诈，也饱尝背脚子承受的无奈和屈辱。

在云梯街码头，黑牛儿和父亲受尽磨难与困苦，也享受过做码头之主的富有与荣耀。父亲虽然走了，但是父亲勇闯云梯街的果决、在云梯街码头打拼的执着、创建杨家码头的背水一战，都深深地印在黑牛儿的内心深处。

黑牛儿暗暗发誓，自己不能就这样被命运押进生活的死胡同，沉沦在贫困的生活中，自己一定要再闯云梯街，并在那里站住脚。

于是，黑牛儿辞别母亲，离开死气沉沉的家，独闯云梯街。

起初，没有钱也没有亲戚依靠的黑牛儿，在云梯街混得并不好。曾经在杨家码头做背脚子的难兄难弟，对杨家人心存芥蒂，也不搭理黑牛儿。更何况，谁还在意家道衰败的丧门星呢？

好在黑牛儿有一身蛮力，整天在石板坡上“哼唷哼唷”地叫着。他的乳名叫“黑牛儿”，身体长得如黑牛一般壮实，尤其力气大得惊人，可以背两百斤盐巴。通常两个人才能抬得动的石头，他一个人背起就走。抬脚子爬上一坡石梯，都要歇几回，而他却能一口气走到头，中间不休息。

云梯街有钱人家自然看中他的力气，因为雇他很划算，吃一样的伙食，却能干两个人的活儿。由于雇用他的人多，他挣的钱自然就比别人多。

黑牛儿没有一个正经的名字，大家都叫他“哼大汉”，于是他干脆给自己取名“杨哼”。

光阴荏苒，转眼间就到了民国初年。那时的云梯街，已经变成繁华的商贸集镇，俨然如“沼邑”。

抬脚子是云梯街的下等人，始终被人瞧不起，但是杨哼却做得很起劲儿。

发财的云梯街人，不断地修房造屋。杨哼自己忙不过来，就将一帮在码头游荡的抬脚子、背脚子聚拢在一起，组建一支“棒棒军”，他自封“搬运队队长”。

这群穷汉子，不能识文断字，只有一身蛮力，只能干抬石头、扛木料、运粮食、挑煤炭等苦活儿、累活儿、脏活儿。

杨哼的棒棒军，有十八个人。这十八个人视杨哼为大哥，甚至把杨哼叫作“哼老板”。

杨哼就戏称十八个人为“十八罗汉”。

云梯街的房子原本就是一梯一阶地往上修。杨哼帮人抬石头，目睹一家又一家修房造屋，心里很是羡慕。他摸着一块块刚开采出来的长方形大青石，还散发着裂石沁香，心里直痒痒，便想改变自己的生存方式。

杨哼赚到钱后，便不再做搬运队队长。他租了一间房，创办“哼记盐店”。

战争爆发，时局紧张，盐巴紧俏，哼记盐店的生意自然火爆起来。杨哼应付不过来，便雇用十八罗汉中最聪明的江猴子当掌柜。

江猴子上任一天，就记错了五笔账，赔了钱，心里很懊恼，主动来到杨哼的办公室。

“哼老板，你原本想抬举我，让我管钱管账。但是，我就是一个粗人，斗大的字不识一筐，结果导致盐店亏了钱。你还是另找高人当掌柜吧，我干不了。”

“这件事确实是我考虑不周，但我信得过的这些人，没有比你更合适的。”杨哼也是一脸无奈。

“我们就不能学学黄中云，请个饱读诗书的年轻后生当师爷？”江猴子建议。

杨哼表示江猴子的建议可行，但要等他遇到合适的人选，再接替江猴子。

杨哼回到楠木垭看望母亲，刚好遇见他的堂侄子杨文忠。那时，杨文忠正坐在一堆烂木头上，面向山岩吟诗作赋。

杨文忠参加过三次考试，次次名落孙山，只好回家种地。农闲时，他到私塾教书，挣点钱维持生计。

“文忠，你在干吗？”杨哼走到杨文忠面前问道。

杨文忠转头看了看杨哼，没有说话。如今他是身处荒山野岭的落魄书生，野狗都不愿意多看他一眼。别人跟他说话，只是为了取笑他而已。

杨哼在杨文忠身边坐下，一边翻看杨文忠的书一边问道："文忠，你考过三次试，都未能如愿。你能识文断字，与其窝在这里，不如到云梯街跟我干。"

杨文忠瞟了一眼杨哼："二叔发达啦？听说你一直在云梯街抬石头，那种活儿我可干不了。"

杨哼把自己经营盐店遇到的困难讲了一遍，邀请杨文忠给自己当师爷。

杨文忠对杨哼的话半信半疑，但经不住杨哼苦劝，最后答应杨哼，他把家里的事情处理好，就到云梯街看看。

几天后，杨文忠来到云梯街哼记盐店，发现杨哼和他手下的一群汉子，虽然没啥文化，却一个比一个精明，把哼记盐店俨然打造成蜂巢，把哼记盐店的生意做得风生水起。他还发现那群汉子，个个性格耿直，仗义疏财，且唯杨哼是从。

于是，杨文忠决定留下。

有了杨文忠帮衬，杨哼彻底在云梯街站稳脚跟。他始终惦记着父亲创建的杨家码头，也曾发誓有朝一日要从黄家夺回杨家码头。

杨哼见自己势力逐渐壮大，手下十八罗汉对他言听计从，愿意为哼记盐店赴汤蹈火，便开始盘算如何夺回杨家码头。

一天，天刚亮，杨哼独自来到大沙坝。江上大雾弥漫，他远远地躲在一棵黄葛树下。

岸边系船柱上"杨家码头"四个大字，在雾里时隐时现，把杨哼带到充满苦难的少年时代。

八年前，云梯街的背脚子、抬脚子、扯船子，多数在那间大仓库里住过。杨家码头生意兴隆时，也给他们带来挣钱的机会。这些穷人还不至于把少东家黑牛儿遗忘。要不是发生背脚子落水事故，要不是父亲愚蠢无知，要不是哥哥黄牛儿死于非命，要不是黄中云从中作梗、煽风点火、落井下石，如今杨家码头该有多么辉煌啊，他也不至于沦落到靠抬石头为生的地步。

往事一幕幕再现，让杨哼原本将要凝固的血液开始沸腾。此时，他多想跑过去，抱住系船柱痛哭一场。八年过去了，杨家码头应该物归原主了，他就是拼上性命，也要把埋葬着父亲和哥哥的杨家码头夺回来。

突然，杨哼看见一个人向杨家码头走来。那个人就是暴揍他和父亲的黄家打手。

杨哼担心黄家打手认出自己，急忙起身离去，消失在大雾中。

当天晚上，杨哼把十八罗汉召集到一起商议。

"八年前，这里有一个叫杨青冈的人，你们听说过吗？"杨哼坐在天井坝子中央，扫视身边的人。

"听说过，杨家码头的老板嘛。八年前，我跟随老汉儿背盐巴，还在杨家码头仓库住过。后来，杨家码头卸货时，死了几个背脚子，杨家码头被黄家接管。"江猴子看看杨哼，"哼老板，你也姓杨，难道你与杨青冈有啥关系？"

杨哼皱着眉头，从口袋里掏出一张地契："杨青冈就是我老汉儿，杨家码头就是我家的。黄中云仗着人多势众，乘我家遭难，背后使阴招、趁火打劫、落井下石，气死我老汉儿，抢走我家码头，霸占我家仓库。哼，黄中云，小人做派，天理难容，我必须报仇！"

"你就是黑牛儿？"江猴子惊呼。

"是的。那时候我还小，你们对我没啥印象。"

杨文忠接过地契看了看："这是杨青冈与月儿山三户人家签订的买地地契。看来，那个码头和仓库，都是杨家的。"

杨哼问众人："我现在拿回自家的产业，兄弟们觉得我占不占理？兄弟们可以去那个码头看看，刻在系船柱上的'杨家码头'四个字还在呢。"

天井坝子里顿时安静下来。

半晌后，江猴子犹犹豫豫地说："龟儿子黄中云，以前是宜昌码头黑老大的跟班，出名的心狠手辣。黄家现在占据着云梯街的码头和仓库，财大气粗，人多势众，据说还有枪，我们能斗得过他们吗？”

“我们可以智取嘛。”杨哼说。

“能否请律师打官司？”杨文忠提议，“黄中云肯定想不到我们手里有杨家码头和仓库的地契，我们有此凭证，在公堂上胜算把握很大。”

天井坝子再次安静下来。

十八罗汉都没啥文化，哪能想出万全之策。

杨哼说：“我想问问各位难兄难弟，难道我们生来就该受穷挨累吗？我们就甘愿受人欺凌吗？你们想不想发财，想不想成家立业？想不想在云梯街活出个人样？”

杨哼反对杨文忠的提议。他认为，穷不打官司富不告状。穷人一旦陷入官司中，绝对没有好果子吃，输赢倒在其次，案子久拖不决，会把穷人耗得更穷。

“没有人愿意一辈子抬石头下苦力，没有人不想发财，可是光想有什么用？”一个背脚子盯着杨哼问。

“我更不甘心。我们穷人如果不争不斗，就得穷好几辈子，更别想在云梯街站住脚。”杨哼鼓动道，“我向你们承诺，只要我们夺回曾经的杨家码头和仓库，在座各位都是股东。你们平摊四股，我占六股，利润按股份分派。”

杨哼的承诺，对于十八罗汉这等穷人是极具诱惑力的。

“怎么分派？像我们这些人，除了能背能扛，还能干啥？”一个抬脚子说了实话。

江猴子有些激动，站起来说：“哼老板，不，现在我们应该改口称你为‘哼爷’，你的为人，我们知根知底。这几年，云梯街的抬货市场，就是你带领我们这帮难兄难弟争来的。现在你想夺回家业，天经地义。你决定的事，我绝不说二话，跟随你干到底。

你直说吧，我们到底怎么干？”

杨哼想了半天，也想不出好办法，就让众人回去睡觉。

2

第二天，杨哼起得很早。

他早已习惯每天起床后在哼记盐店的上下街道走一趟，活动一下筋骨。他行至大沙坝，看见杨文忠坐在江边看书。

杨哼走到杨文忠身边问道：“文忠，你咋起这么早，看什么书呢？”

“《孙子兵法》。”杨文忠举起书让杨哼看。

“你现在跟随二叔，哼记盐店的事，你就得多操心了。”

杨文忠点点头，说道：“二叔，夺回杨家码头，是我们杨家的事，我得想个万全之策。”

杨哼挨着杨文忠坐下：“你有什么打算？”

江面起风了，浪涛变得汹涌。杨文忠把书放在石板上，用一块石头压住，对杨哼说：“你昨晚说过，只可智取，不可强索。我觉得，我们先争夺码头上的搬运活儿，然后见机行事。我们就像蚕吃桑叶一样，一点一点地啃，总有一天会把一片叶子啃完。这在兵法上叫‘步步为营’。”

杨文忠虽然是落第书生，关键时候看问题，还是高人一筹的。他说出自己的打算后，杨哼赶紧说道：“黄中云手里有我老汉儿签的字据，不会轻易交出来的。虽然那份字据是黄中云乘我老汉儿之危签订的，但是，如今的法官不了解当时的情况，打官司这条路走不通。我说得明白点儿，我家码头，就是被黄中云使阴招夺去的。你读过兵书，懂得打仗，要替我好好谋划，帮我夺回家业，出这口恶气。”

杨文忠点点头：“我目前只能纸上谈兵，我的办法是否能用于实战，还未可知。你莫急，心急吃不了热豆腐。我们目前面对的是强大的对手，必须谋定而后动，方有必胜把握。我们还要做战败的准备，因为我们输不起啊。”

杨文忠见杨哼一脸疑惑，便说得更详细：“第一天，你派五个抬脚子去黄家码头搬运货物。最先上船的人，可以见机行事，少要或者不要工钱，只求上船讨口饭吃。待五个人在黄家码头站稳脚跟后，再把其他人逐步安插进去，直至把黄家的搬运工全部挤走。这是第一步，就叫‘十八罗汉蹚码头’吧。”

“第二步呢？”杨哼急切地问。

“第二步，必须由你去办。你到县里、省里办理盐巴运输批文。为啥我们目前还不敢公开与黄中云作对呢？就是因为他手头有政府颁发的盐巴运输批文，他转运盐巴是合法的，我们转运盐巴就是贩卖私盐，要判刑坐牢的，甚至被杀头。”

杨哼连连点头。

杨文忠见杨哼没有反对他的第二步计划，就说出他的第三步计划：“只要你搞到盐巴运输批文，十八罗汉就能从码头把盐巴直接运到哼记盐店，然后运到来凤县。不出一个月，黄中云的生意就被架空。到那时，黄中云无力回天，只能将杨家码头拱手让给你。这在兵法上叫‘釜底抽薪’。”杨文忠说到这里，开始担忧，“但是——黄中云肯定不是轻易认㞞的主，不会善罢甘休的。我对黄中云的情况缺乏了解，我们能接得住他的拳头吗？”

“那就打一架呗，在云梯街，十八罗汉的大钉杵功夫，还没派上用场呢。现在，我们要和黄中云从陆上杀到江里。”杨哼知道黄中云不是善茬，担心兄弟们胆怯，就鼓动道，“我们和黄中云注定有一场恶战。我们十八条好汉，难道还怕那个软骨头不成？”

杨文忠盯着江面，没有说话。

“哼，老子晓得黄中云的实力。他那帮狐朋狗友，最近抽大烟了，走路歪歪斜斜的，有啥可怕的？黄中云手下的人，狐假虎威，只敢欺负小商小贩。真要是拼命，他们绝对不是我们十八罗汉的对手！”杨哼分析道。

杨文忠还是不说话。

“我坦白地告诉你吧，不仅黄中云抽大烟、逛窑子，他手下那些人，也都抽大烟、逛窑子。万天宫的戏楼，都被他们包下了。那里的戏子，全靠黄中云养着。”杨哼提高了嗓门。

“既然这样，我们就不应该害怕黄中云了。”杨文忠终于说话了。

“怕他个屁呀，打就打呗，老子正想跟黄中云干一架呢。打得一拳开，免得百拳来！”杨哼愤愤地说。

“我们暗中架空黄家的码头，黄中云抓不住我们的把柄，只能哑巴吃黄连，有苦难言。那时候，你就可以拿出地契，向黄中云摊牌，索要你家老汉儿签的字据，名正言顺地收回杨家码头和仓库。这叫‘不战而屈人之兵’。这些就是我昨夜想到的对策，或许可以叫‘十八罗汉端码头’。”杨文忠说完又叮嘱杨哼，“二叔，切不可泄露半点风声，否则黄中云提前防备，这个计划就会前功尽弃。”

杨哼与杨文忠商议了很久，才返回哼记盐店。

杨哼把十八罗汉召集到中堂屋，把智取杨家码头的策略讲述一遍。随后，他取来一坛酒，倒入二十个碗里。他撸起袖子，用刀划开手指，往酒碗里逐一滴血。其他人效仿他的样子，都划破手指，往酒碗里滴血。

他们一起喝酒摔碗，一起跪下向苍天发誓，宁为玉碎，不为瓦全，赴汤蹈火，在所不惜。

杨哼和杨文忠往县政府、省政府跑了一个月，办齐运输盐巴的所有批文。自此，政府允许杨哼在川鄂湘黔四地运输、售卖盐巴。

杨文忠此招，几乎对黄中云一剑封喉。在花天酒地中享乐的黄中云，万万没有想到，那群衣衫褴褛的抬脚子，正在摧毁他的商业帝国。

万事俱备的杨哼，却不想一举摧毁黄中云的商业帝国。他不是怀疑杨文忠的计策，而是另有考量。

他觉得自己只身闯码头，凭着出卖苦力挣下一笔辛苦钱，确实不容易，但是，这笔钱赚得坦然，来得干净。他还想到父亲的失败。父亲怀揣发财的梦想，在云梯街混迹多年，最后靠背运盐巴的血汗钱，创建杨家码头。可是，父亲没文化，思虑不周，加之遭遇突发变故，在与黄中云的角逐中落败。

人不配财，必有所失。

他认为，凭自己目前的实力，根本无法与黄中云正面抗衡。如果自己不顾一切地硬拼，极有可能人财两空，甚至丢掉性命。

他继承父亲和哥哥的遗志，再闯云梯街，现在小有成就，绝不能再走父亲落败的老路。他想到自己在父亲和哥哥坟前发过的誓言、自己独闯云梯街的使命，就是在云梯街破石扎根。如果现在一时冲动，与黄中云血拼一场，一旦搭上老本，拼掉性命，就无法在云梯街扎根。到那时，自己到了九泉之下，也无法向父亲和哥哥交代。

杨哼已将黄中云调查得清清楚楚。黄中云是云梯街少有的商界奇才，积攒丰厚的资产，拥有强大的势力。但是，黄中云阴险狡诈，巧取豪夺、欺行霸市，所得资产绝大多数来路不正，不是靠武力强占的，就是乘人之危落井下石得到的。

杨哼觉得，自己要堂堂正正地与云梯街商业对手竞争，挣干干净净的钱，让商业对手心服、口服、佩服。只有这样，自己才能真正在云梯街破石扎根。也只有这样，自己的事业才会行稳致远。

云梯街上，朝云暮雨，大起大落之人，比比皆是。在这个长江都能回头的地方，自己还有什么不能妥协、不能放下的？

杨哼决定放下仇恨，不但自己发财，成为人上之人，还要让杨文忠和十八罗汉也在云梯街站稳脚跟，开创基业。

因此，杨哼选择保存实力，韬光养晦，坚持不做令人不齿、被人诅咒之事的同时，还暗中壮大自己的实力。

你方唱罢我登场，在云梯街皆为寻常之事。

杨哼的盐运业务运营之后，从无到有，从小到大，由弱变强，几年之间便发展到足以与黄中云匹敌的地步。

黄中云虽是云梯街少有的商界奇才，可惜的是，他在万人吹捧之中迷失了方向，失去了奋斗的动力，不仅放纵手下胡作非为，自己也终日出入青楼，寻花问柳，沉湎赌毒，最后把自己送入万劫不复之地，葬送了自己开创的辉煌基业。

黄中云为了垄断云梯街码头生意，必须供养一些马仔。那些马仔上行下效，为了供养戏子和妓女，贪占钱财，从各个方面蛀蚀黄中云的商业帝国。

黄中云不但在商业上出现巨大亏空，身体也极度虚弱，对任何事情、任何人都感觉心有余而力不足。

那些唯利是图的马仔，见黄中云身上没有油水可捞，便作鸟兽散，有的投靠杨哼麾下，有的走了盐道，有的带着青楼相好的回乡下种地。

债台高筑的黄中云，无奈之下找到杨哼，愿意以黄家码头和库房抵押，向杨哼借钱还债。

杨哼不损一兵一卒，便夺回杨家码头。

这时，杨哼才告诉低三下四哀求自己的黄中云，他就是杨青冈的儿子黑牛儿。

黄中云得知杨哼是被他害得倾家荡产的杨青冈之子，大惊失色，连忙下跪，磕头如捣蒜。

3

杨哼垄断云梯街所有码头的生意，日进斗金，很快就成为云梯街的首富。

他像所有发财的人一样，开始大肆买地建房。

他修建了一座豪华的“哼树园”。为了扩大盐巴生意，他还修建了一幢大仓库，兼做营业房。后来，那幢仓库被背脚子叫作“下盐店子”。

杨哼迎娶一位有文化的王妹做老婆，尽管王妹腿脚残疾。

云梯街首富杨哼为啥要娶腿脚残疾的王妹做老婆呢？原来，他刚到云梯街时，举目无亲，偌大的云梯街没有他的容身之地。在他身无分文乞讨度日时，王记米豆腐店的王妹送给他一碗饭，于是他对王妹念念不忘。此后，他空闲时就去王记米豆腐店看望王妹。

王妹不但不嫌弃杨哼是穷困潦倒的背脚子，还对杨哼特别热情。

发达后的杨哼迎娶王妹，就是为了报答她的一碗饭之情。

王妹虽然腿脚残疾，但是肤白貌美，身材匀称，嘴甜心善，谈吐文雅。最主要的是，她饱读诗书，与大户人家的千金小姐不相上下。

文化水平低，是杨哼无法弥补的遗憾，也是杨家三代人的遗憾。他的父亲被黄中云陷害，就是吃了没文化的闷亏。现在，他娶了饱读诗书的王妹，正好弥补他的遗憾。

婚后不久，王妹有了身孕。为了给王妹补充营养，杨哼隔三岔五就到黄老虎峡口钓鱼。

杨哼虽然长得人高马大，生性粗鲁，但对王妹却悉心呵护。王妹打心眼儿里喜欢杨哼，尽力把哼记盐店的内务打理得井井有条。

今天天气不错，杨哼吃过午饭，便带领杨文忠和江猴子来到黄老虎峡口钓鱼。没多大工夫，杨哼就钓到一条大鲤鱼。

他们边钓鱼边闲聊。

"报纸上说，日本鬼子入侵我国，上海、南京已经沦陷了。"杨文忠说。

"国军战力太差，早晚有一天，老子要跟日本鬼子真刀真枪地干一场。"江猴子说。

"云梯镇周围的十几口盐井产的盐巴供不应求，都是日本鬼子闹的。"杨哼摇头叹息。

"国民政府提出川盐济楚，二叔听说了吗？"杨文忠问杨哼。

"没有。我平时不看报。"杨哼问，"川盐济楚，到底是啥意思？"

"这是国家战略，就是把四川自贡、犍为出产的盐巴，转运到湖北、湖南。"杨文忠解释道，

"二叔，这是国民政府倡导的大生意，我们参与不？"

"我们怎么参与？"杨哼问。

杨文忠说："凭哼记盐店的实力，完全能承接一部分此类生意。我还没有看到国民政府颁布的具体实施方案，云梯镇政府对此也没啥举措，但是，我们应该提前做好准备。"

江猴子接过话茬儿："川盐济楚，说白了不就是把四川盐巴运到湖北嘛。过去云梯街的盐贩子也往湖北运过盐，没啥难度。现在国民政府重启这条运盐线路，这是我们哼记盐店发大财的好机会。哼爷，只要你一声令下，十八罗汉立即变成十八个带捎，各领队伍出征，绝不拉稀摆带。"

杨哼当然不想错过这么好的发财机会。虽然他没啥文化，但经商多年，捕捉商机的嗅觉还是很灵敏的。他在内心盘算，这么多年来，他广结善缘，黑白两道朋友甚多。但是，这是国民政府倡导的生意，如果没有官方背景，很难做成做大。

就在杨哼准备大干一场时，家里却发生了一些棘手的事情。

守着老家一亩三分地，拒绝搬到云梯街居住的奶奶和母亲相继过世。

王妹临产时，遇到了让云梯街人谈及变色的难产。

杨哼请来岳母和熊单方。熊单方是云梯街有名的“单方先生”，毕业于日本早稻田大学的医学博士。他面对难产的王妹，也面露难色。

王妹中午破了羊水，在分娩的阵痛中挣扎到晚上，也没有生产。

熊单方诊断，王妹不仅难产、逆生，还出现大出血的征兆。所有产妇遇到的难题，在王妹身上都有呈现。

“哼老爷，夫人的情况很糟糕，恕我无能为力。”熊单方走出产房，对站在门口焦急等待的杨哼说。

“熊先生，无论如何，你都要想办法保住夫人和孩子。”这么多年来，杨哼第一次求人。

熊单方摇摇头，无奈地告诉杨哼：“王妹是高龄产妇，遇到了生产的所有难题。我说句实话吧，她和孩子可能都保不住，你要有心理准备。”

“我要个孩子咋就这么难呢？我做了什么孽啊？”杨哼一屁股坐到椅子上，号啕大哭。

王妹母亲不死心，哀求熊单方：“熊先生，你是云梯街最好的医生，一定有办法救我闺女的，对不对？我给你跪下了。”她说着就要下跪。

熊单方赶紧搀扶王妹母亲，咬咬牙，转身对杨哼说：“现在只有一种办法，但大人和孩子只能保一个。不过，这种办法风险极大，可能大人孩子都保不住。”

大人孩子对杨哼来说，都非常重要，哪个都舍不得。他一时间没有主意，直瞪瞪地望着王妹母亲。

王妹母亲咬咬牙，对杨哼说：“我闺女嫁到杨家，就是杨家人。生死有命，你能救她则尽量救她，不能救她也是她的命。她的生死，是你杨家的事。”她说完，哭着走进产房。

王妹母亲知道属于王妹的时间不多了，现在她能做的，就是陪伴王妹走完人生最后一程。

一道闪电划过夜空，接着传来一声巨响，好像天空爆炸了。

不一会儿，豆大的雨点落下来。

突如其来的暴雨，似乎让杨哼的大脑清醒了。他拉住熊单方的手，大声喊道：“熊先生，救我夫人，我不要孩子了！”

熊单方点点头，走进产房。

体力透支、疲惫不堪的王妹，用尽最后一丝力气对熊单方说：“熊先生，救孩子，不要管我了。我即便死了，也要给哼老爷留个孩子。”

“夫人，你不要说话，我马上想办法救你和孩子。”熊单方抓住王妹的手，重重地向她点头。

熊单方立即命人做手术前的准备。

准备妥当之后，熊单方便为王妹做剖宫产手术。

一道耀眼的闪电，把哼树园照得雪亮，接着是一串震耳欲聋的雷声，仿佛将云梯街炸得粉碎。

雷声过后，产房里传出孩子响亮的啼哭声。

杨哼不顾一切地冲到产房门口，跺了几脚又站下。

片刻之后，稳婆抱着孩子走出来，告诉杨哼，是胖小子，非常欢实。

杨哼悬着的心落下一半，焦急地问：“夫人怎么样？”

“熊先生把她的肚子都割开了，你进去看看吧。”稳婆抱着孩子匆匆走了。

杨哼得知熊单方把王妹的肚子割开了，吓了一跳，就顾不上禁忌了，“呼”的一下闯进产房，看到脸上苍白的王妹貌似死去一般。熊单方像做针线活儿一样，认真地缝合王妹肚子上的刀口。

杨哼想呵斥熊单方，但看到熊单方无比投入的样子，转身出去了。

半小时后，浑身湿透的熊单方走出产房，瘫坐在门口，冲杨哼摇摇头，指了指产房的门，声音低得连他自己都听不见："我——我尽力了。"

杨哼立即闯进产房，见王妹脸色苍白，无力地把手伸向他。

他赶紧抓住王妹的手，大声问："你是不是想说话？我们的孩子很好，你放心吧。"

王妹艰难地挤出一丝笑容，有气无力地说："老爷，儿子叫——福来吧，他——他一定会给杨家带来福气的。老爷，我不行了——你要好好照顾——我们的孩子，我——我就放心了，福来，福来——"

稳婆已经把孩子的身子洗净，抱到王妹身边："夫人，少爷八斤多呢，长得很结实，像老爷。"

王妹艰难地抚摸着孩子的脸蛋儿："儿啊——你好命苦——"她话音未落，脑袋一下子歪到一边，眼睛瞪得大大的。

熊单方探了一下王妹的鼻息，看了看瞳孔，转身对杨哼说："夫人——走了。"

杨哼紧紧地抓住熊单方的手："熊先生，她疼昏过去了，她没死，你给她打止疼针啊。"

王妹母亲扑到王妹身边，一边抚摸王妹的脸，一边号啕大哭。

……

杨哼厚葬王妹之后，便张罗给福来找奶妈。他听说独门嘴杨青云的媳妇江凤刚生下孩子，便带着厚礼上门拜访，出重金聘请江凤做福来的奶妈。

杨青云夫妇无法抗拒杨哼给出的优厚条件，欣然应允。

4

长江自唐古拉山脉主峰格拉丹东雪山，跨越艰难险阻一路向东,经过云梯镇时遇到阻碍,形成一个回水湾,云梯镇人称之为“回水沱”。

不知经过多少年，云梯镇的长江南岸被江水冲刷成光秃秃的石板，并形成一个天然的深水港。

回水沱下游是大约四公里的黄老虎峡口。走船的人曾经测量过,黄老虎峡口最深处,枯水月份也达到十八丈。一条名为“石槽溪”的支流在黄老虎峡口汇入长江。石槽溪与长江的交汇处，水势相对平稳，地势开阔，是船家最喜欢停靠的地方。因此，石槽溪溪口很早便有了系船柱，成群结队走货赶船的人在此落脚休息。

云梯街最早的盐码头就建在那里。

后来因为航运业发达，石槽溪码头无法停靠大型货船，于是当地人便把码头改到黄老虎峡口上游。长江两岸靠船吃饭的人、贩运货物的客商，为了方便装卸货物，就在通往湖北的登山大路两边修建房屋，一栋栋地往山上建。房子多了，就形成了一条街，并把这条街称为“云梯街”。

这就是云梯街的由来，也是川江商贸成镇的典范。

此刻，杨哼正在哼树园里陪儿子福来玩耍。

杨哼眯缝着眼睛打量三岁的福来。三年前，王妹生福来时亡故，福来有幸存活。福来虽然没有母亲照顾，但在杨家人的呵护下健康成长。

福来不但像母亲一样俊朗，还完全遗传了母亲擅长读书写字的基因，杨哼打心眼儿里喜欢他，为他请来镇上最好的老师，教授他四书五经、棋琴书画。

自此，杨哼为杨家人定下一条规矩，从下盐店子走出去的杨家人，必须能写能算能画。

天气实在太热，杨哼扯开襟衫，躺在杏树下的凉椅上，把大蒲扇摇得“呼呼”作响，嘴里不停地嘟囔：“天上这个火球，要的时候喊不来，不要的时候赶不走！”他望着墙边竹篱笆上被太阳晒蔫的丝瓜藤，眉头皱成疙瘩。

杨文忠从大门口走进来，向杨哼汇报：“老爷，昨天独门嘴的谭家和杨家打架了，今天他们要来找老爷评理。”

杨哼不耐烦地说：“哼，他们打架，不找政府，找我杨某人评什么理呦！他们不就是为了那块地嘛，有什么好争的！”

杨文忠说：“石板坡上的土地金贵，他们哪年不为此打几次架？”

他们说话间，一个荷枪实弹的家丁急匆匆地跑到杨哼面前：“老爷，独门嘴找你评理的两家人来了，要不要通知家丁维持秩序？”

杨哼挥了一下大蒲扇：“对付几个吵架的村民，用得着拿枪使炮？他们又不是土匪！快，把两家的当家人先带进来，其他人堵在门外晒太阳。”

谭家和杨家的当家人被家丁带到杨哼面前。

杨哼起身瞥了他们一眼，坐在凉椅上向他们拱拱手后，将大脑袋扭到一边。

谭家当家人名叫谭石山，人称“烂锄儿”。他长得很猥琐，蓬头垢面，衣服破烂。他抢先一步向杨哼作揖，文绉绉地说：“老爷明鉴，独门嘴那块地，乃谭家祖传家业，谭家人世代耕作，现在总不能让杨家人白白霸占了吧？”

杨家当家人名叫杨青云，中等个儿，身体壮实，说话时一对牛铃般大眼睛往外鼓，人称“鼓眼睛”。

烂锄儿话音刚落，杨青云赶紧说道：“老爷在上，请听我一五一十地道来。那块地属于谭家不假，现在我用独门嘴水井的水置换了。我们两家约定，那块地一家种一年。到了今年，嘿，烂锄儿就不让我种了。老爷给评评理，到底是谁的错。”

杨青云说完，扭头环视哼树园，看到在墙脚下玩耍的福来，于是说道：“老爷，少爷就是吃我家江凤的奶水长大的。”

杨哼听到这句话，转过大脑袋，盯着杨青云：“我不是瞎子，知道你是杨青云。现在我们只讲理，不讲人情。你们不就是冲我处事公道的名声来的嘛。硬塞到我嘴里的肉，我不会吃的。”

杨哼问明情况，便叫来一个家丁耳语几句。家丁进屋取出一坛醪糟。杨哼倒了一大碗醪糟，仰脖喝尽，然后摘下家丁肩上背的步枪，撸起袖子，左脚踩在板凳上，右手把衣襟掖在腰间，大声吼道：“你们听好，现在我断定，独门嘴那块地是烂锄儿家的，但烂锄儿要用鼓眼睛的井水，每年给鼓眼睛半斗干苞谷。”

烂锄儿立即叫屈：“老爷，我辛辛苦苦种出来的苞谷，凭啥给他？我只有两亩地，能产多少苞谷？给他半斗，我吃什么呀？”

杨青云接过话茬儿：“老爷，说好两家轮种。你这么断，我不接受！”

“哼！”杨哼白了杨青云和烂锄儿一眼，右手举起步枪：“你们瞧好了，我放一枪，打中万天宫马头墙上的‘姜子牙’，你们就听我的；我要是打不中，你们闹上天，我也不管了。”

烂锄儿和杨青云望着百米外的马头墙，点点头。

杨哼站直身体，单手托枪，眯着眼睛瞄了一会儿，然后扣动扳机。伴随“砰”的一声响，马头墙上“姜子牙”头部的几块老瓦片纷纷掉落。

“老爷好枪法！”杨文忠鼓掌喝彩。

杨哼收起步枪，瞪大双眼，紧绷的刀疤脸异常瘆人，大声吼道：“既然你们听我的，好，现在你们就回去，该干嘛干嘛。谁再敢造次，打碎的老瓦片，就是你们的下场！”他看看烂锄儿和杨青云，“谁家的人受伤重些？”

杨青云说：“烂锄头老婆打伤了我儿子杨小河。”

杨哼走到门外看了看杨小河的腿："都肿了，骨头肯定断了。鼓眼睛崽儿的药钱，由我负责。"他说完向烂锄儿和杨青云摆摆手。

烂锄儿和杨青云两家人，不声不响地回去了。

杨文忠摇摇头，叹口气说："唉，为了一块破地，至于闹到这般田地吗？"

杨哼望着杨青云的背影，吐了一口唾沫："光石板上为人，不争就得饿死！"他说完又躺到凉椅上。

两个家丁坐在杨哼身边唠叨："老爷，云梯镇一大堆当官的，他们怎么偏偏要找你评理呢？"

杨哼喝了一口茶，慢悠悠地说："你们不知道那些当官的断事要收钱吗？刚才那两家人，谁能拿出评理钱？"

一个家丁盯着大门口，没好气地说："当官的评理收门槛费，老爷评理倒贴钱，这是哪门子道理嘛。"

"看钱评理，钱在里边作怪，能评出什么理？"杨哼瞥了家丁一眼。

"如果不是这样，镇上的人怎能叫你大善人呢！老爷，这样的赔本买卖，今后你还是少做吧。你心里想的是行善积德，可是有的人不但不这样想，还可能算计你的钱呢。"

杨哼没有回应，大蒲扇没扇几下，便响起鼾声。

杨文忠背着杨小河，一路小跑来到熊记药铺。

一位中等身材，体态敦实，下颚留着短胡须，戴着黑框眼镜的中年男子从柜台里迎出来。

这个人就是给王妹接生的熊单方。

熊单方把杨小河放到床上，麻利地止血、清理伤口、敷药、包扎。他忙了一通后，转身对杨文忠说："孩子的左小腿骨折了，需要打板固定。这孩子是谁家的，咋伤得那么重？"

杨文忠叹口气："他是杨青云的孩子。杨青云和烂锄儿为了争一块地，打起来了。烂锄儿媳妇把他的腿打断了。最后两家人闹到哼树园，哼老爷还动了枪。"

熊单方摇摇头，取下眼镜擦了擦，叹了一口气："云梯镇哪年没有为争田争地打架斗殴的？真是槽内无食猪拱猪！"他看着杨文忠，"医药费是不是还记在哼老爷账上？"

杨文忠拍了一下脑袋："这还用说嘛，哼记盐店哪年不摊上几件事？妈的，哼老爷在中间费力调停不说，还得花钱为他们买单。唉，谁叫哼老爷是大善人呢！"

等杨文忠说完，熊单方回到柜台里，倒了一碗水递给杨文忠："让孩子喝点水。你也喝一口，一坡梯子走下来，满头大汗，口渴得很。"

杨文忠接过碗给杨小河喂水。

熊单方边开药方边问："烂锄儿不是一直背锅巴盐走来凤嘛，怎么还在家里窝着？"

"当背脚子是卖力气活儿，凭体力说话。烂锄儿是虚哥，大带捎不愿意接纳他。他闲了半年没赚钱，手脚痒痒在家打架。"

"走来凤，往返得一个月，翻山越岭，没有好身板，根本吃不消。"熊单方起身走到病床前，见杨小河脸色好转，转身走到里屋拿来一个猪儿巴，撕开桐子叶，递给杨小河。

杨小河大口啃食猪儿巴。一股麦香味儿散发出来，馋得杨文忠直吞口水。

"怎么？杨家人也不来看看孩子？"熊单方问。

"杨青云绝对不会来的。他的孩子莫说受伤，就是死了，他还不是当死了一条狗嘛。"杨文忠说。

"当父母的就这样不待见孩子？"

"杨青云来了也白来。他家穷得叮当响，裤裆破了都没钱补。唉，街上的人都知道，哼老爷乐善好施，杨青云认定哼老爷一定会管他的崽儿。先生放心，哼老爷吩咐过，药钱由哼老爷出了。”

“只有哼老爷肯这么做。”

“扶贫济困这句话，我家哼老爷经常挂在嘴边的。”

“哼记盐店生意可好？”

“生意难做，一时好一时差，没有定数。下盐店子的生意今年下滑幅度很大。去年出了几单，在湖北地界遭遇劫匪，损失一大笔钱。今年，哼老爷派人沿途护送，走一趟都提心吊胆的。还是你的生意好，不经风不经雨的，你在柜台里一坐，自有人送钱来。”

“不，不，这年头什么生意都不好做，我这里经常有病人拖欠药钱，而且越欠越多。医者，仁心也，我总不能见死不救吧？我是这么想的，中药靠自己上山采，自己炮制，没有本钱。只要能维持，我就必须给人看病。”

熊单方扶了扶眼镜，抬头望着清冷的云梯街。近来，很多人举家外出谋生，以致云梯街上行人稀少，商铺生意萧条。

他从长衫里取出一份报纸，递给杨文忠：“九一八事变后，日本鬼子大有吞并中国之势。”

杨文忠接过报纸细看。看完后，他把报纸还给熊单方。

熊单方将报纸收进长衫里，对杨文忠说：“你回去告诉哼老爷，孩子并无大碍，不用挂念。你通知杨青云，七天后来接孩子回家调养。伤筋断骨一百天，以后杨青云每隔三天带孩子来换一次药就行。”

七天后，杨青云来到熊记药铺接杨小河。

熊单方向杨青云伸出三根手指头，杨青云不解其意。

熊单方说：“药费治疗费，三十块。”

杨青云压根儿就没想给钱，但还是鼓着大眼睛在荷包里胡乱摸了一会儿，最后佯装无奈地说：“熊先生，你看我这是啥记性啊，出门竟然忘带钱了。要不，容我半年再给你？”

熊单方摆摆手：“给什么给，哼老爷早就替你买单了。”

“啊？哼老爷替我买单了？” 杨青云狠狠拍打脑袋，“对，对，我的崽儿受伤，哼老爷不会不管的。”

熊单方白了杨青云一眼：“你的崽儿受伤，你凭啥让哼老爷管？”

杨青云苦着脸说：“这么大一笔钱，我拿得出来吗？你知道我和哼老爷的关系不？我们是本家。家族中的事，他不管谁管？”

“你咋不找烂锄儿？你的崽儿不是他老婆打伤的吗？”

“唉，找烂锄儿，结果就是再打一架。他家房子歪歪扭扭的，四面漏风，只有几把烂锄头，能值几个钱？”

杨小河突然插话：“先生，等我能走路了，就天天来这里听你讲报纸上的事儿。”

杨小河说出这样的话，让熊单方十分惊讶。熊单方转念一想，孩子说这种话，可能是出于好奇而已，便没放在心上。

让熊单方感到意外的是，三个月后，杨小河真的来到熊记药铺听他读报。

原来，杨小河在熊记药铺休养的七天里，每天都能听到熊单方读报，渐渐地对熊单方手中的报纸产生兴趣。他感觉，报纸就是一个神秘的万花筒，里面五彩缤纷，新奇无比。

5

这天，杨哼难得清闲，便带着杨文忠到黄老虎峡口钓鱼。

这里到处是黄沙岩，经过江水冲刷，山体陡然下沉，宽阔的江面至此变得狭窄，水流湍急。两岸乱石嶙峋，形如虎口。由于这里水深浪高，阴森恐怖，鲜有人来。天不怕地不怕的杨哼，偏偏喜欢这个僻静险恶之地。

“罾搬过路鱼，网打聋子鱼，饵钓好吃鱼。”杨文忠边说话边用石头压住鱼竿，往下游走了十多米，撑开罾放到江中，嘴里念叨，“鲤鱼草鱼黄腊丁都别上，我今天专捕大鲟。”

“听说黄老虎峡口有条百年大鲟，身上都长青苔了。今天我试试手气，兴许能碰上。”杨哼将对襟衫塞进腰带里，甩出鱼竿。

杨文忠抛出鱼线：“老爷，大鲟鱼狡猾得很，不会轻易咬钩的。听说很多人打过它的主意，都没成功。今天我们能钓上几条鳡棒、横叉、翘壳就不错了——”他突然指着江面喊道，“老爷，江妖！”

杨哼放眼望去，江面上漂着一个脸朝上、披头散发的尸体，一沉一浮地晃动。

“倒霉！”杨哼从腰间拿出旱烟和火柴，点燃烟袋锅。他见杨文忠还在大呼小叫，吼道，“你吼啥子嘛，你想跳江救人？冲到黄老虎峡口的人，还有活的吗？”

杨文忠目送尸体漂远，说：“浅不过滩，深不过沱。浅滩救人，进沱不问。”

“长江里每年不知吞掉多少人呢。”

“是啊，黄老虎峡口天天有江妖。”

说话间，杨哼把一条横叉钓上来。

杨文忠拔出鱼钩，把横叉放进竹篓里：“老爷，要是日本鬼子打进来，云梯镇不知要死多少人呢。”

“别提这个触霉头的话题。走船的老鬼梁开甲回来说，下江封了，淮盐补给线被切断，只有川盐能运过去。去年下盐店子发出的那船盐巴，刚到巫山被大浪打翻了。”杨哼愤愤地说，“为了这件事，负责押运的铁团长被免职。后来铁团长非要我出钱补亏。哼，他们在运输过程中发生事故了，还让我买单，真是岂有此理！”

“老爷，我们下一步有何打算？”

“哼，云梯街除了石头，还有什么？你说，真是奇怪了，偏偏回水沱方圆几十里，地下有卤水，抽出来就能熬成盐。唉，老天爷还算公平，生了一道石梯，又开了一个卤眼。我们不干这个还能干什么？”

“如今三峡不敢走，只能靠人背，走一趟来凤县，成本高了，利润就变薄了。”

“水涨船高呗，价钱高点儿，力资压点儿，利润取少点儿。兵荒马乱的，只要不亏本，生意再难做也得维持。”

他们正聊着，看见从黄老虎峡口外走过来两个人。

待两个人走近，杨哼才看清楚，原来是保长秦天旺和一个荷枪实弹的国军士兵。

秦天旺站在石坎下，向杨哼抱拳拱手：“哼老爷好。云梯镇驻军新任团长铁震，今天派传令兵找你，想和你说几句话。”

国军士兵跨步向前，冲杨哼作揖，大声说道：“云梯镇商会会长杨哼老爷大名，如雷贯耳。你是袍哥好汉，乐善好施，方圆百里，无人不知，无人不晓，在下这厢有礼了。云梯镇乃川鄂交通锁钥，战略要冲，铁团长这次被重新起用，奉命镇守本土，并负责一方治安。两营人马，吃饭发饷，购买武器，行军操练，政府下拨的那点儿钱，已捉襟见肘，实难维持。铁团长命我过来给你捎个信，暂借你十万块大洋，以供军需。”

杨哼清楚地记得，这个铁团长，就是去年运输下盐店子盐巴，在巫山翻船被革职的那个人。

杨哼心里暗想：“铁团长不是被撤职查办了吗？怎么还带兵换防到云梯镇？他是不是要拿我开刀？他兵权在握，我千万不能得罪他。”

杨哼想到这里，冲国军士兵微微一笑：“铁团长临危受命，为国分忧，我理当前去祝贺。遗憾的是，哼记盐店惨淡经营，举步维艰，已经濒临倒闭。别说十万块大洋，就是一万块大洋，我都很难凑齐。待我回去让账房先生盘盘账，能挤出多少，我就送至团部多少。”

国军士兵一脸不屑的表情：“杨会长乃云梯镇首富，下盐店子生意兴隆，十万块大洋，实乃哼记盐店九牛一毛，还望杨会长以国家利益为重，解我团士兵燃眉之急。铁团长交代，请杨会长明日午时，务必将此款如数送到团部。”说完，他拍了拍腰间的驳壳枪，然后冲秦天旺猛地一挥手，转身大步离去。

这哪是借钱，分明是逼捐嘛。

杨文忠气得七窍生烟，下意识地把手伸向腰间的手枪。

杨哼气得脸色青一团白一团。现在他哪还有心情钓鱼，立即收竿，坐到大石板上。

“哼，江妖刚过，人妖就来了。”杨文忠抱怨道。

“江妖不吃人，人妖可是要吃人的。”杨哼憋了好久才说出一句话。

“十万块大洋，这不是要哼记盐店的命嘛，铁团长太过分了！”杨文忠朝国军士兵的背影吐了一口痰。

第二天晌午，哼树园的两条大黄狗狂吠不停。

杨文忠跑进厅堂向杨哼报告：“铁团长带领两个士兵进来了。”

杨哼起身出去，把铁团长迎进厅堂。

铁团长在主宾位子坐下，礼貌地摘下帽子放在桌上，扫视宽大的厅堂后说道：“杨会长，别来无恙！我们是老朋友，我就不绕弯子了。我这次奉命率部驻防云梯镇，旨在抵御日军进攻。军人在战场杀敌卫国，在地方保境安民，都是要花钱的。为了军捐之事，我今天特意登门拜访，还望杨会长带头缴纳。大敌当前，你我都要为国出力呀。”

杨哼喝了一口茶，缓声说道：“铁团长知晓我的为人，一根肠子通到底。大敌当前，只要我有的，悉数奉送。但是，近年来哼记盐店生意每况愈下，基本是入不敷出。不怕在你面前出丑，我确有难处，否则，上次你向我借钱，我断然不会推三阻四。你有所不知，如今战乱，老百姓纷纷逃离家园，哪还有生意可做啊！我的家底薄，看似有十几口盐井，但毛多肉少，实在拿不出十万块大洋。今年盐场投资扩建，不但投入的钱没听见响声，还欠了一大笔债务。你再容我几日，一旦盐场略有盈利，我便把钱送到团部。”

铁团长听到这里，脸色骤变，慢慢起身走到门口，来回扫视哼树园，扭头对杨哼说：“杨会长，军捐用于打仗，不是揣进铁某人腰包。要是士兵饿了肚子，没力气拿枪打炮，日寇打进来，或者盗匪进镇，哼树园很难自保啊。”

杨哼当然知道铁团长以此威胁自己，于是答道：“没有国哪有家，大道理我都懂。但是，哼记盐店赚的是辛苦钱，本小利薄，比不上大码头上的阔老板。你现在让我马上捐十万块大洋，我只能变卖家产，关门歇业喽。到那时，我就是身无一文的穷光蛋，日寇来不来又能如何？”

铁团长不耐烦了，竖起眉毛，双目圆睁，厉声喝道：“杨会长，看来你是不体谅前线将士的艰难，非要死扛到底啊。我给你三天时间筹钱。三天后，你带十万块大洋去团部，否则，我部将征用哼记盐店！”他说完拂袖而去。

铁团长刚走，杨哼便找来杨文忠商议。

“此事非同小可，看来哼记盐店要遭大难了。我们现在怎么办？”杨哼满脸愁容。

“铁团长与杨家有隙，他这次亲自登门，名为拜访，实则是打着抵御外敌旗号逼捐。哼记盐店捐不捐十万块大洋，最后都难逃一劫。”杨文忠分析道。

“你看这样做行不行？你去一趟熊记药铺，结清上半年的医疗费，然后给熊先生一万块大洋，让他把这笔钱送到铁团长府上打点，并转告铁团长，哼记盐店账上只有这么多现金了。”

杨文忠思忖一会儿：“熊单方有个儿子在军队高层任职，让他出面斡旋，铁团长也许会放我们一马。我马上就去找熊单方。”他说完就往外走。

听完杨文忠的讲述，与杨哼私交甚好的熊单方也非常着急。

熊单方意识到，如果哼记盐店被迫捐出十万块大洋，资金链必然断裂，不得不关门歇业。一旦哼记盐店垮掉，镇上那些靠哼记盐店养家糊口的人，去哪里谋生？因此，自己一定要帮助哼记盐店渡过这个难关。自己这么做，不仅是帮助哼记盐店，也是帮助镇上的底层百姓，也是帮助熊记药铺，毕竟所有人都没钱了，谁还会找自己看病？

铁团长和熊单方只有一面之缘，谈不上深交。少捐九万块大洋，铁团长断然不会给熊单方面子。国难当头，铁团长有很多冠冕堂皇的理由搪塞熊单方。

熊单方反复琢磨，依旧无计可施。

第二天傍晚，熊记药铺正准备关门时，一个士兵突然闯进来，生硬地命令熊单方速去团部。

熊单方将一万块大洋的银票藏在药箱底部，跟随士兵来到设在万天宫内的团部。

熊单方被士兵带进一间卧室，见病人正是铁团长，喜出望外，赶紧给铁团长把脉开药方。他见铁团长心情不错，就将杨哼所托事情讲述一遍，并把一万块大洋的银票奉上。

铁团长接过银票，确认无误后，一脸严肃地说："熊单方，哼记盐店的事情，你最好不要插手。这张银票，作为军捐，我明天交到团部。剩下的九万块大洋嘛，一个子儿都不能少的。"

熊单方解释道："这些年哼记盐店生意不好，一时间拿不出那么多钱。即便你枪毙杨哼，杨哼也拿不出那么多大洋啊。"

"哼，那是杨哼自己的事情，与我无关。"

"你这么逼迫杨哼，杨哼只能卖掉哼记盐店了。如果那样，会影响云梯镇很多人的生计。"

"云梯镇除了杨哼，就没有人做盐巴生意啦？"

"铁团长有所不知，云梯镇是小镇，田地少，很多人靠长江码头维持一家人的生计。这里不同于大码头，生意人赚的是微利，根本赚不了大钱。哼记盐店经营多年，发展成这种规模，已经实属不易。盐巴从生产到销售，每个环节都要严格控制成本，稍有疏忽，就会亏本。杨哼在盐巴行业摸爬滚打多年，才累积一点儿经验。如果换成生手经营，未必能撑得住。”

铁团长瞪着熊单方：“我就不信，这种人人离不开的盐巴，杨哼能卖掉，铁某人就能卖掉！”

熊单方道：“请铁团长三思。如果哼记盐店倒闭，盐井工人、运盐的背脚子必然失业。他们没有活路，必然会发生民变的。”

铁团长起身下床，在房间里慢慢踱步，然后坐到椅子上，眼里射出寒光：“熊单方，我实话告诉你，去年巫山翻船后，我求杨哼拿出两万块大洋，助我渡过难关，杨哼却眼睁睁地看着我倒霉。谁都清楚，我把一船盐巴运到宜昌交了差，就能升任副师长的。正因为杨哼看我笑话，以致我的大好前程毁于一旦。杨哼不仁，就别怪我不义。你转告杨哼，明日是最后期限。杨哼要不送钱，要不送人头！”

熊单方意识到，铁团长这是公报私仇，故意整治杨哼，便起身告辞。

铁团长知道熊单方的儿子是军队的高官，一旦熊单方把刚才自己说的话告诉他儿子，可能会给自己带来大麻烦，赶紧起身追上熊单方，低声说：“熊单方，我不妨告诉你一件事情。杨哼与异党分子勾连已久，早就上了国民政府的黑名单。如果你不想殃及你儿子的前途，就不要掺和这件事。”

熊单方听铁团长这么说，轻轻地点点头，疾步走出军部。

第二天早上，熊单方急匆匆地来到哼树园，将昨晚他与铁团长的谈话内容复述一遍，并提醒杨哼：“铁团长的狼子野心，昭然若揭。他不但想要哼记盐店的钱，还想要你的命。这次哼记盐店在劫难逃，希望你早做打算。我的建议是，识时务者为俊杰，留得青山在，不怕没柴烧。三十六计，走为上。”

杨哼大大咧咧地说：“怕个毬，兵来将挡，水来土掩，大不了我跟他拼了！”

“你有几条枪，怎能敌得过铁团长两个营的战力？”

“老子就是不怕他！”杨哼转身命令杨文忠，“召集弟兄们，准备迎战。”

熊单方见杨哼铁了心要与铁团长一决高下，感觉自己多说无用，便告辞回家。

杨哼安排家丁，日夜巡防哼树园，下盐店子也加派人手保护。

杨文忠三番五次劝说杨哼，民不与官斗，不要以卵击石。杨哼憋着一股子劲儿，谁的话都听不进去。

三天期限到了。半夜里，哼树园的大黄狗突然连声惊叫。紧接着，大门外有人高喊：“里面的人听着，本团长奉命清剿异党分子。杨哼主动出来自首，否则，我们攻破庄园，将你缉拿归案！”

杨哼吩咐杨文忠：“你抱着福来，从后门水沟出去，到独门嘴杨青云家暂避。”

杨文忠跪在杨哼面前，泪流满面：“老爷，我愿意与哼树园共存亡。你让别人带福来走吧，我誓死陪伴老爷左右。”

杨哼向杨文忠深深作揖：“文忠，你跟随我多年，我视你如己出。你是读书人，脑壳灵光。福来只有交给你，我才放心。只要你替杨家保住福来这根独苗，你就是杨家的大恩人。”他说完，把杨文忠推到一边，拔出驳壳枪，大声喊道，“姓铁的，哼树园乃我一生心血，我誓死与之共存亡！”说罢，他便带领家丁冲出去。

园里园外，顿时枪声大作。

杨文忠见杨哼冲出去，立即抱起福来，从后门水沟爬出去，隐入夜幕中。

杨文忠往前走时，突然被一个人拦住去路。

杨文忠掏出手枪，准备射击时，熊单方的声音传过来：“文忠师爷，我是熊单方。我知道哼老爷秉性刚烈，必然和铁团长死磕到底。晚上我看见铁团长集合队伍，就通知独门嘴的人在此接应。哼老爷呢，他没有和你逃出来？”

这时，杨文忠才注意到，熊单方身后还有十几个人，杨青云、烂锄儿也在其中。

杨文忠跪在熊单方面前，大声哭诉：“哼树园突遭变故，哼老爷抱着必死之心，与铁团长的人死拼到底，只怕凶多吉少。”他让福来也跪在地上，“铁团长咬定哼老爷通共，非要置哼老爷于死地，其目的就是想霸占哼树园。”

熊单方扶起杨文忠和福来：“事已至此，我们一起应对吧。”

杨文忠抹了一把眼泪，对杨青云说：“哼老爷让我护送福来去你家避难，现在我把福来交给你了。福来生于民国十九年五月五日辰时，现年三岁。熊先生给做个见证，福来最后到哪家，就跟哪家姓，这是哼老爷的意思。”他说完给众人作了一个罗圈揖，“我乃哼树园师爷，哼老爷对我恩重如山。现在铁团长屠戮哼树园，如果哼老爷罹难，我岂可独存？我要回去保护哼老爷。如果我回不来，拜托你们把福来养大，延续哼老爷的血脉。哼老爷只有这根独苗，还望各位保守这个秘密，以免铁团长把杨家人斩尽杀绝。”

杨青云放下锄头，将福来抱在怀里，接过杨文忠递过来的包裹：“我虽然穷，但也是知恩图报之人。平时哼老爷对我不薄，我岂能忘记？你把少爷交给我吧，我一定把少爷养大。”

听杨青云这么说，杨文忠放心了，再次跪下给杨青云连磕三个响头，然后起身喊道：“哼老爷，我来也——”

熊单方见杨文忠返回哼树园，便带领众人迅速离去。

他们走到独门嘴时，哼树园方向的枪声、狗叫声突然停下来。

6

杨哼被救出哼树园的秘密，只有熊单方知道。

熊单方四处行医，结交甚广，包括在斗山一带活动的共产党游击队。

熊单方见铁团长执意公报私仇，霸占哼树园，便请求斗山共产党游击队搭救杨哼。

那天夜里，就在杨哼弹尽时，斗山共产党游击队突然杀出，击退铁团长的部队，救走杨哼。

杨哼虽然捡回一条命，可哼记盐店已经易主，他不得不逃到湖北躲避。

霸占哼树园后，铁团长与他的妻小住进去，随后派亲信接管哼记盐店。但是，他在此享受不到半年，就被军部强行调离了。

换防驻守云梯镇的营长叫谭仪亭，是杨哼舅舅的儿子。只是杨哼舅舅比较穷，自尊心强，不愿意与杨哼来往。

姑舅亲，打断骨头连着筋，谭仪亭肯定比一心想报私仇的铁团长好处一些。于是，杨哼带领十八罗汉返回哼树园。

杨哼把谭仪亭请到哼树园叙旧。

见谭仪亭身材高大，器宇轩昂，仪表堂堂，杨哼很是喜欢，便问起谭仪亭这么多年的经历。谭仪亭告诉杨哼，他小时候流落盐道，走投无路时参军入伍，经历多场恶战，因战功卓著，由大头兵升至团长。近期他的部队奉命从武汉前线协防重庆，驻守川东盐埠云梯镇。

“小小的云梯镇，国民政府为何要派这么多兵力驻守？”杨哼疑惑不解。

谭仪亭没有说话，从屋外找来运盐巴的工具——扁背，放到桌子上，问杨哼：“你看这扁背像什么字？”

杨哼上下打量扁背，一脸不解地望着谭仪亭。他虽然认识一些字，但都是非常简单的字，于是摇摇头："我没啥文化，看不出来。"

谭仪亭解释道："这是一个'大'字！"

杨哼再次打量扁背的形状，果然像"大"字。他怯声怯气地问："它像'大'字怎么了，难道还有什么讲究？"

谭仪亭严肃地说："你们背的是国之大者。"他喝了一口茶，声音变得缓慢而低沉，"表兄有所不知，日寇入侵我国，长江下游地区沦陷，淮盐供给线中断。前方将士不可一日无盐。国民政府制定川盐济楚战略，紧急启用陆路运输线。你身在云梯镇，自然不知道云梯镇在长江上的重要性。我告诉你，云梯镇是川东陆路盐运起点，目前已经成为川东最大的盐巴集散地。川盐从这里运到湖北、湖南，湖北、湖南的生铁、桐油、粮食、棉花、药品，运到这里装船运抵重庆。在这里转运的货物，如今都是国家战略物资。你说云梯镇的位置重不重要？背脚子背的是不是国之大者？"

谭仪亭突然指着门口，愤愤地说："万万没想到，铁团长为了一己之私，置国家利益于不顾，陷害盐商，抢占码头，导致盐运秩序混乱，以致国民政府的川盐济楚战略受到严重破坏。现在，铁团长已被军部法办。我这次驻防云梯镇，就是为了维护国民政府的川盐济楚战略。"

杨哼从来没听说"国之大者""国家战略"这样的词汇，但他听说国民政府支持四川的盐巴转运至湖北省来凤县，心中暗喜，急忙问道："国民政府需要我做什么，我万死不辞！"

"你马上恢复哼记盐店运营，召集人手，把川盐运到湖北省来凤县。你们没有车，没有船，只能用简陋的扁背，背起中华民族的生命线。"谭仪亭的声音不大，但极具穿透力。

"好！"杨哼狠狠地拍了一下桌子，"我这辈子能为国民政府效力，能为抗战效力，是我的福分。请表弟放心，三天之内，我恢复码头；十天之内，十八罗汉护送盐巴上路，半个月内抵达来凤县。”

“好，沿途通关文牒，由我部出具。表哥，前方将士的性命，就拜托你了！”谭仪亭起身向杨哼深深鞠躬。

谭仪亭走后，杨哼一刻不敢停歇，吩咐十八罗汉召集旧部。很快，成百上千个背脚子拥进下盐店子。

“你们用最简陋的扁背，背起中华民族的生命线”“你们背的是国之大者”，杨哼效仿谭仪亭，把这些话讲给十八罗汉。

江猴子见哼记盐店得到国民政府支持，显得格外激动。他听别人说，日本鬼子马上就要打到宜昌，便向杨哼提出重操“大钉杵功”，拉起背脚子队伍，早日开赴宜昌，与国民政府军队一起杀敌。

杨哼对打仗的事情一窍不通，但是日本鬼子要打到家门口了，他绝对不能坐视不管。

为此，杨哼和杨文忠深夜造访军营，拜会谭仪亭。

他们刚走到军营门口，就碰见巡哨归来的谭仪亭。

谭仪亭把杨哼、杨文忠带到办公室，吩咐卫兵给他们献茶。

双方寒暄过后，杨哼问道：“表弟，你带兵驻守云梯镇三个月了，咋没见到弟媳和三个侄儿呢？”

谭仪亭说：“他们在重庆，一切都很好。”

杨哼说：“一家人两地分居怎么能行呢？你把他们接过来，住在我家，我保证把他们照顾得好好的。”

“表兄的好意，我心领了。现在国难当头，我身为军人，保家卫国是天职。云梯镇是川盐入楚的锁钥之地，日寇对此虎视眈眈。我誓死与云梯镇共存亡。我不带家眷，就是准备随时与来犯日寇决一死战。”

杨哼冲谭仪亭竖起大拇指：“表弟，真汉子也！既然你能为国捐躯，我也想为国出一分绵薄之力。我手下的十八罗汉和背脚子，正值壮年，都想到宜昌前线打鬼子，还希望表弟成全他们。”

谭仪亭端着桐油灯，招呼杨哼和杨文忠走到墙上的地图前，拿起木棍指着两个地方：“这里是重庆，这里是宜昌。日寇正在蓄谋攻打宜昌。宜昌一战，是国民政府生死存亡之战。保宜昌，就是保我华夏根脉。”谭仪亭说罢，示意杨哼和杨文忠回去就座。

谭仪亭问杨哼：“现在你手里有多少条枪？会刺杀和打枪的人有多少？”

“我手里有十条枪，但很少使用。我那群兄弟，都是背盐的糙人，哪里会刺杀。”杨哼回答。

谭仪亭思忖几秒钟，对杨哼说：“战场是生死较量之地，不能让兄弟们白白做炮灰。明天你把十八罗汉带到军营，让我见识一下他们的大钉杵功。”

杨哼羞涩地摸了摸脑袋：“什么大钉杵功，说白了就是我自己钻研的一种棍术，拆了三五招，教给十八罗汉。要不——我耍几下，你看看？”

谭仪亭点头同意。

杨哼脱下长袍，拿起一根木棍舞了几下。

谭仪亭轻轻鼓掌：“表兄过谦了。这几下子，可以说招招致命。明天你把十八罗汉带到军营，与我的教官切磋一下。”

杨哼回到哼树园，当夜把十八罗汉召集到一起，演练大钉杵功。

第二天，十八罗汉把手头的工作处理完毕，背着扁背，拿着大钉杵，雄赳赳气昂昂地跟随杨哼来到军营。

谭仪亭带领三个教官走到十八罗汉面前。

教官选出十八名士兵，与十八罗汉对打。

十八名士兵根本不把十八个背脚子放在眼里，纷纷用训练的木枪点指面前的背脚子，示意背脚子先出招。

十八罗汉纷纷举起大钉杵冲向士兵。三招之内，他们便将各自的对手打倒在地。

谭仪亭从杨哼手里接过大钉杵，仔细打量。这是柞木制成的中间无任何穿斗式痕迹的“T”形杵，底端钉一根短而粗的铁钉，且用铁皮包裹。把它杵在地上，发出“乒乓”的脆响声。

谭仪亭让教官传授十八罗汉拼刺刀的动作。

杨哼看完教官的招式，摇摇头，对谭仪亭说：“太烦琐，不实用。打仗讲究快、准、狠，三招之内必须击中敌人要害。”他说完，拿起大钉杵，演示三招，扫、勾、扎一气呵成。

谭仪亭把杨哼的招式认真地演练一遍后，连连点头：“这三招融合了棍法和现代步枪刺杀的精髓，充分运用了大钉杵的优势，扫颈、勾腿、扎胸，三招之内克敌制胜。我相信，只要把这三招练熟，必能杀敌于瞬间。”他把大钉杵交给杨哼，“你的十八位好汉不用在军营训练了，回去练好这三招，就能在战场上大显神威。”

7

十八罗汉把杨哼创造的“大钉杵功”练熟后，又分头教授徒弟。

自此，哼树园的大坝子里，每天晚上都有一百多人操练。

一天，杨哼接到谭仪亭邀请，去军营议事。

杨哼赶到军营，谭仪亭不等他坐稳，就急切地问道：“表兄，现在你手下一次能运多少盐巴？”

杨哼掐指粗略盘算一下：“十八罗汉各带三十人，外加附近农民，一次差不多能运一万斤盐巴。”

“看来我找对人了。”谭仪亭从抽屉里拿出一份委任状，交给杨哼，“国民政府要成立川鄂湘盐业总公司，聘请你出任董事长。”

杨哼一脸惊愕地望着谭仪亭。

谭仪亭解释道：“我率部驻守云梯镇后，就向国民政府有关部门汇报了哼记盐店运盐的功绩。现在是战时状态，盐巴、生铁、粮食、棉花、药品等物品被列为战略物资，由军方接管。介于表兄有长途运输盐巴的能力和经验，故国民政府成立川鄂湘盐业总公司，授权你全权管理。另外，军部根据我的请求，授表兄少校军衔，授衔命令书不日军部便可送达。”

杨哼躬身接过委任状，一脸惶恐地说：“表弟，我只是一个盐贩子，没想到还能让国民政府看得起。你放心，我和手下的兄弟，一定全心全意为国效力。”

谭仪亭示意杨哼坐下：“表兄不必过谦。据国民政府有关部门统计数据，目前云梯镇转运的盐巴数量，已居川东长江各码头首位。云梯镇至来凤县这条运输线，已成为川盐济楚的战略运输线。军部高层非常重视哼记盐店的作用，才对你委以重任。希望你再接再厉，不要辜负国民政府和军部的重托。”

杨哼回到哼树园后，命杨文忠找人刻一块石碑。

十天后，一座高大的石碑便在下盐店子竖起，上面用双钩填廓书法刻着“川鄂湘盐业总公司”八个大字。

1943 年，宜昌告急，谭仪亭部奉命驰援。

部队开拔前，杨哼带领十八罗汉和一百个背脚子来到军营，要求跟随谭仪亭奔赴前线。

谭仪亭望着一百个背着扁背、拎着大钉杵，齐刷刷站立的背脚子，感动得不能自已，双膝跪地，双手抱拳，举过头顶，以表谢意。

谭仪亭行完大礼后，站起来，大声对背脚子说：“兄弟们，你们上阵杀敌保家卫国之决心，令谭某感动，谭某愿意带领你们保家卫国、建功立业。”他转身对杨哼说，“表兄，你是川鄂湘盐业总公司董事长，肩负着转运盐巴的重任，万万不可离开云梯街。”

杨哼紧紧握住谭仪亭的手：“表弟，我把云梯街十八罗汉、一百个背脚子、二十条枪，全都交给你，你带领他们出征吧。他们昨夜已经喝过血酒，摔过酒碗，誓死与宜昌共存亡。宜昌在，他们在；宜昌失，他们亡。不赶走日本鬼子，他们决不回云梯街！”

谭仪亭带领十八罗汉、一百个背脚子出发了。

杨哼望着那些人远去的背影，跪在地上，重重地磕了三个响头。

就在谭仪亭率部离开云梯镇两天后，铁团长率部驻防。

杨哼见势顿感不妙，找来杨文忠商议对策。

“谭仪亭不是说铁团长被军部撤职法办了嘛，他怎么又带兵杀回来了？这种祸国殃民之人，怎能承担护国安民的大任？”杨哼心里惴惴不安。

杨文忠隐隐察觉到，铁团长率部重返云梯镇，一定会置杨哼于死地而后快。他提醒杨哼：“铁团长乃自私自利、睚眦必报的小人，且手段阴险毒辣，必然会加倍报复你。你应该早做打算。”

杨哼叹了一口气，靠着椅背闭目沉思。他已经意识到危险逼近自己，但是，他的十八罗汉和一百个背脚子已经奔赴前线，自己虽有国军少校军衔，手里却没有一兵一卒。自己即便有三头六臂，也斗不过手握重兵的铁团长。

他突然睁开眼睛，大声说道：“大敌当前，我与其与铁团长那种蝇营狗苟之辈纠缠，倒不如奔赴宜昌，战死沙场！”

杨文忠劝道：“谭仪亭再三叮嘱过，我们转运盐巴、粮食，也非常重要。你走了，不是辜负了谭仪亭的嘱托嘛！”

杨哼狠狠地拍了一下桌子，大叫道：“龟儿子铁团长，他不就是想要下盐店子和哼树园嘛，我给他就是！”

杨文忠愤愤地说道：“我们辛苦多年打拼下来的盐业公司，就拱手让给那个无耻之人？”

杨哼没有说话，直直地望着门口，下意识地摸了摸腰间的手枪：“杨家两代人闯街，才攒下如今的家业，我岂能拱手送人！我发誓，我下辈子都与铁团长不共戴天，即便粉身碎骨，在所不惜。”

杨哼说到这里，突然想起儿子福来。自从上次家里突发变故，他便把福来送到独门嘴杨青云家。他重返云梯街后，担心家里有变，就没有接回来。

杨哼知道，杨青云的老婆江凤把福来视为己出，一直对福来悉心照顾。

杨哼对杨文忠说："你去账房支取一笔钱，送给杨青云。你告诉杨青云，一旦哼记盐店遭遇不测，就让福来给他当儿子。"

杨文忠从账房支出五百块大洋，送给杨青云。

杨文忠回来后，杨哼取出一个小皮箱交给杨文忠："这里面有三十根金条，是我这辈子赚的血汗钱。这三十根金条，来得干净，也要用得干净。我原本想用它把盐业公司做大做强，现在看来用不上了。你把它秘密地送到宜昌，交给谭仪亭，作为牺牲将士的抚恤金。"

杨文忠"扑通"一声跪到地上："哼老爷，你放心，我豁出性命，也要把三十根金条交给谭仪亭。可是，我走后，铁团长构陷你，你身边连个说话的人都没有，怎么办？"

"哈哈，我现在除了这座破园子，要啥没啥了，还怕个毬！"杨哼一副看淡生死的模样。他扶起杨文忠，把小皮箱塞到杨文忠怀里，"你赶紧走，不然就走不了了。"

当夜，杨文忠化装成背脚子，把三十根金条藏在扁背中，独自一人奔赴宜昌。

杨哼所料没错，铁团长这次回来，就是想夺回哼记盐店和哼树园。

铁团长被撤职法办后，跑到重庆，用他搜刮的民脂民膏上下打点。经过那些人的运作，他不仅官复原职，还被派到云梯镇驻防。

铁团长早就盘算好了，必须无条件接管杨哼的川鄂湘盐业总公司。

理由是现成的——通共。在云梯镇，他的嘴巴最大，拳头最硬，他的话就是真理、就是法律。

铁团长率部入驻云梯镇第二天，就派人秘密抓捕了杨哼，并对杨哼进行严刑拷打，逼迫杨哼承认自己是共产党员。

杨哼忍受极刑，死活不承认自己是共产党员。最后，铁团长伪造供词，把杨哼处以极刑。

杨哼临死之前，大喊三声“谭仪亭”“熊单方”，然后冲着杨家码头高喊，“老汉儿，哥哥，我没有辜负你们，杨家在云梯街破石扎根了！”

三声枪响，杨哼屹立不倒。

铁团长命人打断杨哼的大腿，杨哼的尸体依旧跪地不倒。

云梯镇的人，都知道杨哼死得冤枉。一天晚上，他们来到黄老虎峡口的乱石岗，找到杨哼的尸体，发现杨哼的尸体左膝跪地，双手抱住右膝，下巴压在手背上，怒目圆睁，直直地盯着滚滚东去的江水。

云梯镇人在杨家码头第三根系船柱下，凿出墓穴，把杨哼埋葬。

三根系船柱下埋着杨家父子三人。他们赤手闯荡云梯街，凿石成路、踏石留痕、破石扎根，最后与云梯街融为一体。

杨哼遇难时，十八罗汉和一百个背脚子，正在宜昌与日本鬼子拼命厮杀。

杨哼死后，他掌管的川鄂湘盐业总公司就此衰败。

杨哼死后七天，大雨如注，长江涨水，无数漂浮物聚集在回水沱，数日不散，仿佛在此为杨哼默哀。

杨哼死后三十五天，惊雷乍现，云梯镇山顶的乌龟石被震裂。

第六章

云梯街上的乌云

1

刘惠芹讲完杨哼遇害经过，双眼噙满泪水。

“古镇夜话”活动，每天傍晚 7 点开始，晚上 9 点结束。由于熟悉云梯街历史的刘惠芹加入，讲述杨家先辈闯街创业的故事，大大提升了“古镇夜话”活动的关注度。

谭铁牛把刘惠芹讲述杨家两代人传奇故事的过程录制成视频文件，精心剪辑后，发到自媒体平台上，受到广大网友高度关注。

刘惠芹提到的黄中云，就是黄端公的爷爷。黄端公听到爷爷暴打杨青冈时，心花怒放，手舞足蹈，把弯刀脸凑近杨脚板，貌似一把锋利的柴刀砍向杨脚板，感觉解气又过瘾。但他听到爷爷吃喝嫖赌，把黄家家业败光时，呆若木鸡，不再说话。

黄端公极少听到祖上的故事。现在黄家人都非常低调内敛，对祖上的事只字不提，可能与黄中云在云梯街大起大落有关。

杨哼的后人杨脚板始终沉默不语，或者他身体有恙，或者拒绝拆迁之事成为他心头之痛，对自己祖上的事并不在意。他对刘惠芹讲述的故事，给予的评价只有两个字——扯淡。

熊翘壳听到二爷爷熊单方的故事，则听得津津有味，并以熊家能出现二爷爷那样的人感到骄傲自豪。

谭铁牛非常了解抚养福来的江凤，因为江凤是杨回的曾祖母。杨脚板、黄端公、熊翘壳的祖上都住在云梯街，在特殊时期被下放到月儿山开荒务农，并在那里安家落户。

如今，黄端公和熊翘壳搬回云梯街，只有杨脚板还留在月儿山。

不过，杨脚板家已经是建档立卡贫困户，镇政府把他家安置到云梯街。

云梯街下面的黄老虎峡口和山羊角石岩如同一道闸门，逼迫滔滔的长江水在此回头。从长江上游漂来的杂物，即便在涨水期，也要在此停留五六天。

谭铁牛喜欢摄影，拍摄很多关于黄老虎峡口和山羊角石岩的照片。有一段时间，他专心研究那座类似闸门的石山，以及那里为何叫黄老虎峡口和山羊角石岩。后来，刘惠芹讲述了一个有趣的故事，他才明白黄老虎峡口和山羊角石岩的由来。

斗山上有两块大白岩，大白岩中间有个小型硝洞，远远望去，如同人眼，当地人称其为“斗山神眼”。天地造化，日月孕育，衍生灵气，能看八百里。

大白岩下面有一对石马，在“斗山神眼”的长期注视下复活，变成神马。

那对神马经常在夜间飞到长江对岸偷吃庄稼，令当地村民束手无策。后来，一位游方道士路过此地，听闻此事，便作法觅踪，当晚锁定那对神马。道士念念有词，拿出神符，贴于那对神马头顶。

控制住神马后，道士用桃木剑砍去那对神马前腿。那对石马血流三天而亡，魂魄散去，恢复原形。从此，长江对岸再无庄稼被啃噬。

这个故事在黄端公、杨脚板、熊翘壳看来荒诞不经，只当作茶余饭后的龙门阵。但细心的谭铁牛认为，回水沱之所以成为全县体育运动会“横渡长江”项目的首选场地，就是因为这里是野生动物过江的秘密通道。

谭铁牛的说法是否站得住脚，没有人深入研究。但是，每年涨水期，在回水沱畔会出现百余具野生动物尸体，却是不争的事实。因为这里是回水沱，人或者动物在此渡江，很少被长江激流冲走。所以，具有灵性的野生动物选择在这里渡江。在谭铁牛看来，“神马渡江”绝对不是神话，而是确有其事。

这天夜里，热闹的“古镇夜话”活动被杨回的电话打断。

谭铁牛接听完电话，立即宣布今天的“古镇夜话”活动暂停。

杨回在电话里告诉谭铁牛，自己马上被调到云梯镇。县文旅集团在云梯镇创建文化旅游开发公司，把云梯街打造成 4A 景区。月儿山工业园区关停后，转向开发旅游业，这是县政府决定的，核心内容是“转型康养、绿色崛起”。

在回家的路上，谭铁牛一直琢磨杨回和他的对话，“铁牛，云梯镇沉寂太久了，也该依靠一个大项目激发它的生机与活力。这也是一个坏消息。我这个人，领导时常表扬我具有开拓进取精神，其实是变相批评我喜欢冒险、打头阵。这个头阵打赢了，功劳是别人的；打输了，我就是倒霉的马谡。唉，类似从水泥墙上抠饼的新项目，没有现成案例可以参考，哪有周全的预案，犯错误在所难免”。

谭铁牛说，“杨回，你给我听好了，赶紧回来，放下包袱，轻装上阵，把云梯镇旅游观光业做起来。云梯镇沉寂太久了，难道还要熬下去？一旦云梯街 4A 景区创建成功，你在云梯镇将名垂青史。我甘愿充当你这个急先锋的马前卒，就是栽跟斗、斩首级，我们一起上刑场”。

杨回说，“云梯镇旅游开发建设，还和上次月儿山工业园区项目一样，被列为全县头号工程”。

谭铁牛问，“月儿山工业园区的伤疤还没有完全愈合呢，你不会忘得这么快吧？”

杨回说，“铁牛，月儿山工业园区之所以关停，只是因为它选错了地方，触及了生态保护的红线。那个项目的立项就是一个错误。县委、县政府的领导痛定思痛，决定转型。依我看，这次县委、县政府在云梯镇投资文化旅游项目，与国家倡导的不搞大开发共抓大保护政策同向同行，同频共振，绝不会失败的，也绝不会变成头号烂摊子”。

……

谭铁牛感觉到，杨回这个电话，就是一针强心剂，拯救了茫然无措的他，拯救了对未来感到迷茫的云梯镇人。

那一夜，谭铁牛失眠了。

杨回是文旅专家，也是头脑清醒的创业先行者。这次县政府委派他到云梯镇负责4A景区建设，他敏感地意识到，这是机遇与风险并存的考验。

自三峡库区“百万大移民”决策实施后，云梯镇被纳入长江三峡经济开发区。漫长而艰辛的移民，以及村庄、工厂搬迁、文物保护活动结束后，云梯镇出现了码头广场、下盐店子、禹王宫、张飞庙和迎水牌坊等地标性建筑。原来仅有的两个码头，增建至六个，旅游业态开始显现。然而，云梯镇三分之一的地域被列入库区，古老的云梯街西面，也被新建的移民路切断。

让杨回意想不到的事情还有一大堆。三峡大移民、关停月儿山工业园区遗留问题……都眼巴巴地等待他处理；脱贫攻坚面临的难题，也将由他掌管的“4A景区”兜底。

杨回生于云梯街，长于云梯街，拥有了解云梯街现状的途径和渠道。他只用一天时间，便把各种问题了解清楚了。

晚饭后，杨回约谭铁牛到黄端公的“老瓦片茶馆”喝茶。

黄端公获悉县政府要在云梯街搞4A景区开发项目，便处于亢奋中。月儿山工业园区关停后，他的茶馆一直惨淡经营。如果这里能变成4A景区，他的客源难题便迎刃而解了。

人逢喜事精神爽。他通知杨脚板、熊翘壳到他的茶馆喝茶，和他一起分享这个突如其来的好消息。

黄端公拿出压箱底的铁观音，泡了几壶，而且三番五次地强调，今晚“古镇夜话”活动的茶钱全部免单。

过去，很少有政府领导或者开发商与平头老百姓坐在一起喝茶聊天。

杨回别开生面，在任何人都能出入的简陋茶馆，与云梯街底层人详聊让云梯街劫后重生的重大话题。

在黄端公看来，杨回心里确实装着老百姓。

谭铁牛率先赶到“老瓦片茶馆”，坐在里边的竹椅子上，打电话邀请罗满江。

他是大个子，一直坐最大最结实的藤椅，但今晚非比寻常，他必须把最好的位置留给老同学杨回。杨回是本次“古镇夜话”活动的主角、明星，即使罗满江来此，也只能给杨回当陪衬。

傍晚7点，杨脚板、熊翘壳准时赶到，然后罗满江、杨回脚跟脚地进来。

谭铁牛让杨回坐到主位。杨回向左右看了看，感觉不自在，把椅子往后拉了一下。

谭铁牛站起来，向杨回介绍完罗满江，又很正式地讲了一段开场白。

“诸位，我们用热烈的掌声欢迎县文旅集团云梯街文化旅游开发公司总经理杨回先生。杨回是文旅专家，曾担任多家旅游景区策划人。这次他调到云梯镇，可见县委、县政府对云梯街景区项目的重视程度。相信杨回和他的团队，一定能给云梯镇人带来惊喜。”

掌声过后，罗满江站起来与杨回握手。

罗满江对杨回说：“昨天镇政府开会，传达了县委、县政府准备开发云梯街的决定。我代表云梯镇政府领导班子，欢迎县文旅集团在云梯镇创办云梯街文化旅游开发公司，也欢迎你到云梯镇工作。县委、县政府决定在云梯镇打造云梯街 4A 景区，这既是实施旅游精准扶贫的好措施，也是让贫困户吃上旅游饭，进而脱贫致富奔小康的综合考量。这是县委、县政府转型绿色康养的一次重大决策，也是云梯镇发展的重要契机。希望县文旅集团尽快让这个项目落地。”他说完，举起茶杯，“我以茶代酒，热烈祝贺 4A 景区项目落户云梯镇。”

喝完茶，罗满江双手抱拳，对众人说：“镇政府决定，由我对接云梯街 4A 景区筹备工作，请在座各位大力支持，积极配合，确保该项目落地生根，开花结果。不好意思，我还有些工作亟须处理，就不陪各位了。我们回聊。”

罗满江说完，起身离去。

送走罗满江，谭铁牛返回座位上，试探着问杨回：“县文旅集团准备如何打造云梯街？”

这是在座所有人迫切想了解的事情，杨回却没有正面回答，而是转移话题：“我生于云梯街，长于云梯街。我记得小时候，这条街不叫云梯街，而叫坡坡场。在我的记忆中，走这条坡坡场，好累好苦好心酸。那时，我家和谭铁牛家的经济条件差不多，日子过得苦巴巴的。为了贴补家用，我和谭铁牛不得不利用周末，到河边背砂背石宝，到煤矿背煤炭，背一百斤只能赚一角钱。我每天爬上走下背三趟，赚一角五分钱，是何等的艰难！坡坡场经常缺水，杨家沟断流，我妈妈只好把全家人的衣服背到江边洗，天不亮就去占位置。我妈妈洗完一件衣服，晾在石板上，以便背回来时能轻松一点儿。一背篼衣服、被子洗完，需要三四个钟头，又累又饿，还得背着满满一背篼衣物爬坡回家，很吃力的。我每次看着疲惫不堪的妈妈，心里都不是滋味儿。那时候，说句真心话，我确实很讨厌这条坡坡场。”

杨回说的这些事，云梯街老居民都经历过，只是不愿回忆而已。他们听完杨回的讲述，都默不作声。

“那时候，我最大的梦想就是离开坡坡场。”杨回叹了一口气。

“所以，云梯街的老居民，但凡有点门道的家庭，都各谋出路。到目前为止，没有走的，多半是老弱病残。”谭铁牛说。

“这要归功于三峡大移民政策。云梯镇修了一条移民路，库区移民搬过来的不多，却把云梯街的人移走了，现在只剩下一条空街了。”杨脚板抱怨道。

谭铁牛说：“人往高处走，水往低处流。能走平坦路，谁愿爬坡上坎？这条坡坡场真的老了，老得像出土文物。住在这里的人，还没有搬走的，只是因为外面没有落脚的地方。”

黄端公不停地煮茶、斟茶。这样忆苦思甜的茶话会，不是他想看到的。今天他如此献殷勤，就是想从杨回口中得到旅游开发的信息。

“我背井离乡三十多年，这条坡坡场依然如故，真就成了文物。回想我们年少时的苦日子，真叫人伤心。可是，这条坡坡场，却融进我的骨头里。我做过很多与云梯镇有关的梦，每个梦里，我都在爬坡坡场。真是奇怪，小时候最憎恨的地方，在我长大后，却成了我最牵挂的地方。”杨回说完，表情由伤感变为欣喜。

谭铁牛看到杨回眼角湿润了，就觉得杨回动了真情。他认为，杨回多愁善感，不是男人的做派。可是，杨回的话却像猫爪一样，把他抓得心慌意乱。这个杨回，搞什么鬼，不谈开发，竟然忆苦。

谭铁牛和杨回一样，也讨厌、怨恨、咒骂过云梯街，也曾想过逃离云梯街，但最终还是留在这条老街上。他在“古镇夜话”

活动中常说，“我们这些老瓦片都搬走了，谁来守护坡坡场？谁来接听远方游子的电话？云梯街人去楼空，甚至很多人一去不回，但是，融进骨头的这条老街，他们一辈子都忘不掉，这就是宿命”。

自从谭铁牛担任滨江居委会党支部书记后，逢年过节接到最多的电话，就是从云梯街走出去的人打来的。他们说，不打这个电话，整个春节都过得不完整。离开云梯街的人，到生命终结前，最大的愿望就是回云梯街看看。实在回不来，就给谭铁牛打电话，算是告别家乡、告慰祖先，然后才能安心驾鹤西去。

就是因为这样的事，谭铁牛才没有离开云梯街。现在看来，他这辈子都离不开云梯街了。并非移居外地的儿女混得不好，而是他自已不想离开这里。那些已经离开的人，现在已经离不开他，他更没有理由离开了。

2

见众人陷入回忆中，杨回清清嗓子，说道：“我是军人出身，军人的天职就是保家卫国。我退伍后，转业到县文旅集团工作。这么多年，我依然保持着军人雷厉风行的工作作风。我自称县文旅集团的急先锋，这话是有根据的。开发每个景区，我都是打头阵。打头阵，就是踏上新战场，意味着吃苦最多、受累最多、挨骂最多。我住过帐篷，睡过野地，翻高山探深壑，饱受蚊虫叮咬，饿肚子是常态，还要遭受毒蛇猛兽攻击。每个景区的光鲜亮丽，都是文旅人用汗水、血泪甚至生命换来的。”

“杨回，你家先祖赤手空拳勇闯云梯街，开创云梯街商业帝国。如今，你再次来到云梯街，算是继承你家先祖的遗志，一定能将你家‘凿石成路、破石扎根、踏石留痕’的家训发扬光大。云梯街的这些老瓦片，对你抱有莫大希望。”谭铁牛朗声说道。

谭铁牛提及杨家先祖的辉煌伟业，令杨回百感交集。他说道：

“其实我想要表达的是，办旅游实属不易。这次在云梯街创建4A景区，又是一场鏖战，我一定全力以赴。”

“杨回，我们到底怎么干？”谭铁牛问道。

“我创建其他景区时，也考虑过能否把云梯街打造成著名景区。那时候，我只是想想而已。万万没想到，时代发展太快，我的梦想竟然成真了。云梯镇被评选为中国历史文化名镇后，这条云梯街，就是一座气势恢宏的博物馆、一件价值连城的文物，彰显着巴盐古道上的沧桑。按照县委、县政府领导的要求，对云梯街进行保护性开发，即修旧如旧，把云梯街老旧房屋做全面维修维护，尽量保持原状。这项工程投资巨大，因此被县委、县政府列为今年头号工程。”

“头号工程？”谭铁牛听到这四个字，不由自主地想到月儿山工业园区。月儿山工业园区就是县政府投资建设、令所有月儿山人不堪回首的“头号工程”，也是让县政府债台高筑的烂摊子。未来的云梯街4A景区，会不会成为第二个月儿山工业园区？

杨回说：“县文旅集团落实县委、县政府的决策，拟投资两亿元，用一年时间，完成项目建设。一旦云梯街4A景区创办成功，可以一举解决三峡大移民、月儿山工业园区的遗留问题，助力脱贫攻坚战，带动贫困人口就业增收，实现旅游精准扶贫。所以，这个项目是民生民心工程，在实施过程中，不允许破坏自然环境，不允许破坏云梯街原貌。”

谭铁牛不停地点头：“看来县委、县政府这次投资选项是正确的，吸取了月儿山工业园区关停的深刻教训。修旧如旧，谁负责设计方案？”

“我负责。”杨回看看在座各位，“烦劳在座各位建言献策，不吝赐教，帮我把设计方案做得科学、完美。”

“我抛砖引玉吧。”谭铁牛喝了一口茶，“石板皮上的云梯街，经过千余年发展，形成了云梯镇。云梯镇虽在长江边上，却严重缺水。千百年来，云梯街没有发生毁灭性火灾或水灾，这是一个非常奇特的现象。我不得不佩服我们祖先精湛的堪舆能力、科学的规划设计理念和精巧的建筑技艺。我在这方面做过一些研究，现有三点建议，供你参考。撒尿巷、风火墙、打更，这是云梯街的安全秘诀，请予保留，或者进一步完善。”

“这是古人的智慧结晶，肯定要保留的。请问各位还有什么意见或者建议？”杨回边记录谭铁牛的建议边问。

黄端公起身给各位倒茶，弯刀脸上露出难得的笑容，委婉地说道：“我是二十世纪八十年代的初中毕业生，在月儿山算是有文化的人。可是搬到云梯街后，我肚子里的这点儿墨水，就没法跟其他人相比，只能算半文盲了。关于如何打造云梯街 4A 景区，我没有琢磨过。常言说，没有调查就没有发言权。我觉得谭铁牛说得对，云梯街就是坡坡场，洪水来了无遮挡，大火烧起来，一坡木瓦房也没有隔栏，完全靠自保。这条老街能存在千余年，就是因为它是一条独立性很强的街道，街道两边的建筑也都是独立的。”他说完尬笑，“我完全是空口瞎说，让杨经理见笑了。”

杨回举起茶杯，示意黄端公喝茶：“刚才谭铁牛、黄端公的建议，让我深受启发。中华文化源远流长，建筑文化博大精深。就拿云梯街来说，那些看似平常的房屋，细究起来还真是别具一格。它们在千余年中与大自然抗争，没有毁于洪水大火，本身就是一个奇迹。独立，是云梯街核心设计理念；自主，是云梯街的核心营造技艺。独立自主，就是云梯街的真正灵魂。”

杨脚板却向杨回泼冷水：“不可否认，云梯街人独立意识特别强。云梯街因长江而起，因商业而兴，因盐巴而盛，这里的人，向来就是自成体系，自谋发展。但是，现在总是以牺牲云梯街的生态环境求发展，比如以前修建那条移民路时，因为资金不足，就把云梯街挖断。一次次乱挖，在一些人眼里只有建设，根本没有保护文物的意识。我可以这么说，云梯街上的一砖一瓦、一草一木、一石一梯都裹挟着云梯街人的灵魂，挖云梯街就是挖祖宗基业，和挖人祖坟一样龌龊。可是，我们依然能看到一幕幕悲剧在云梯街上演。我希望这次改造云梯街，无论如何都不能瞎挖乱建了，一定要修旧如旧，保留云梯街的原貌。”

杨脚板说到这里，闭上眼睛，靠在椅背上，脸上呈现轻蔑表情。他压根儿就不相信，这次开发云梯街，会比建设月儿山工业园区能好到哪里去。

杨回看了看手表，已经晚上 9 点，便站起来说：“我现在开始收集资料，设计方案。今晚在座各位的赐教，为我的设计方案提供了明确的思路。待我拿出初稿后，再请各位讨论。”

谭铁牛见杨回已经起身，便宣布今晚的“古镇夜话”活动到此结束。

其他人走后，谭铁牛和黄端公没有走，他们的聊意似乎正浓。

“铁牛，从罗镇长和杨回透露的信息来看，云梯街将迎来脱胎换骨的变化，这真是千年一遇的好机会。我买下云梯街这幢木房子，开办茶馆，本意是想这辈子就留守云梯街。若是大家都搬走了，谁来守护云梯街？那些漂泊在外的云梯街人，想询问家乡的事情，还能给谁打电话？好在这次县委、县政府投入巨资改造云梯街，让云梯街再现往日繁华，为漂泊在外的游子留住念想。我不知道别人怎么想的，反正我是百分之百支持。这次，我绝对不会做出拆迁时那种小家子气之事，相反，我还会全力支持县委、县政府的决策。我希望在我有生之年，能看到云梯街旧貌换新颜，天下游客云集于此。如果云梯街真能变成那样，我躺进棺材都会笑醒的。”黄端公絮絮叨叨，毫无逻辑地说出真心话。

“千余年来，坚强无比的云梯街，经历无数次天打雷劈、洪水冲击，依旧矗立不倒，因为独立自强就是它的品格。我们数代云梯街人在此守护祖先心血，守护文化根脉，就是守护云梯街的这种品格。”谭铁牛掷地有声地说道。

3

如果新建筑无法保留旧建筑的古韵，即便修得再漂亮，对云梯街来说也是一种伤害。

杨回了解到，明朝是徽派建筑传入云梯街的鼎盛时期。明朝开国皇帝朱元璋，就是安徽凤阳人。朱元璋平定天下之后，安徽乃至江南文化得以在全国传播，云梯街自然也受益匪浅。

县政府曾对云梯街古建筑群进行修复，甚至还在此复建库区淹没的古建筑。如今的云梯街，还保留着明清时期的样貌，中原的四合院、土家族吊脚楼，以及徽式、赣式、岭南式风格的建筑比比皆是。

据本地大姓家族的家谱记载，这些风格的建筑，是由搬迁到云梯街的安徽、江西等罗姓、江姓、熊姓先祖建造的。

云梯街的徽派建筑特色尤为鲜明，不仅有檐牙高啄、钩心斗角、檐马叮当，还有绘画、浮雕、镂空雕等。在杨回看来，云梯街配得上“万里长江第一街”“世界建筑史上奇观”“古建筑博物馆”等美誉。

更让杨回感到惊喜的是，湖广会馆禹王宫、三楚堂，四川会馆万天宫、桓侯宫，广东会馆南华宫，福建会馆天上宫，山西会馆关帝庙，清朝时期建造的钱庄盐号、酒肆茶楼、驿站客栈、祠堂寺庙、官府衙署等建筑，都分布在云梯街方圆三公里范围内。

在云梯街附近，不但有富丽堂皇的会馆，还有土家族粗野豪放的吊脚楼、古朴雅致的普通民居。

云梯街虽被三峡库区占据三分之一，仍然保留了八十多个石梯、八百多级石阶。这些凸凹不平的青石板上，都留下明清时期南来北往的客商足迹。

杨回行走在古色古香的云梯街上，仿佛徜徉在历史建筑画廊中，能感受到曾经商贾云集的盛况。

中国古代封闭式的城镇布局，都遵循皇权的宗法礼仪，宫殿、官衙、祭坛、宗祠、城墙、城门等建筑均按照中轴线依次排列，即便外面街道纵横交错，里面的街道也要整齐划一；按照森严的社会等级，对居住区域进行严格区分，以此彰显权力至高无上。

云梯街恰恰相反，充分利用民间资本，因地制宜，开放布局。它从诞生的那一刻起，便有与众不同的风格。

云梯街其实是一条大街两边套着小巷。小巷连接大街背后的猪市、米肆、柴市、铁匠铺等。这里的建筑样式，没有森严的社会等级规定，也没有贵贱之分，一切都以有利于平等自由竞争、有利于和谐相处为准则。

云梯街上，商铺客栈居多，官衙、宗祠等建筑则散落于背街或小巷中。可以说，云梯街就是一座没有城墙城门的开放性城镇、一处商贸兴镇的"活化石"、一条巴盐古道上的民用"穿心店"。

撒尿巷子，是民间对狭窄小巷的戏称。细究起来，它们兼具防洪、防火、躲雨、通行等多种功能。其细微之处，暗合古人的"天人合一"、今人的"人与自然和谐相处"理念。

即便修旧如旧，局部建筑还是不可避免地进行必要的整合。即便不得不重新修建，但也要严格遵守古人的建筑智慧、建筑章法、建筑风格，否则就会对云梯街造成损害。

这些调研结果，就是杨回设计方案的重要依据。他多次邀请云梯街"老瓦片"喝茶商讨后，最后形成改造方案，并上报县文旅集团审定。

杨回等来的却是云梯街文化旅游开发公司人事变动——杨回降为项目工程师兼技术科科长，新经理由一个姓朱的人担任。

杨回意识到，县政府调整他的职务，就意味着他费尽心血制定的改造方案被否定了。

刚开始，他有些生气，后来转念一想，县政府选定朱经理，必然是从全局考量。只要云梯街能发展起来，他受点儿委屈也不算啥。

谭铁牛对云梯街文化旅游开发公司的人事调整浑然不知。他给杨回打几次电话，杨回不是挂断就是拒绝接听，气得他径直闯进杨回的办公室。

调到技术科的杨回，正与一个年轻人认真地研究图纸。

谭铁牛喝问杨回："杨回，我打电话，你为啥不接？"

杨回扭头看了看谭铁牛："谭支书，请坐。我现在是项目工程师，只负责工程技术，以后请你叫我'杨工'。"

谭铁牛瞪大眼睛："你被撤职了？你犯啥错误了？"

"我能犯啥错误，县文旅集团正常人事调整而已。"

"你的方案做得那么完美、完善，到底错在哪里？"

"在建筑行业里，工程设计方案被弃之不用是家常便饭，有什么大惊小怪的！我们正研究新方案的图纸，你过来看看。"

谭铁牛走到大桌子前，翻看新设计的图纸。他大致看了几眼，就指着图纸喊道："杨工，原来的设计方案中，这里不是有一条撒尿巷子嘛。现在你们把它放到哪里去了？"他又瞅瞅图纸，"这里不是有一道风火墙嘛，这上面怎么不见了？"

谭铁牛越看越生气，愤愤地问道："杨回，这张图纸不是按照我们商量的方案设计的吧？"

"确实不是。"杨回点点头。

谭铁牛怒不可遏："我就说嘛，怎么可能这么快就把图纸设计出来了，是从哪里生搬硬套的吧？"

"铁牛，你在这里大呼小叫，影响我们工作了。这个项目特事特办，已经开始招投标，很快进入施工阶段。景区建设迫在眉睫，压茬推进，刻不容缓。县政府领导盯着进度，我们压力很大。云梯街发展好了，比什么都强。你们也能借此东风，做一些对老百姓有益的事。"

一头雾水的谭铁牛辞别杨回，心事重重地来到老瓦片茶馆，给罗满江打电话。

罗满江告诉他，云梯街景区项目是县政府的头号工程，由县文旅集团具体负责，镇政府只须配合县文旅集团做好安全预防工作，协助处理民事纠纷即可。至于企业经营的事务，是县文旅集团内部事务，与镇政府无关。

黄端公听说杨回被降职，疑惑不解，向谭铁牛询问原因。

谭铁牛只知道杨回的设计方案被否定，新上任的朱经理制定了一套设计方案，且已经通过县政府审核，已经进入招投标阶段。

黄端公摇头叹息，不再过问。

谭铁牛终于想通了，只要云梯街景区项目能落地，无论谁当云梯街文化旅游开发公司经理都行。县政府采用谁的设计方案，不都是为了让云梯街变得更好嘛。他现在要做的是，借此东风，做一些让云梯街老百姓受益的事。

他决定组建巴盐汉子表演队，并为其申请县级非遗项目和非遗传承人。

一段时间后，谭铁牛接到通知，要他配合云梯街文化旅游开发公司把“熊记药铺”改成“云梯街博物馆”。于是，他到各村收集老物件和老照片，忙得团团转，就把杨回降职的事忘到脑后了。

为了解决历史遗留问题，县政府领导临时决定修一条公路，连接新建的安置房小区。可是这条公路修到云梯街时，发生意外了。

谭铁牛接到杨脚板的电话。

杨脚板在电话里大喊大叫：“谭铁牛，你这个滨江居委会党支部书记是怎么当的？通往安置房小区那条路，怎么还能穿过云梯街呢？现在挖掘机已经挖云梯街的石梯子了，云梯街快要被挖断了！”

谭铁牛难以置信：“啊？那条公路不是建在云梯街北侧嘛，怎么又变了？”

“唉，我早就提醒过你，一旦云梯街失去独立自主性，势必受到损害。他们改变施工方案，难道没向滨江居委会报备？你赶紧过来，我们都在这里呢。” 杨脚板急切地挂断电话。

谭铁牛立即赶到施工现场，看见挖掘机不断地将云梯街的石梯子挖出来。一群村民想上前阻止，却被保安强行拦住。

村民与保安已呈对峙状态。

谭铁牛冲进人群，向挖掘机司机连连摆手。挖掘机司机看到谭铁牛，便停止挖掘。

谭铁牛立刻拨通杨回的手机：“喂，我的杨大科长，云梯街的改造原则不是修旧如旧嘛，咋还要挖断云梯街呢？”

“铁牛，这是县政府的规划，谁也阻止不了。”

“我不是阻止。我想知道，现在有人要挖断云梯街，还能叫修旧如旧吗？简直就是破坏！”

“铁牛，你作为滨江居委会党支部书记，配合云梯街文化旅游开发公司做好本职工作就好，其他的事情不用你管。”

“杨回，你是项目工程师，你给我听好了，谁敢动云梯街的石梯子，我就跟谁拼命！”谭铁牛气冲冲地挂掉电话，扭头看见朱经理、罗满江疾速而至。

杨脚板冲朱经理和罗满江高声吼道：“你们要动云梯街的石梯子，除非从我身上轧过去！”他说完就躺在挖掘机的履带前面。

黄端公、熊翘壳见状，也坐到杨脚板身边。前来看热闹的“老瓦片”，坐的坐，躺的躺，在挖掘机前组成一道人墙。

罗满江把朱经理拽到一边：“挖云梯街的石梯子，就是破坏国家文物的行为。你为啥事前不向镇政府通报呢？”

朱经理不以为然地说：“这是县政府领导的决定，我只是奉命行事。”

罗满江也生气了，指着杨脚板等人大声问：“现在闹成这样，负面影响不小，怎么办？”

朱经理依旧打着官腔：“罗镇长，图纸就是这样设计的。我们按图施工没有错。请你配合我们做通群众的思想工作，不然耽误工期，你我都不好向县政府领导交代。”

罗满江真生气了，指着朱经理的鼻子问：“你是搞文化旅游开发的，知不知道《中华人民共和国文物保护法》？你想动文物，必须报备审批。云梯街修旧如旧，不是改造前定的原则嘛，到你这里为啥又变了？”

朱经理摆摆手：“罗镇长，我们只是上级决策的执行者。你应该清楚，县政府领导已经在设计图纸上签字确认了，而且县政府领导一再强调，一年内必须完成施工。现在距离规定的竣工日期还有三个月，如果任由这伙人胡闹，耽误了工期，你应该知道是什么后果。”

“如何向县政府领导交代是你的事情。我现在必须对老百姓、对法律负责。”罗满江指着杨脚板等人，“他们阻止你们破坏文物有错吗？你必须给我一个说服他们放弃维护合法权益的理由！”

朱经理也不再客气：“服从县政府发展规划大局，这就是理由。罗镇长，镇政府有义务保障县政府的头号工程顺利进行，否则——”

“你还知道有镇政府啊？你根本没把镇政府放在眼里。按照属地管理原则，镇政府有权制止属地范围的任何违法行为。我提醒你，不管什么工程，都得依法施工。现在，我建议你们暂停施工，请求上级变更设计图纸。”

“罗镇长，让县政府领导变更设计图纸？你想啥呢？现在离县政府领导要求的竣工时间只有三个月了！”

“我现在看到的是准备以死捍卫国家文物的云梯街村民，而不是县政府领导的要求！”

“我马上报警，让警察拘捕他们。”朱经理说完，挥手示意挖掘机司机继续作业。

朱经理的手还没放下，挖掘机挖斗上的泥土掉下来，砸到杨脚板身上。

杨脚板等人面不惧色，一动不动，挖掘机司机不敢启动挖掘机。

气得脸色铁青的谭铁牛，也坐到挖掘机履带前。

杨回来到现场，径直走到罗满江身边，对朱经理说：“你再强行施工，会出人命的。这些人在云梯街出生、长大，是云梯街的守护人，与云梯街同舟共济、生死相依。我早就提醒过你，可是你不听。再这样闹下去，不好收场的人是你，而不是那些村民。”

朱经理指着杨回喝道：“杨回，你算老几！我是云梯街文化旅游开发公司总经理，现在我命令你指挥施工！”

“恕难从命！我也是云梯街人，有义务保护云梯街的文物！”杨回冷冷地说。

朱经理威胁杨回：“别忘了，你还是云梯街文化旅游开发公司的项目工程师。你信不信，我吊销你的一级建造师证书？”

“我的一级建造师证书，不是云梯街文化旅游开发公司颁发的，不是你想吊销就能吊销的。既然县政府命我担任云梯街文化旅游开发公司项目工程师，我就必须履行法定的项目工程师职责。”

“我现在不跟你扯这些。县政府领导要求进度，我一刻不敢停。我把这里交给你处理，有问题你负全责。”

“朱经理，这件事真交给我处理吗？”杨回追问。

朱经理犹犹豫豫地点点头。

谭铁牛见罗满江、朱经理、杨回迟迟拿不出解决方案，起身走到三人身边。

朱经理轻蔑地看着谭铁牛，大声说道：“谭支书，你是云梯街的父母官，云梯街开发建设，是造福云梯街的百姓。你要理解、支持、配合云梯街文化旅游开发公司的工作。希望你尽快做好疏散闹事群众的思想工作，不要耽误我们的工程进度。”

谭铁牛见朱经理这么说，更生气了，指着云梯街说：“朱经理，有一点我想不明白，你们挖走云梯街文物，游客到这里看什么？看这条公路吗？你知不知道，你是想挖断云梯街人的脊梁骨，云梯街人能答应吗？”

杨回补充道：“朱经理，你可能不知道云梯街人对这条老街的感情。既然你安排我处理这里的问题，我现在要求工人立即撤出工地。我向县政府申请更改图纸。如果县政府领导问责，由我承担。”

朱经理挥挥手，拂袖而去。

杨回虽然没有得到朱经理的明确答复，但他知道朱经理默许他处置这件事。于是，他挥手示意挖掘机司机收起挖斗，驾驶挖掘机离开工地。

云梯街的那些“老瓦片”松了一口气，得意扬扬地站到一边。

云梯街右侧那条公路，没有往前修，云梯街的石梯子保住了。

此事发生不久，朱经理就被县纪委请去“喝茶”，再也没有回到云梯街。

云梯街的老百姓熬过最热的 8 月后，博物馆宣告落成，云梯街也顺利通过有关部门的 4A 景区评定，县政府决定在国庆节开街迎客。

未经过严格验收的云梯街，匆匆营业，让杨回心里产生一种不祥的预感。他觉得这种不顾实际、不尊重客观规律，照抄其他景区图纸施工，固然可以节约成本，也必然会为留下不可预知的安全隐患。

国庆节马上到来，云梯街开街在即。

这天傍晚，谭铁牛见黑云密布，江风肆虐，意识到暴风雨即将来临。作为从小生活在长江边的人，谭铁牛异常恐惧这样的恶劣天气。刚刚完成改造的云梯街，能否抵御狂风骤雨，他不得而知。

下半夜，难以入睡的谭铁牛索性坐起来。

窗外的闪电照亮房间，接着惊雷乍现，谭铁牛感觉房子伴随雷声抖动一下。

他下床打开窗户，见外面漆黑一片，又回到床上坐下，拿起手机查看天气预报。

突然，一个来自云梯街半山腰上的视频引起他的注意。

视频中，一条火舌冲天而起，在夜空中乱窜，四周浓烟滚滚。

“糟糕，博物馆方向出现火情。”谭铁牛迅速拨通博物馆值班员的手机，得知博物馆被雷电击中，引起火灾。

他立即跑到博物馆，发现大火已经冲上房顶。

谭铁牛高喊：“周边都是连成一体的木房子，快，断火路。不断火路，这条街就得烧光了！”他不顾一切地爬上屋顶掀瓦片、砸房梁。

这天，注定成为云梯街劫难日。一把天火，把云梯街腰部烧出一个黑洞，博物馆被烧得精光，里面所有文物连同谭铁牛提供的老物件、老照片全部焚毁。

这把火，也把云梯街人烧得失魂落魄。

大火虽然被扑灭了，谭铁牛却两天两夜合不上眼。只要他闭上眼睛，脑海里全是那道冲天火光，划破夜空，肆意吞噬云梯街；还有那台挖掘机，以及横卧在挖掘机前的云梯街“老瓦片”。

那些令一些人瞧不起、看不上的“老瓦片”，用简单、原始、粗暴的方式，用血肉之躯，阻止某些人对云梯街的肆意破坏。

他脑海里走马灯似的闪现出杨脚板、黄端公、熊翘壳、萧剑、谭光明、黄林平、江诗人、罗楠、章爱民、谭小山、胥进、金冬花、乔民、邓兵、周文建、金矿等人的面孔。这些人坚毅果敢、视死如归的表情，让他泪如泉涌，放声痛哭。

天怒与人怨，被一场大火全部带走了。

这场人类与自然的较量中，人类最终落败。在大自然面前，人类不但无比渺小，而且幼稚可笑。

火灾过后，那个搬抄其他景区图纸、主张挖断云梯街“脊梁骨”

的朱经理，彻底销声匿迹了。后来谭铁牛从杨回那里得知，那位不可一世的朱经理，根本不是文旅专家，而是没有文化的房地产开发商，最终因为他承建的工程偷工减料、事故频发，被送入监狱。

也因为这把大火，原定云梯街在国庆节开街的计划不得不延后。

博物馆被烧毁后，谭铁牛好几个月未能从那场火灾中走出来，整个人像得了一场大病，无心处理任何事情。

令他痛心疾首的是，他花了大半年时间，费尽心思收集来的那些老物件、老照片，在大火中变成灰烬。

现在，他总觉得云梯街任何一间房屋，在任何时候都可能着火。

每天半夜，他必须在云梯街走几个来回，才能睡着。

云梯街过去的打更制，是没有监控设备条件下的古老防灾措施。打更夜巡，配合撒尿巷、马头墙、水缸、沙堆等，形成云梯街独立、独特的安全防范体系。这个体系并不完美，没有高深的建筑理论支撑，却特别有效地保证云梯街在千余年中安全无恙。

他曾向杨回建议，保留撒尿巷、马头墙、水缸、沙堆等物件，可惜这些古老、有效、笨拙的防灾措施，在这次改造中，却没有被那些建筑专家采纳。

改造后的云梯街，几乎是拆了重建，撒尿巷、马头墙、水缸、沙堆全部消失不见了，更无打更人，只是多了一些摄像头。这些摄像头到底能不能防灾，还得交给时间验证。

谭铁牛拿着手电筒，从独门嘴往下走。这里很少有人居住，一条街上没有灯光。如果发生火灾，根本不可能及时发现。

他走到老瓦片茶馆门前，看到黄端公一只脚踩着门槛，呆呆地望着黑暗的夜空。

“这么晚了，还有客人？”谭铁牛问道。

“妈的，不知道啥原因，我总担心哪里起火，心头悬吊吊的。”黄端公打量谭铁牛，“你在巡街吗？是不是要恢复打更？”他不等谭铁牛回答，指着前面说，“那人是谁？”

谭铁牛扭头观望，原来是杨回从石梯下面走上来。待杨回走到近前，他问道："这么晚了，你还想喝茶？"

杨回有气无力地说："我哪有心情喝茶呦。这两天不知怎么了，再困也睡不着。眼睛一闭，脑海里全是那场大火。那场大火啊，烧在我心口上，憋得慌，就出来走走。"

虽然杨回再次出任云梯街文化旅游开发公司总经理，但此时的他，仿佛也被那场大火烧蒙了，看上去苍老了十岁，鬓角添了些许白发。

虽然博物馆已经重建，云梯街也被评为 4A 景区，但云梯街的村民似乎还处在那场大火的惊恐中。经常有人在半夜打火警电话，结果虚惊一场；有人举报杨家电线没接好、黄家水缸水少了；有人状告谭家把沙堆的沙子抹墙了……

这段时间，杨回听到火警就异常紧张。无论真假，他都要亲自到现场查看。

杨回问谭铁牛为何这么晚还在茶馆。

黄端公抽了两口烟，然后说："铁牛在义务打更呢。"

"义务打更？"杨回有些惊讶。

现在，景区管理工作由云梯街文化旅游开发公司负责，而云梯街文化旅游开发公司并没有建立打更制度。

杨回看了看谭铁牛："啥年代了，咋还打更呢？"

"啥年代都有火灾啊。"黄端公说，"当初你搞调查时，谭铁牛就告诉过你，云梯街过去有职业打更人。可是，改造云梯街时，就忘了这件事。结果怎么样？大火无缘无故地烧起来了。如果有打更人，及时发现，及时扑灭，也不至于烧得这么惨。"他边说边摇头叹气。

"污水滴进水缸，水还会那么清澈？当愚昧成为主流，清醒就是罪恶。有人高举权杖，自以为是神。"杨回自言自语后，看了看黄端公，"工程项目一定要有安全措施、安全预案，而且必须落实到人，否则通不过验收的。这些措施，我们都有，只是没有落实到位。我向朱经理反映过多次，他总说是承包商的事。有的承包商，眼里只有钱，没有责任，所以没有具体落实，工程还没有验收呢，火灾就发生了。县政府的头号工程，发生头号火灾，产生头号贪腐，此乃天大的笑话。不按照客观规律办事，就是这种结果。”

黄端公当然明白杨回话里的意思，但现在埋怨谁都晚了。他感觉他们站在门口说话不太好，就请杨回、谭铁牛进屋喝茶。

三人落座后，黄端公边泡茶边说：“改造云梯街，应该花了不少钱。世上没有花钱的不是，云梯街确实比以前漂亮多了。但是，我左看右看，上看下看，也找不到坡坡场老瓦房的感觉了。这条新建设的云梯街，让我感觉既熟悉又陌生，总觉得我好像从外地搬来的。我还有一个问题，云梯街为什么改造一半留一半呢？这不是半拉子工程嘛，哪有景区的样子？”

杨回和谭铁牛无法回答黄端公的疑问，就转移话题。

三个人在老瓦片茶馆聊到天亮。

分手时，杨回对谭铁牛说：“我想尽快恢复打更制度。在监控设备还没有运行前，打更制度还是有必要保留的。”

黄端公却认为，即便云梯街安装监控设备，也不能取缔打更制度，因为打更是云梯街不可或缺的一部分。它曾经成功地保证云梯街千余年不发生重大火灾事故。这种优秀的民间文化，必须得以传承。

杨回回到云梯街文化旅游开发公司后，召开中层领导会议，商定恢复云梯街打更制度。

第七章

寄人篱下的孤儿

1

博物馆的火灾，在云梯街村民心里留下一道阴影、一道伤疤。

刘惠芹见云梯街村民迟迟不能从火灾的阴影中走出来，非常着急。在她看来，这时候，云梯街村民亟须恢复信心。

于是，她在“古镇夜话”活动中讲述关于云梯街村民祖辈的故事，以此提振后辈人的精神。

在中国古代，盐巴是稀缺商品，上古巴人就是因为占据了武陵山卤盐矿，才把“巴国”迁移至此。巴人后裔土家族人，世世代代以制作、贩卖盐巴为生。盐巴是他们的财富源泉，更是他们的生存依赖。有盐的地方自然向无盐的地方运送，巴人于是凿石铺路，把盐巴运到巴蜀之外的地方。

云梯镇周边卤水储量丰富，开采井盐已经有些历史了。当地农民从盐井里抽出卤水，经过过滤，再倒进锅里熬煮蒸发后制成盐巴。因此，本地人称卤水熬制的盐巴为“锅巴盐”，称外地盐为“面面盐”。本地盐颜色幽蓝，外地盐颜色纯白。

锅巴盐如石头一样坚硬，像玻璃一般透明，太阳晒不化，雨水淋不散。使用时，用刀刮下来，或者放在锅里炒一炒。

云梯镇出产的锅巴盐，除供当地人食用外，还外销到湘楚地区。

云梯镇是巴盐外销湘楚地区的最佳口岸。从这里到湖北、湖南的距离最短。云梯镇十里八乡出产的盐巴，汇集到云梯街码头，再由背脚子运到湖北省来凤县，再从来凤县发散到湘楚地区。

开采井盐能获得巨额利润，因此云梯街的长江两岸云集大批盐商。他们将开采出来的盐巴运到云梯街码头出售，或者雇用力夫背到湘楚盐号销售。云梯街原本就是因盐而盛的集镇，一条石梯路，其实就是背脚子去湖北的“运盐路”。

背脚子背着沉重的盐巴，一步三拄大钉杵，花两个小时爬完石梯路，才能到达独门嘴。若遇上大雾天气，他们从江边爬上来，貌似腾云驾雾。因此，背脚子戏称爬石梯路为“登云梯”，故而叫这条石梯路为“云梯街”。

独门嘴有一棵奇形怪状的黄葛树，树干粗到三人才能合抱，而且长满鼓包疙瘩。杨哼称之为“鬼头树”。走过鬼头树，才算到达第一道山梁，接着翻过几座小山，就到达云梯镇最高的斗山。

背脚子翻越斗山时还能看见长江，过了斗山，便一头扎进茫茫的武陵山中，再也看不见长江。因此，云梯镇村民习惯以斗山为界，称东边为“山里头”，称西边为“大河边”，称长途运盐为“走盐道”。

铁团长率部重返云梯镇后，杨哼早早地安排好自己的后事，以防不测。他拜托杨文忠，将五百块大洋送到独门嘴鬼头树下的杨青云家，作为杨福来的抚养费。

杨哼为什么做这样安排呢？不仅因为他对杨青云有恩，更因为鬼头树位于三县交会处，树上三根大枝丫伸向三县地界，独门嘴人称其“一树遮三县”。鬼头树附近的村民，分属三县管辖。相沿成习，这里的人无论犯什么罪，官差都不能越界抓人。

杨哼死后，失去双亲的杨福来，对眼前发生的一切懵懵懂懂的，好在江凤待他如同亲生。由于惧怕铁团长斩草除根，江凤给杨福来取个乳名“小白千”，对外坚称杨福来就是她生下的双胞胎之一。

因此，杨家周围的人，只知道小白千，不知道杨福来。

鬼头树下有一口非常奇特的水井。这里明明是山梁，山上山下都是石头，却偏偏从石头缝里渗出清泉，滋养着周边十几户村民，也为走盐道的背脚子补充水分。

山有多高，水有多高。不仅如此，水井里竟然还有鱼。附近的村民年年捕捞，井里的鱼年年有。一年四季，从无间断。

井里的鱼从何而来？有一种较为可信的说法是，那些背脚子的草鞋从长江带来鱼卵，洗脚的时候，抖落到井里。

“千年的草籽万年的鱼”，这句话在独门嘴似乎得到验证。

小白千喜欢在井边玩耍，有时甚至能玩耍半天。他用一根长竹竿，挑逗井里的鱼。井里的鱼多为银白色，嘴尖身瘦，因此俗称“小白千”。

杨福来依稀记得自己三岁时，杨青云带他来到黄老虎峡口，跪在一块大石头前拜“石干佬”。云梯镇的村民，但凡家里人遭遇不幸，或者孩子身体羸弱，便去“拜石为父”。这种行为，其实是希望自己一家人像磐石一样安稳。清明节前后、腊月末，村民就会相继上山，祭拜“石干佬”。

春节临近，天气晴朗，杨青云一家人要去拜“石干佬”。杨青云取出从云梯街秦家作坊买来的鞭炮、香烛等祭品，带着妻儿来到乌龟石前祭拜。

小白千打量他们祭拜的乌龟石，足有四间青瓦房大小，形如乌龟。乌龟石中间有一道十分扎眼的缝隙。

祭拜完毕，小白千将手伸进乌龟石的缝隙里，扭头问杨青云：“老汉儿，这块大石头为啥从中间断开了？”

杨青云望着乌龟石：“一年前的一个夜晚，天降暴雨，乌龟石遭到雷劈。”

小白千闭上一只眼睛，用另一只眼睛往缝隙里看：“有一年，老汉儿带我拜石干佬。那块尖尖的高高的大石头叫黄老虎。”

杨青云说：“在长江的峡口，什么形状的石头都有，但在独门嘴很难找到大石头，因为独门嘴的大石头都被山洪冲到黄老虎峡口了。你看，岭上光溜溜的，只剩下这块乌龟石。这是灵石，你就拜它做干佬吧。”

小白千似有所悟，点点头：“好吧，我就拜这块石头做干佬。黄老虎干佬听说我又拜乌龟石为干佬，会不会生气？”

杨青云被小白千问得哑口无言，扭头对江风说：“这个问题太难了，你跟小白千解释吧。”

江风抚摸着小白千的头：“江边的黄老虎和这里的乌龟石是好兄弟，就像你和哥哥一样。我们在这里祭拜乌龟石，黄老虎也会跑过来享用供品，就不会生气啦。”

小白千接受了江风的解释，不住地点头。

春节过后，云梯街传来消息，熊记药铺关门了，熊单方不知道去了哪里。

其实，春节前熊单方来到独门嘴，送给杨青云五十块大洋，作为小白千的生活费，并告诉杨青云，他最近出远门，无法照顾小白千。

杨青云以为熊单方临时有事，不会出门太久。杨青云后来才想明白，铁团长对熊单方帮助斗山共产党游击队的事情耿耿于怀，要以通共罪名缉拿熊单方。熊单方不得已将药铺托付给邻居，拖家带口远走他乡。

铁团长逼走熊单方，又以杨哼罪不可赦财产充公为由，将哼记盐店旗下的码头、下盐店子、房产抄没，把哼树园变成他的团部。随后，铁团长把他的两个姨太太、三个孩子、十几个丫鬟老婆子接到哼树园，堂而皇之地霸占了杨哼的全部财产。

杨哼被害，熊单方远走他乡，失去主心骨的云梯街村民，仿佛失魂落魄一般，没有了元气，只能任铁团长压榨。

铁团长接管哼记盐店后，不但以战事吃紧的名义抬高盐价，还找出各种理由延长哼记盐店工人的工时，无缘无故地克扣工人的工钱。

更遭殃的人应属背脚子。原来他们从湖北省来凤县背回一斗米，勉强够一家人吃一个月。现在铁团长禁止背脚子捎带，导致背脚子跑一趟湖北省来凤县，还赚不到买一斗米的钱。

背脚子的力资被扣减，且没有商量的余地。谁敢反抗，谁就遭受酷刑。这些以运盐巴为生的穷苦农民，只能忍受铁团长盘剥。

不仅如此，铁团长还以在斗山修筑防御工事派工派粮为由，强取豪夺，敲诈勒索。一时间，搞得云梯镇鸡犬不宁。

一直在杨青云家生活的小白千，彻底融入杨家的生活。他和哥哥杨小河一样，叫杨青云“老汉儿”，叫江凤“妈妈”。他特别依赖江凤，因为他感觉江凤对他比对哥哥好。

小白千的亲生母亲在他出生时就去世了，他对亲生母亲没有任何印象。他吃江凤的奶水长大，后来一直由江凤抚养，也就把江凤视为亲生母亲。

江凤也特别喜欢帅气乖巧的小白千，待他比亲儿子还好。

这天是云梯街的赶场日。猫在被窝里的小白千，听说江凤要去赶场，立刻掀开被子，穿上衣服，嚷嚷着要跟江凤去赶场。

一家人吃完早饭后，杨青云挑着水桶，去鬼头树下打水。

江凤往小白千和杨小河的荷包里各放一个熟鸡蛋、一个鸭儿巴。两个小家伙赶场，不到中午一定会喊饿。

路上，小白千像顽皮的小狗，一会儿跑到江凤前面，一会儿蹿到江凤后面。他们过了关帝庙，便要从哼树园的马头墙下经过。江凤攥住小白千的手，不准他乱跑，眼睛不停地瞟向哼树园的大门。

哼树园现在是铁团长的团部，里面不但有枪有炮，还有咬人的大黑狗。这时候，两条大黑狗蹲在哼树园大门口，冲着过往行人狂吠。

“小白千，我们快点走，铁团长家的狗又凶又恶，咬死人不偿命。”江凤边说边拉着小白千，跟随赶场的人一阵疾行。

过了哼树园，就到了云梯街。在熙熙攘攘的人群里，江凤在街边放下背篼，取出十个鸡蛋、一袋大米兜售。

此时，小白千和杨小河，在石梯上跑上跑下，在人群里钻进钻出。

突然，小白千听见有人大声唱歌：

对面那个二嫂嘛——肥又肥，
你出醮钵嘛——我出锤，
醮钵杵烂啰——我不赔。

对面那个二嫂嘛——肥又肥，
你出碓窝嘛——我出锤，
碓窝杵烂啰——我不赔！

这是土家族背脚子经常唱的粗野豪放的山歌，歌词大意是自己无聊至极，常年在外忍受性饥渴。盐道上的女人只要听见这样的歌声，就会浑身起鸡皮疙瘩，嘴里发出“啧啧”声，然后冲着背脚子咒骂。

唱歌的背脚子看见坐在街边的江凤——长得白净丰腴的美少妇。其中一个背脚子故意大喊一声：“杵起——”，其他背脚子便将扁背放到大钉杵上，叉开双腿，将大胯、肚皮亮出来，正对着江凤，扯着嗓子唱起来。

这分明是挑逗江凤和她身旁的女人。

江凤臊得满脸通红，气得大声骂道："你几爷子神经病发了，讨咒，要遭那黄老虎抓死！"

听见江凤咒骂，顽皮的小白千哥俩儿迅速钻到背脚子脚下，拉扯背脚子的裤腿。

背脚子担心一根草绳系着的裤子被扯掉，便举起大钉杵恐吓，小白千才闪到一边。

这时候，与江凤并排而坐的妇女们，被背脚子的下流歌声惹怒，齐声咒骂背脚子，骂得背脚子哑口无言，只好把大钉杵在石梯上杵得叮当作响，一步一步地向上走。

妇女们见背脚子走远才住口。

"穷光蛋，一辈子找不到女人。"

"二流子，哪个女人能看得上呦。"

……

妇女们余怒未消，你一句我一句地诅咒背脚子。

年轻的江凤，虽然算不上美女，但五官端正，身材丰满匀称。她在老家是出了名的能干，只因家里贫寒，才嫁给了其貌不扬的杨青云。最主要的原因是，她父母看中了独门嘴靠近云梯街。

江凤年轻、前凸后翘，以至于背着沉甸甸锅巴盐的背脚子，都对她垂涎三尺。

江凤售卖完鸡蛋和大米，已近下午。

烈日从老瓦片上投射下来的两道阴影，在云梯街上逐渐西斜。街上半边明半边暗，如刀切一般分明。

石梯子像在冒火，房上的老瓦片好像晒得翘了边。

小白千、杨小河坐在江凤身边，吃完鸡蛋和猪儿巴，便拉着江凤的手，吵着去洞洞河玩耍。

江凤身上早已汗津津的，便说："下河可以，但不准钻眯鰍。长江水急，钻进水里会碰到尖尖石，把脚板划伤的。"

"我们不钻眯鰍。"小白千连声保证。

母子三人来到黄老虎峡口上游的洞洞河。

洞洞河其实不是河，而是长江岸边的几块靠在一起的大石头。这些石头，形状各异，有人给它们取名石桌、石椅，石锅、石碗，石床、石灶等。大石头中间有缝隙，孩子们特别喜欢在那些缝隙里钻来钻去。

每到夏天，云梯镇的孩子就像着了魔一般跑到这里玩耍。

小白千、杨小河钻进石缝后，江凤便走到江边，坐在石床上，将手脚放入江水里。冰冷的江水顿时凉透她的五脏六腑，消除了她从云梯街带来的暑气。

江凤感觉浑身凉爽后，扭头却看不到小白千、杨小河，便大声呼唤。

不一会儿，小白千从江面上露出头，大声喊道："妈妈，我在这里。"

"小白千，不准钻眯鳅，不准钻下去；小河，注意下面的尖尖石——"她的话还没说完，小白千和杨小河又潜入江中。

江凤虽然知道小白千、杨小河水性很好，仍旧不放心。长江水急浪大，一旦卷进鼓泡漩涡，再好的水性也是白搭。

江凤着急了，佯装要回家，小白千和杨小河才依依不舍地上岸。

江凤不敢在此逗留，便带着小白千、杨小河走上云梯街。

小白千一眼望去，石梯一级一级地往上延伸，几乎望不到头，便从第一级石梯数，一、二、三、四……他突然停下来，拉住江凤的手问："妈妈，云梯街到底有多少级台阶，我怎么数不清呢？"

江凤向上望了望："只要你用心数，肯定能数清楚的。"

小白千皱起眉头："我总是记不住。"

江凤摸摸小白千的头："等你长大了，就能记住了。"

2

天有不测风云，人有旦夕祸福。只以活着为目的的杨云青一家人，突然遭受飞来的横祸。

杨青云抗拒国军抓壮丁，失手打死带人抓壮丁的秦天旺，只身外逃。抓不到杨青云，保长便带人把江凤抓起来。

在保长进院前，江凤紧紧抱住小白千、杨小河，浑身战抖，满脸惊慌失措的神色。

“妈妈遇到麻烦了，他们要把妈妈抓走，你们要好好照顾自己……”江凤不停地叮嘱小白千和杨小河。

保长踹开院门，命人捆绑江凤。小白千冲上去与保长拼命，却被保长踹倒在地。

江凤大声制止小白千、杨小河不要动，稍后她就会回来。

保长不容母子说话，押着江凤走出院门。

小白千、杨小河各拎一根木棍，悄悄地尾随保长等人，想伺机救出江凤。他们跟随到长江边，也没有找到合适的机会。

江凤不停地大声呼救，但周围的村民惧怕保长的权势，都纷纷躲起来。

江凤被押到木船上，待第二天送往县城大牢。

半夜时分，船上看守江凤的两个士兵，见江凤有些姿色，便动了邪念。

“你知不知道，你男人犯下的是死罪？”士兵甲问江凤。

“你家里有没有钱？如果有钱的话，你尽快拿出来上下打点。现在这世道，钱能通天的。”士兵乙说。

江凤怒视两个士兵，沉默不语。

“没有钱，只能判死刑了，你肯定会被枪毙的。”士兵甲说。

“‘啪’的一声，弹头从后脑进去，从额头出来，血流满面。然后，你的尸体会被抛到荒山，肉被野狗撕碎，骨头被野狼嚼成渣。

哼，你是枉死鬼，九泉之下，你的祖先都不敢收留你的。”士兵乙一边比画一边说。

江凤没见过世面，听完两个士兵的讲述，她想到监狱、法庭、刑场、野狗野狼啃噬自己的尸体、自己变成游魂野鬼无法托生，吓得浑身发抖，跪在两个士兵面前，哀求他们放过自己。

“江凤，我给你出个好主意，你同意的话，还有一线生机。”士兵甲往江凤面前凑了凑，“你卖不卖？”

“卖什么？”江凤满眼惊恐。

“你现在还能卖什么？卖身呗。”士兵乙一脸淫笑。

“你要被黄老虎抓死的。哼，让你妈卖去！”江凤大声呵斥。

“到这时候了，你他妈的还硬气啥？”士兵甲把手伸到江凤胸部，狠狠揉捏。

江凤抬脚踢向士兵甲的裆部。

士兵甲疼痛难忍，龇牙咧嘴地捂着裆部。

士兵乙抽了江凤一记耳光：“妈的，给脸不要脸！我们把你卖到对岸的青楼，等于放你走，你他妈的懂不懂？”

“你们怎么不把你的姐妹卖到青楼？来人啊，救命啊！”江凤声嘶力竭地喊。

恪守妇道、从一而终的江凤，断然不会让自己的清白之身被人玷污，便像泼妇一样辱骂两个士兵。

两个士兵恼羞成怒，将江凤强行按倒在地，扒下裤子……

江面上的风浪声，淹没了江凤充满绝望的哀号声。

这艘渔船是保长租赁的。船主不放心，半夜上船查看，却看到船舱内四肢被绑、赤身裸体、披头散发的江凤和呼呼大睡的两个士兵。

善良的船主给江凤松绑，让她穿上衣服，递给她一块红薯，一边嘟囔着“造孽，真是造孽”，一边快速离去。

江凤随后跑到岸上。

此时，江边一片漆黑，只能听见江水猛烈撞击岸边礁石的声音。神情恍惚的江凤，像幽灵一般躲到黄葛树下，轻声哭泣。

她想到两个士兵像畜生一样一遍一遍地凌辱自己。这件事要是传出去，自己何以面对杨青云和两个可爱的孩子？

绝望的江凤，脱下绣花鞋放在黄葛树下，仰起头，望着独门嘴，大喊一声：“儿啊，妈不好，妈走了——”她把心一横投江了。

第二天早上，天空下起蒙蒙细雨。

邻居谭石山见江凤被保长绑走，杨家只剩下两个孩子，就过来看看。

杨、谭两家平日里产生过矛盾，但近邻没有隔夜仇。如果这时谭家人看笑话，必然会遭到村里人鄙视。

谭石山带领小白千、杨小河来到保长家打听江凤的下落，保长说江凤被士兵押到江边的木船上。

三人来到江边的木船上，没有看到江凤和士兵。他们沿江边寻找，最后在黄葛树下发现了江凤穿的绣花鞋。

小白千捡起绣花鞋，紧紧抱在怀里，拼命地呼喊。

自幼生活在长江边的谭石山，看到江凤的绣花鞋，就知道这是寻死之人留下的遗物。长江水急浪高，不会游泳的人落水，一旦进入黄老虎峡口，极难存活。

“孩子，你们记住，仲夏月初三，是你妈妈的忌日。”谭石山一字一顿地告诉小白千、杨小河。

小白千和杨小河回到家里，坐在屋檐下，泪眼汪汪地望着云梯街，不知道家里失去父母后会是什么样子。

小白千和杨小河成为孤儿后，谭石山挨家挨户求人赏给他们饭吃。自此，他们便吃起百家饭。

小白千、杨小河为了不白吃村里人的饭，到江边捡拾水柴，在石缝里找树枝，送到给他们饭吃的村民家里。在石板皮上，灌木、树木都无法生长，因此村民做饭用的柴火极度稀缺。

好在这里有一个回水沱，能从上游冲下来大量木柴。

几年后，小白千、杨小河长大了，便以在江里捞柴火为生。他们待柴火晒干后，背到柴市坝售卖，然后买米面。

一天中午，小白千、杨小河到江边捞柴。小白千看见一根树枝漂下来，便用木钩子勾住树枝往岸上拽。但是，无论他怎么用力，都拽不动那根树枝，

小白千不知道，他钩住的不是树枝，而是一棵完整的大树。

一个大浪扑过来，大树瞬间沉入江底，来不及松手的小白千，一下子被拉进江里。他觉得自己水性好，想取回木钩子，便奋力追击。突然，他被卷进一个大漩涡中，被激流卷入江底。

所幸，求生欲望极强的他，很快又被鼓泡抛出江面。

遇到长江里的漩涡鼓泡，一沉一浮是要命的事。小白千意识到自己遇到了危险，顿时乱了方寸。

他在冰冷的江水里挣扎了一会儿，便感觉体力透支，手脚僵硬，不听使唤。他冷静下来，四肢不再划水，仰面躺着，顺着滚滚的江水漂向下游。

突然，他碰到一具浮尸。他顾不上害怕，奋力游到浮尸旁边，抓住浮尸上的衣袖，借助浮尸的浮力，游到宽阔的沙滩边上岸。

他向四周看了看，断定这里是石槽溪。

体力耗尽的他，躺在沙滩上，昏死过去。

好在此时是夏季，火热的阳光迅速让他恢复体温。他慢慢苏醒过来，挣扎着想站起来，但双腿根本支撑不了他的体重。他放弃挣扎，等待体力恢复。

不知过了多久，小白千听见杨小河的喊声。

原来，小白千掉进江里后，杨小河沿着江边拼命追赶。他从黄老虎峡口追到石槽溪，才看到躺在沙滩上的小白千。

杨小河艰难地把小白千背回家。

独门嘴是山垭口的一块平地。云梯街向来雨水多，今年发洪

水，把山上的泥沙冲下来，掩埋了独门嘴本就不多的田地，把这里变成白花花的沙滩。

洪灾后，县政府几乎没有对独门嘴采取任何援助措施。独门嘴的村民为了生存，不得不举家逃荒。

谭石山家损失惨重，无力抚养小白千、杨小河，就把小白千送到云梯街马家铁匠铺，把杨小河送给路过云梯街的商人。

自此，小白千与杨小河天各一方，再无联系。

3

小白千寄住在云梯街马家铁匠铺。

小白千对马家铁匠铺并不陌生。江凤生前，经常带他来这里购买或者修补农具。

马家铁匠铺里有节奏的打铁声，烧得通红的铁屑闪电般飞溅的场景，徒弟马虎抡起铁锤打铁的气势，以及淬火时发出“嗤嗤”的声音，都对小白千有巨大的吸引力。只要他来到马家铁匠铺，就挣脱江凤的手到处观看。

马家铁匠铺不养闲人，干不了重活儿的小白千，只能拉风箱、打扫卫生。

每天清晨，小白千还要早早起床，到独门嘴取来泥土，与煤炭混合好，供锻铁使用。

由于马家铁匠铺里的成年人干的都是重体力活儿，伙食不限量，红薯、土豆、猪儿巴管饱。不能干重活儿的小白千，只能吃成年人吃剩下的饭菜，饥一顿饱一顿、有一顿没一顿是常事。

营养不良的小白千，骨瘦如柴，活像一条干瘪的“小白千鱼”。但是，他对此毫无怨言，活着、活下去，对他来说才是当下最重要的事情。

“我花五块钱在这里买的锄头，用五年了，昨天开荒时，锄头磕到石板上，掉了一角，你帮我加块好铁嘛。”谭石山从背篼里取出锄头，递向马铁匠。

马铁匠接过锄头翻来覆去地看：“你这把锄头不是在我铺子里买的。”

谭石山梗着脖子：“就是在你这里买的嘛，你咋不承认呢？”

“你哄谁呀？我打造的锄头上都有马家铁匠铺的钢戳印，你的锄头上有吗？你这把烂锄头值几个钱，丢到那边旮旯里，下场来取。”马铁匠说完走到砧板前，抡起铁锤打铁，不再搭理谭石山。

小白千走过来，指指墙角的一大堆锄头：“谭伯，你把锄头放到那里吧。”

谭石山看看那堆锄头，不放心地问：“这么多锄头，会不会搞混了？你看清楚，我的锄头系着一根麻线的。”

“你啰唆啥呢？谁的锄头都不缺角，都比你的锄头质量好，谁会拿错？不相信我，你就拿走，免得老子费工夫。”马铁匠不耐烦地说。

见马铁匠不耐烦了，谭石山放下锄头，一步三回头地离开马家铁匠铺。

谭石山没走多远又折返回来，从背篼里拿出一个红薯递给小白千：“你替我盯着，不要搞混了。我那把锄头，是用上等好铁打的。”

待谭石山走远，马铁匠却将小白千手里的红薯夺过去，递给马虎送到厨房里。

“拿一把烂锄头欺骗老子，以为老子是马大哈？！”马铁匠愤愤地骂道。

类似的事情，小白千每天会经历多起。多数云梯镇的农民家里一贫如洗，农具是他们谋生工具，所以十分看重。有时候马铁匠火气冲天，满嘴脏话，那些农民依旧选择忍气吞声，甚至赔着笑脸。

寄人篱下的小白千，知道马铁匠脾气不好，也不敢招惹马铁匠。

马铁匠中等身材，大骨架，看似精瘦，四肢肌肉却非常发达，力气大得惊人。他每天早上来到马家铁匠铺的第一件事，就是双手抓住二百多斤的砧板举十下。

马铁匠的力气，令小白千羡慕不已。

在小白千眼里，马铁匠的长相也是独特的。一张被炉火烤成紫铜色的脸，难得有笑容；腮上一颗大黑痣上的三根红毛，很是扎眼；常年打铁那双大手，如鹰爪一般，仿佛在砧板上抓一下，都会留下痕迹；从早到晚一身煤灰，貌似从来没洗过。

马铁匠声音洪亮，不论跟谁说话、不论说什么，声音都是高八度，甚至都能盖过打铁的声音；虽然顾客是他的衣食父母，但是他对顾客从来没有好态度。

马虎既是马铁匠的侄子，也是马铁匠的徒弟。马虎比马铁匠足足高出一头，身体壮实，手脚粗大，是打铁的好坯子。可惜的是，马虎长着四颗丑陋的龅牙，且极少说话。但是，自从小白千来到马家铁匠铺后，他总是对小白千笑。尽管他笑起来也很恐怖，但依旧让小白千感到一丝温暖。

在满是煤灰的地方，看马虎傻笑，是小白千唯一的快乐。

马铁匠没有儿子，他大哥把儿子马虎过继给他当儿子。但是，马虎一直叫他“幺爸”，从不叫他“老汉儿”。为此，他打骂马虎，但马虎死不改口。时间久了，他也没脾气了。

马铁匠斗大的字不识一箩筐，说话粗鲁，性格古怪，但手艺过硬，打出的铁器好使耐用，这也是尽管他服务态度不好，顾客依旧上门的原因。

马铁匠还有一手做金银首饰的绝活儿。农闲时，马家铁匠铺生意惨淡，他会打几条项链、几副耳环售卖。打造金银首饰，是精细活儿，不是一般人能做的。他想把这门手艺传给马虎，但只会抡大锤的马虎，不但不想学这门耗神费力的手艺，甚至都懒得看一眼。

在小白千看来，马铁匠打造的首饰，做工粗糙，无法跟哼树园那些饰品相比。但是，在云梯镇这种穷地方，马铁匠打造的金银首饰还颇有市场。当然，到马家铁匠铺购买首饰的人，基本都是社会底层老百姓。

正是靠着这些谋生的手艺，马铁匠在云梯街混得开，而且小有名气。

小白千身体羸弱，力气太小，马家铁匠铺里稍微重点儿的铁器，他都搬不动，以致马铁匠总觉得自己白白养活一个人。

“我算是倒血霉了，养了一个吃白饭的人！”马铁匠心情不好时，就拿小白千撒气。

马铁匠压根儿想不到，他的出气筒，就是曾经在云梯街呼风唤雨的杨哼之子。

马铁匠横竖看不起小白千，小白千不但不恨马铁匠，而且还总是责怪自己、讨厌自己。他恨自己力气小，不能帮助马铁匠干更多的重活儿，并认为只要自己吃得少干得多，马铁匠就会改变对他的态度。

年幼的小白千，怎么都想不到，要想在石板皮上的云梯街生存，绝非易事。

在云梯街，即便是力大无穷、手艺精湛的马铁匠，使出浑身解数，也只能勉强维持一家人的温饱。现在他家里多了小白千这张吃饭的嘴，温饱更加难以维系。因此，马铁匠对小白千越来越讨厌，越来越想赶小白千走。这样恐吓的话，马铁匠已经对小白千说过多次了，怎奈总是找不到理直气壮赶走小白千的理由。

今天是赶场日，小白千早早起来生火。马铁匠来到马家铁匠铺，脱掉外衣，扎上牛皮围裙，走到火炉边。

小白千实在拉不动风箱，就拿起蒲扇想把火扇得旺一些。他双手用力，一蒲扇扇下去，没想到扇起一股煤灰，径直冲向马铁匠。

此时，马铁匠正在猫腰拿铁钳，抬头的一瞬间，煤灰全部糊在他那张古怪的脸上，甚至还钻到眼睛里。

刚进屋的马虎，迅速打来一盆清水，端到马铁匠面前。

马铁匠洗净脸上的煤灰后，转身将小白千踹倒在地，痛骂一顿才消气。

马家铁匠铺位于云梯街中段，房子虽然老旧，但很气派。大青石镶嵌的门框上有一条拱形门楣，门楣中间安装两个户对；一尺多高的门槛两边立着鼓状门当；石门框后面是两扇厚实的木门，木门上挂着一对铁环、一把横插杆、一把大铁锁。

从外表看，马家铁匠铺像云梯街大户人家的豪宅，不知修建于何时。现在这幢房子年久失修，油漆脱落，墙体斑驳，两个户对上还挂着烂糟糟的蜘蛛网。

这幢房子是金包银结构，就是在木墙外又加了一道砖制马头墙。这道马头墙，不仅为了美观，更重要的是防火。即使隔壁着火，也绝对不会烧过马头墙。

马头墙上的老瓦片，已经覆盖一层厚厚的苔藓。墙上生出了一棵小黄葛树，绿色叶子覆在灰溜溜的砖墙上，显得特别扎眼。

以前这里是罗家绸缎铺子，老板是安徽滁州人，后来不知发生什么变故，举家迁走，商铺关闭。马铁匠乘机将这幢房子租下来，改造成铁匠铺。

后来，马铁匠赚到钱，就把这幢房子买下来。

马家铁匠铺后面，上侧马头墙边有条小巷子，把马家铁匠铺与隔壁的房子隔开。这条小巷子是专门用于防火、利水和通行的，但赶场的人则多到小巷子里撒尿，所以又叫“撒尿巷子”。

闲暇时，小白千偷偷穿过这条撒尿巷子，跑到街上观看背锅巴盐的背脚子。

码头传来汽笛声，小白千就找各种理由跑出去。今天中午，他见马铁匠到前厅吃饭，便偷偷地从撒尿巷子溜到街上，看见一行背脚子从江边爬上来,他们手中的大钉杵,杵在石梯上叮当作响。

小白千望着那些大汗淋漓的背脚子，便产生无尽的向往。他听人说过，这些下苦力的背脚子，走盐道，去鄂西来凤县盐街。

正当小白千看得出神时，马铁匠像一只大黑蛾子从撒尿巷子里飞出来，挥舞着竹条，狠狠地抽在小白千没穿鞋子的脚上。

马铁匠边抽边骂：“龟儿子，叫你不看铺子，铺子里的东西丢了，你能赔吗？”

小白千双脚上出现条条血印，却一动不动。

一个背脚子实在看不下去了，用大钉杵支起扁背，大声喊道：“马铁匠，你下手咋那么狠呢？就算他不是你的崽儿，也是一条人命啊，总比一条狗值钱吧？”

马铁匠瞪了那个背脚子一眼，停止抽打，甩出一句：“你他妈的少管闲事！”

小白千乘机跑进撒尿巷子。

无故遭受一顿毒打的小白千，心里觉得很委屈，但白天不敢表露出来，只能在夜深人静时，一个人悄悄地跑到长江边，来到江凤脱下绣花鞋的地方，爬上黄葛树，坐在枝丫上抽噎。

他害怕有人看见他哭，扭头告诉马铁匠，马铁匠必然会再揍他一顿，所以他不敢哭出声。

他在黄葛树上哭泣一通后，感觉心里确实好受些。他知道，亲生父亲杨哼被人杀害，义父杨青云出去逃难，呵护他的义母江凤跳江，哥哥杨小河不知去向。现在，他就是一个断线的风筝，在空中四处飘荡。这棵黄葛树，成了他的倾诉对象。义母江凤留下的那双绣花鞋，是他孤独心灵的唯一寄托、唯一念想。

此后，每次挨打挨骂后，小白千都会爬到这棵黄葛树上哭诉。

小白千在马家铁匠铺待久了，习惯了马铁匠的欺凌。他认为，只要自己尽快长大，像马虎那样强壮，能抡起大锤，帮助马铁匠打铁，这种苦日子就能熬出头了。

小白千的床，是一张旧门板，安放在马家铁匠铺的角落里。马虎住在临街厅堂楼上房间里，床上铺着散发酸臭汗味儿的被子。被子虽然破旧，但绣着几朵像哼树园青花瓷器上的小花，让小白千羡慕不已。

每当他看到那床被子，就会想起小时候妈妈给他做的被子。

小白千也曾有一床像马虎盖的印花被，是妈妈特意为他缝制的。但是，家里遭遇变故后，所有东西都被人瓜分了，什么都没剩下。

入冬后，马铁匠依旧没有给小白千添置棉衣、被褥的打算。他把一捆稻草铺在门板上，瞪着大眼睛，对小白千说："你被送到铁匠铺后，你家里人就没有顾及你的死活。炉子里有火，屋里不冷，你就睡在这里吧，总比睡外面的狗窝好。"

小白千望着稻草，一言不发。他心里清楚，他根本没有家，根本不会有人为他做棉被棉衣，能有一个冻不死人的地方安身就已经不错了。他觉得马铁匠说的是实话，铁匠铺里再不好，也比狗窝暖和，比流浪汉睡的撒尿巷子安全。

江凤为他缝制的棉衣，早就被流浪汉抢走了，他常年穿一件单衣。这身单衣，夏天还能到长江里洗澡时顺便搓洗一下，冬天即便沾满灰尘，被铁屑烙出密密麻麻的黑窟窿，也只能一直穿着。

在宽敞的铁匠铺里，小白千就是又脏又臭的叫花子，像小猴子一样寄生在这里。

白天，他在火炉边忙碌，不觉得寒冷。晚上睡觉时，炉火熄灭，他只能把稻草胡乱地捆在身上御寒。他时常被冻得瑟瑟发抖，像掉光毛的癞皮狗蜷缩成一团。每到这时，他就在心里默念："我是一条小白千，要活千万年。我不怕冷，不怕冷——"

来马家铁匠铺的顾客中，也有教书先生和能识文断字的商人。他们见小白千天资聪颖，就教他《弟子规》《三字经》《百家姓》，小白千渐渐地认识了一些简单的常用字。

云梯街上响起鞭炮声，预示新年即将来临。

大年三十，小白千刚打开门，一个陌生人便走进来。听口音，那人应该是鄂西人；从穿着看，那人应该是商贩。

马铁匠将那人带到前面的接待厅，吩咐小白千烧水沏茶。

小白千对马铁匠的举止感到奇怪，因为马铁匠从来没有如此客气地对待任何人，便站在马铁匠身边听他们谈话。

“马师傅，好久不见了，你的生意如何？”鄂西人问。

“马马虎虎吧，对付着养家糊口。先生这次来云梯街，是不是要那批货？”

鄂西人点点头：“正是。现在兵荒马乱的，国军到处抓壮丁，很多人跑到山里避难。”

马铁匠追问：“山里也打仗？”

“嗯，准备打仗。驻防云梯镇的铁团长很仗义，私下卖给我们一些军火。”

马铁匠这时才注意到身边的小白千，便把小白千轰出去。

小白千对于军火、抓壮丁根本不懂，也就没有在意，却把“很多人跑到山里避难”这句话记在心里。义父杨青云躲到鄂西来凤县，自己应该去那里寻找义父。哥哥杨小河，也极有可能走盐道逃到鄂西。

从此以后，只要有机会，小白千就偷偷来到云梯街，向那些背脚子打听义父和哥哥的下落，甚至有几次他都想跟随背脚子去鄂西，但都被背脚子轰回来。

脾气暴躁的马铁匠虽然凶巴巴的，经常殴打小白千，但毕竟还能让小白千一天吃三顿饭。

小白千的遗传基因好，身体发育正常，比同龄孩子高出一头。

小白千的饭量越来越大，马铁匠便四处打听哪家雇长工。最后，他得知做鞭炮的秦家作坊需要人手，便把小白千送到那里。

马铁匠和秦师傅简单交谈后，马铁匠转过身，瞪着大眼睛，对小白千吼道:“你给我听好了,从今天起,你就给秦师傅打下手,学做鞭炮。这里的活儿比铁匠铺打铁轻松多了。你要敢偷懒乱跑,小心我打断你的腿。”

马铁匠洪钟般的呵斥声，吓得小白千浑身不停地战栗。

马铁匠离开秦家作坊时，还愤愤地骂道：“老子真是倒八辈子血霉了,白白供养一个活祖宗。这么多年,我不但没得到一分钱,还他妈的白白管饭。”

秦师傅仔细打量小白千，满意地点点头：“这孩子骨头硬实，像头黄牯，挑水都行。”

小白千见秦师傅表扬自己，心里暗自高兴，紧张的情绪渐渐放松下来。他也偷偷地端详秦师傅。秦师傅中等身材,穿青布长衫,套着袖套，四方脸，宽额头，大眼睛，粗眉毛，大鼻子，厚嘴唇。从外表看，秦师傅应该是稳重实在的人。

小白千端详完秦师傅，总感觉秦师傅像他的父亲杨哼、义父杨青云。

他又悄悄打量秦家作坊，好像找到了能安心栖身的家。

第八章

秦家作坊的小长年

1

秦家作坊位于云梯街上段，与哼树园只隔着一片菜地。

小白千来到秦家作坊的第二天，就大致了解了这里的情况。

秦家作坊是全木结构平房，不算宽大，但完全够用。两间有窗户的门面房，一间是鞭炮作坊，一间租给外地人经营米豆腐。鞭炮作坊里，摆放两个木柜和一张大床，里边的木柜装粮食，外边的木柜装鞭炮；另一边，靠墙摆放的长方形桌子，便是加工鞭炮的工作台，上面摆放着一摞摞废旧报纸和草纸，以及麻线、木棍、铁钉等工具。

从秦家作坊后门出去，是具有采光和沥水系统的天井。天井后面是厨房，挨着厨房的是阴暗潮湿的杂物间，里面摆放三个泡菜坛子和几捆柴火。

老板娘在杂物间里安放一张旧木床，让小白千睡在这里。杂物间后面是猪圈和厕所。

秦师傅一家人和经营米豆腐店的一家人，住在前面临街的房间里。

来到秦家作坊的第一天晚上，小白千就发现，他睡觉的床上，竟然有和马虎床上一样的白底蓝印花旧棉被。

能在床上睡觉，睡觉时有被子盖，让小白千感到非常满足，他仿佛觉得自己拥有了和马虎一样高贵的身份和家庭地位。

按照云梯镇的习俗，这里的人进入腊月便沉浸在过年的氛围中，正月是特别喜庆和放松的日子，正月底才谋划新一年的事情。一些村民利用这段时间，修补农具，编织背篼牛绳，为春耕做准备。

在春节期间，云梯镇村民有祭祖扫墓的习俗，需要燃放鞭炮。因此，村民忙着过春节时，秦家作坊却忙于生产鞭炮。

“小白千，起床了！”来到秦家作坊第二天天刚亮，秦师傅就叫醒小白千。

初春的早晨，房屋的瓦片上挂满白霜，水田里结了一层薄冰，整条云梯街被寒气层层包裹着。

小白千挑着水桶来到井边。水桶里灌满水后，他用右肩试了一下，感觉水桶无比沉重，不能担起来。他将扁担横在颈后，双腿用力，才勉强直起腰。他踉踉跄跄地走完十几米田埂，然后走下石梯。

突然，左边水桶碰到石梯上，小白千的身体失去平衡，连人带桶一起栽倒，水桶里的水洒在他的裤腿上。

更可怕的是，木制的水桶滚下石梯摔散了。

小白千本想自己在秦家作坊第一次干活儿，必须十分卖力，以此获得秦家人好感。没想到自己弄巧成拙，不但没有担来水，还把水桶摔坏了。

小白千提心吊胆地回到秦家作坊，老板娘把他骂了个狗血淋头。

呆若木鸡的小白千自知理亏，主动站到寒冷的门外等待受罚。

秦师傅阴着脸走出来，吓得小白千瑟瑟发抖。出乎小白千意料的是，秦师傅只是冷冷地瞥了小白千一眼，便找来裤子让小白千换上。

秦师傅从里屋取出工具，用一袋烟的工夫修好了水桶。

秦师傅将扁担钩的链子挽个结，用绳子捆实，缩短扁担钩的长度，然后对小白千说："你以后担水，不能装得太满。你还小，量力而行。你看着我，两手抓住扁担钩，不让水桶来回摇摆，这样你就不会跌倒了。"

秦师傅虽然没有责骂小白千，但凶神恶煞般的老板娘却不依不饶，坚决不让小白千吃早饭。

尽管饿着肚子，小白千依旧在心里暗暗感激秦师傅。此后，他担水时，再也没有出现意外。

几天后，小白千还发现，秦家作坊没有马家铁匠铺那么多规矩和森严的等级。他可以自由出入每个房间，包括秦师傅小女儿秦小雨的闺房。

一天中午，秦师傅和老板娘上坡种地，无事可做的小白千迫不及待地跑到马家铁匠铺，进入马虎的房间，掀开马虎身上脏兮兮的被子，绘声绘色地向马虎描述自己的被子。

小白千炫耀一番后，马虎便对小白千另眼相看。

"秦师傅是好人，从来不打我，还让我学制作鞭炮的手艺。"小白千得意地说。

马虎有点儿不敢相信小白千的话："那里的活儿轻松不？"

"当然轻松，不信你有空去看看。"小白千大声说。

几天后，马虎来到秦家作坊，小白千带他参观自己的卧室，还得意地摊开那床白底蓝印花被子。他想以此向马虎证明，现在自己过得比以前好多了。

小白千还把马虎带到大沙坝。看到一群孩子正在玩"打郭"游戏，他们便加入其中。

孩子们分成两队，一根棍子就是两队的分界线。

一个孩子负责“探郭”，鬼鬼祟祟地四处张望；接着是“打郭”，一队孩子出击，另一队孩子迎战，哪个队抓到的“俘虏”多，就算哪个队获得胜利。胜利那队的孩子押解“俘虏”回到“营房”，游戏便告结束。

玩完一次游戏后，孩子们就要唱一首歌：

石梯街，
天上来，
乖乖儿郎学征战。
十个八个分两郭，
插根木棍作边界。
我出战，
你来迎，
碰着衣服就算败。
抓获俘虏一长串，
高唱凯歌回营寨。

孩子们唱完歌，就开始第二场“打郭”游戏。

小白千和马虎玩够了“打郭”游戏，回到秦家作坊，在屋后找来一截木头制作陀螺。陀螺做好后，他们便在石阶上抽打，边抽打边唱：

小小屁娃找木头，
削尖木头打钉忙，
去掉尾巴留一寸，
天旋地转我为王。
扯根麻线做鞭子，
嘀嘟嘀嘟叮叮当，
上街响罢下街应，
好似儿郎上战场。

秦小雨见小白千和马虎玩得不亦乐乎，就站在一边跟着唱起来。

秦小雨唱着唱着，觉得不过瘾，便去抢小白千手里的鞭子。小白千玩得兴起，不肯相让，气得秦小雨坐到石阶上大哭。

秦家作坊老板娘扛着锄头回来，看到秦小雨哭着要小白千手里的鞭子，疾步走到小白千身边，一边夺过鞭子递给秦小雨，一边大声呵斥小白千："她是小姐，你是学徒，你要搞清楚自己的身份。"老板娘呵斥完小白千，狠狠瞪了马虎一眼，大骂道，"哪家野小子，赶紧滚回家去。以后你再来找小白千，我打断你的腿！"

马虎见老板娘要打他，吓得他收起陀螺，飞也似的跑了。

其实，在秦家作坊，小白千过得并不轻松。他黎明起床，担水、扫地、劈柴……做完所有他能做的家务后，才能学制作鞭炮的工艺。制作鞭炮工艺并不复杂，一道工序看几眼就能学会。

做一个鞭炮，需要十二道工序：裁报纸、擀纸筒、做药捻子、砸土截断、装下截火药、扎下截底花、扎下截药捻子孔、安装药捻子、装上截炸药、扎上截底花、裹红纸、一百个鞭炮捆一盘。

每道工序都没有技术含量，但每道工序都不能马虎。比如用白土做的截断，一定要用白色黏土。白色黏土取回来后，晾干，捣成粉末，用箩筛筛出杂质，然后炒熟，做成颗粒状。

秦家作坊做的鞭炮，胜在一个"实"字，每道工序必须做得实实在在，容不得半点马虎。因此，只要鞭炮不受潮，质量如刚生产出来的一样。

生产鞭炮，淡旺季非常明显。在春节、清明、中秋节前后，是生产鞭炮的旺季，秦家作坊所有人一起上阵，日夜加工赶制；不制作鞭炮时，他们以种庄稼为主。

平时，云梯镇的村民办红白喜事、添人进口、修房搭梁，也要放一些鞭炮。秦家作坊大木柜的存货，足以供应。

铁团长的兵营迁出万天宫后，万天宫改建成小学校园。到了读书年龄的秦小雨，被送到万天宫小学读书。自从秦小雨入学后，小白千的心就跟随她飞到课堂。有几次他试图进入万天宫小学，却被门卫暴力阻止。

于是，小白千每次下河捞水柴，都找各种理由绕到万天宫小学，摸到教室外窥探。教室里传出琅琅的读书声，他情不自禁地跟随朗读。

秦小雨放学回来，经常独自在门口玩“七子游戏”。七颗杏核，一把撒在地上，捡起一颗抛起，同时再抓一颗，接落下那颗；再抛出手里的两颗，同时再抓两颗，接落下的两颗；三抛，同时抛出手里的四颗，再抓地上的三颗，接落下的四颗。如果一次抓不住或者接不住，就算游戏失败。

秦小雨边玩“七子游戏”边唱儿歌：

石板梯子山梁挂，
梯子中间有我家。
流水哗哗石下走
房子两边是沟洼。

坡坡场，冰冰凉，
挂起泪花要去耍。
石蛋石蛋这么小，
哪个跟你下沙坝。

黄老虎坐盘盘石，
驾个木船天上划。
长长牙齿九个头，
专吃不睡觉的小屁娃！

秦小雨唱完儿歌，便按住一颗杏核说：“睡觉，睡觉。不睡觉，要被黄老虎吃掉的！”

小白千拿着树枝在门口地上写字，认真地听秦小雨唱儿歌。听了几遍后，他也能唱了。他知道黄老虎是他的干佬，却从未听说黄老虎吃人。

小白千问秦小雨："黄老虎峡口真有老虎吗？"

"当然有，黄老虎坐盘盘石。嘻嘻，不过黄老虎是块大石头，我骗你的。"秦小雨说完，双手比画一下，然后走到小白千面前，按住小白千的额头，"快睡觉，黄老虎专吃不睡觉的小屁娃。老师就是这么说的。"

小白千特别聪明，记忆力超强，能轻松记住秦小雨读过的那些课文、写的字。只要有时间，他就用树枝在地上反复写那些字。上天给他关闭一道门，他要推开一扇窗。

小白千毕竟是小孩子，白天听大人摆鬼怪的龙门阵，尤其是听完铁团长在洞洞河杀人沉江的事，夜里就特别害怕。他经常回想秦小雨唱的儿歌里的黄老虎，"驾个木船天上划""长长牙齿九个头""专吃不睡觉的小屁娃"。脑海里黄老虎张牙舞爪、哼树园凄厉的狗叫声、江风吹打窗棂的呼啸声，甚至猫叫春、蛙吼叫、蟋蟀嘶鸣，都让他感觉瘆得慌。

因此，他养成睡觉蒙头的习惯。即使在炎热的夏天也是如此。憋尿的时候，他也不敢起床，实在憋不住了，便从床沿撒到篾席下的稻草里。

2

进入初夏，秦师傅给秦小雪做了一顶新蚊帐。

小白千将秦小雨用过的旧蚊帐抱在怀里不肯丢掉。他对老板娘说："旧蚊帐还能用，丢掉怪可惜的。师娘，你把它送给我吧。"

老板娘挥挥手："你想要就拿去。"

小白千第一次向老板娘索要东西，没想到老板娘竟然答应他了，让他感到心里暖暖的。

他把旧蚊帐抱到天井里，抖掉灰尘，用水浸泡一上午，下午他把泡透的旧蚊帐背到长江边清洗干净后，铺在大石头上晾干。回到家里，他找来四根竹竿绑在床腿上，将旧蚊帐挂上去，发现旧蚊帐上有两个洞，他便去菜园里摘了两片毛茸茸的丝瓜叶子粘上。

有了蚊帐保护，他睡觉时不再害怕。躺在严严实实的蚊帐里，在天气热的时候，他就不用蒙头睡觉了。

第二天早上，小白千迟迟没有起床。直到老板娘叫他，他才磨磨蹭蹭地起来。

小白千身上痒得难受，昨晚一夜没睡。

老板娘见小白千不停地抓挠，掀开他的衣服，发现他身上布满密密麻麻的红疙瘩，问道："你咋弄成这样？吃啥东西了？"

小白千委屈地说："我除了吃饭，啥也没吃。昨夜突然痒得难受，不知道为啥。"

老板娘见小白千把身上抓出道道血印，连忙说："洗个热水澡吧。"

小白千烧了一锅热水，提到天井里，用皂角在身上搓洗一番，果然不再瘙痒。

老板娘断定小白千身上的红疙瘩是虱子咬的，于是说道："你身上太脏了，勤洗澡，勤换衣服，不然身上会长虱子的。"

第二天早上，小白千身上依旧奇痒无比。

老板娘查看小白千的身体，发现红疙瘩比昨天还多了。她推开小白千的房门，一股刺鼻的臊味儿迎面扑来。她撩开席子一看，掖在席子下面的蚊帐上，爬满黝黑的虫子。

小白千见状，立即拿起扫把拍打黑虫。

"哎呀，不能打，这是臭虫。"老板娘捂着鼻子退到门外，"你把蚊帐摘下了，提到江边冲洗，把席子拿到街上晾晒，把稻草抱到后面菜地里烧掉；把葵花秆点燃，熏死床缝里的臭虫。"

接着，老板娘大声责骂小白千："你们看看，这个不讲卫生的小屁娃，十多岁了，还尿床，臭死个先人板板。一床的臭虫，哎呀，好恶心，好丢人。哎呀，没妈的野孩子，没人教呀！”

秦小雨听到妈妈叫嚷，进入小白千的房间，想帮他摘蚊帐。

“她是来看我笑话的吧？”小白千觉得自己在秦小雨面前出丑了，尴尬万分，脸涨得通红。

摘下蚊帐后，秦小雨直愣愣地看着小白千，好像老师盯着犯错的学生，让小白千感觉手脚无处安放。

过了一会儿，秦小雨猛地转身，两条小辫拂过小白千的脸，唱着“黄老虎坐盘盘石，驾个木船天上划。长长牙齿九个头，专吃不睡觉的小屁娃”，蹦蹦跳跳地离去。

秦小雨离开后，小白千又羞又恼，发疯似的踩蚊帐：“叫你咬我，踩死你，还咬不？还咬不？”

小白千整整忙活一上午，才把臭虫消灭殆尽。蚊帐上粘满臭虫的血迹，洗过后依旧散发出难闻的腥味儿，让小白千恶心了好长时间。

做鞭炮的所有工序，以及每道工序的要领，小白千早已熟烂于心，但秦家作坊最神秘也是最关键的技术，是制作火药。秦师傅似乎不想把制作火药的技术传授给小白千。火药的主要成分是硫黄、木炭和硝。每次制作火药时，秦师傅都是独自在屋里把三种原料的分量量好，然后独自在菜园子里架锅炒制。

秦师傅越是这样神秘，小白千越想窥探。

小白千听云梯街的“老瓦片”说过，秦师傅要走很远的路，到大山里的硝洞采硝。这种活儿一直由秦师傅独自完成，而且一出去就是几天。只要秦师傅进山采硝，老板娘便叮嘱家里所有人，不能说不吉利的话，不准与人拌嘴吵架。那几天，老板娘古怪的脾气收敛很多，逢人三分笑。

秦师傅每次背回一百多斤硝石，进门就倒进大缸里。他不但不准任何人揭开大缸缸盖，甚至都不能近距离接触大缸。

小白千从马虎那里得知，制作火药的过程非常危险，随时都可能爆炸伤及性命。

小白千这时才意识到，秦师傅不让他学习制作火药的技术，可能是为了保护他。自此，他对秦师傅的畏惧，变成了敬畏。

秦师傅平时话不多，老实本分，与人为善。他制作鞭炮时，从不弄虚作假，每道工序都认真对待。特别是鞭炮上截的炸药，需要高价购买，但他绝不允许少装。正因为他认真、较真，以致秦家作坊生产的鞭炮，飞得高，响声大，哑炮少，深受云梯镇人喜欢。

秦师傅的这些优秀品质，不知不觉中影响了小白千。

腊月二十九，小白千把桌子摆到街边裁纸，然后拿出毛笔、砚台，免费给云梯街人写对联、袱纸。有钱人见他辛苦，就赏给他几块钱。

自从来到秦家，小白千认识了很多字，不但能读书看报，还能写一手漂亮的毛笔字。他的书法悟性极高，行楷颇有王羲之的神韵。他用“双钩”笔法写出的空心字，更是一绝。

小白千免费为云梯街人写对联，导致秦家作坊人气更旺。此时的小白千，俨然如秦家人一般，热情地对待每个顾客。

秦师傅对小白千的态度，也慢慢地发生了变化。他和小白千说话的口气，由过去的责令，变成现在的商量。

春节和清明，云梯镇有祭祀祖先的风俗。云梯街附近的村民在祭祀祖先前，都会到秦家作坊买一些香烛烧纸鞭炮，还会拿来发黄的谱牒，将冥币分成若干沓，请小白千在冥币上写祖先名讳，带到祖坟前焚烧。

每家的祖坟，都埋葬着几代祖先。祭祀祖先的人把冥币标记好，就是确保祖先领取冥币时不发生错乱。

云梯镇的村民，虽然大多穷困，但对待死去的祖先却毫不含糊，该有的礼数一个都不能少。春节和清明期间，小白千要写很多袱纸、画很多带咒语的符。因此，他不但练就一手好字，空心字也越写越漂亮。

每当小白千看到街坊邻居将他写的春联贴在大门上，他心里就产生莫名的成就感。

小白千被马铁匠逐出马家铁匠铺之后，在秦家作坊反而过得很幸福、很开心。本来这样的日子应该让他满足，但最近他却萌生寻找义父杨青云和哥哥杨小河的想法。

马铁匠性情古怪，经常毒打、痛骂、鄙视、羞辱小白千。这些经历，在小白千幼小心灵烙上深深的伤痕。他这辈子都不想再见到马铁匠，但他却时常想念马虎。马虎是他在马家铁匠铺结交的第一个朋友——可以不设防的朋友。他觉得马虎憨厚老实，在马家铁匠铺过得并不如意。

晚上，小白千约马虎出来坐一坐，向马虎倾诉他想念义父和哥哥的苦闷之情。

月光洒满静谧的云梯街，劳累一天的村民已经进入梦乡，唯有长江上偶尔传来轮船的汽笛声。

小白千和马虎坐在江边黄葛树下。在马家铁匠铺那些年，这里是小白千哭诉自己委屈之地。

“现在铺子里生意怎么样？”小白千问。

“嗯——还行吧。”马虎慢吞吞地说。

“你打算干一辈子铁匠吗？”

“嗯——哼——”

马虎聊天的兴趣不浓，小白千实在找不到话题，呆呆地望着江面好久，也不见马虎说话，又问道：“你幺爸对你好吗？”

马虎突然捡起一块石头，猛地掷向江面：“别提了。”

“咋啦？你不是过继给你幺爸当儿子了吗？”

“哼，你不是不知道我幺爸嫌贫爱富的秉性。我家穷，他瞧不起我老汉儿。我老汉儿要脸面，每次来看我，都给我带好吃的，可是我幺爸却不让我老汉儿进家门。”

“你为啥不回自己家住？”

“回去？自从我从家里出来，便认定自己是我幺爸家的人，马家祠堂的族谱上都更改过的。过继我的时候，老汉儿收了我幺爸一笔钱，还签了契书。再者说，我家那么穷，还有弟弟妹妹，饭都吃不饱，我回去不得挨饿嘛。”

小白千好奇地问：“你幺爸那么有钱，家大业大，为啥没有儿女？”

马虎停顿一会儿才说道：“我幺爸重男轻女，害了我幺妈。”

“你幺妈不生崽儿吗？”

“我幺妈生了三个女崽儿，不过那些女崽儿生下来就被我幺爸扔进江里了。”

小白千没想到，马铁匠比他印象中还残暴，居然能将自己的三个亲生女儿扔进江里。

小白千试探着问马虎：“国民政府不是已经严禁溺女崽儿嘛，云梯街上的各大家族，把这种禁令都写进族规家训里了。”

“世上就没有我幺爸做不出来的事情。他把三个女崽儿扔进江里，我幺妈就疯了，不能生了。我幺爸想纳小妾，可惜没有人愿意把闺女嫁给我幺爸。我幺爸见自己这门香火要断了，才来求我老汉儿。我老汉儿开始不愿意，不知道后来怎么就——唉——”马虎说完长叹一声。

小白千不愿意再聊这个悲催的话题，转而问道：“你幺爸给你发薪水吗？”

马虎白了小白千一眼：“你想啥呢？我幺爸说，他死后，马家铁匠铺的炉灰都是我的，我哪敢提薪水！我幺爸不给我发薪水，其实就是想拴住我的脚，让我给他卖一辈子傻力气。”

“薪水的事，我们就别想了。你幺爸说得有道理，我和你，有住的有吃的比什么都强。等我们长大了，自己开作坊挣钱。”小白千边说边向马虎挥挥拳头。

马虎结结巴巴地说："我恐怕活不到那个时候了。我幺爸经常打我，往死里打我。"

"你幺爸也打你？"小白千难以置信。

"他嫌弃我饭量大，嫌弃我不能给他赚钱。"马虎抽噎着说，"根本原因，还不是因为我不是他亲生的嘛。我不能在我幺爸家待下去了，我幺爸的脾气越来越暴躁了，总有一天我会被我幺爸打死的。小白千，你跟秦师傅说说，让我去他家吧。"

小白千得知马虎的真实现状，心里非常难过。他一直认为，马虎是马铁匠的侄子，不可能像自己在马家铁匠铺那样受各种窝囊气。他转念一想，以前马铁匠对马虎没有好脸色，但也没有打过马虎，现在怎么就打马虎了呢？难道马虎犯什么错误了？

小白千忍不住问道："马虎，你说实话，你是不是犯什么错误了？以前你幺爸没有打过你的。"

马虎说道："我敢惹我幺爸生气吗？铁团长要我幺爸打造一批匕首、长刀，说好一手交钱一手交货。没想到，那批匕首、长刀打造好以后，铁团长不但不给钱，还派人强行夺走了。我幺爸到哼树园找铁团长理论，还被铁团长的人暴打一顿。我幺爸气得没有办法，就拿身边的人撒气。"

"铁团长，又是铁团长——"小白千咬牙默念。

"铁团长就是云梯镇的强盗、土匪！"马虎愤愤地骂道。他盯着小白千，思忖几秒钟，低声问，"你听说过熊单方吗？"

小白千摇摇头。

"熊单方在省城当过法官、检察官，后来改行当律师。他是非常了不起的大律师。我听说，他曾经在法庭上硬生生地救出被铁团长陷害的二十个人。"

小白千追问："铁团长陷害二十个人？他们是干什么的？铁团长为什么要陷害他们？"

马虎低声说："铁团长说他们是共产党员。以前哼树园的哼老爷，就是被铁团长以通共的罪名悄悄枪毙的。”

小白千没有接马虎的话茬儿，反问：“你怎么突然提起熊单方？”

马虎说：“熊单方也是云梯街人。他能公开对抗铁团长，说明他是比铁团长还厉害的好人。”

听到这里，小白千不但佩服熊单方，还佩服马虎。他没想到，马虎作为马家铁匠铺的学徒，竟然知道那么多他闻所未闻的事情。

3

小白千与秦小雨成了无话不谈的玩伴。

秦小雨除了父母，就愿意与小白千腻在一起。

中午，小白千练字时，秦小雨放学回来，见家里没有人，便问小白千：“我老汉儿去哪里了？”

小白千说：“他和师娘到独门嘴挖地了。”

秦小雨放下书包，夺过小白千手里的毛笔：“走，我们去大沙坝玩。”她不容小白千说话，拉着小白千的手就往外走。

小白千不想惹秦小雨不高兴，就跟随她跑到长江边。

望着滚滚东去的江水，小白千想起江凤，想起自己和杨小河在洞洞河里玩“钻眯鰍”游戏时，被急流冲进黄老虎峡口；想起黄葛树下江凤遗留的绣花鞋。

直到秦小雨提出玩“火龙游戏”，他才缓过神来。

以前，小白千经常和杨小河在江边玩“火龙游戏”。他们在大沙坝的斜坡上挖出一条长沟，沟上盖石板，石板上铺沙子。在长沟下面点燃柴火，浓烟钻进长沟，从长沟上面冒出来，进而形成一条长长的“烟火龙”。

秦小雨和小白千一起做好“火龙”。待长沟上面冒出浓烟后，秦小雨高兴得手舞足蹈。

玩完“火龙游戏”，秦小雨又跑到江边捡拾五颜六色的长江石。她一边捡拾长江石一边唱儿歌：

炸子林，乌龟凼，螃蟹大；
烧火龙，大沙坝，烟气大；
马尿溪，天挂水，响声大。

小白千经常听秦小雨唱儿歌，但还是第一次听秦小雨唱这首儿歌。他问秦小雨：“炸子林在哪里，好玩不？”

秦小雨指着小白千额头，小声说：“别说话，黄老虎要吃掉你的。”

小白千立即捂住嘴巴。

秦小雨见小白千信以为真，“咯咯”地笑道：“炸子林，在北边，有条流水沟，沟边有很多板栗树，树上长着毛毛果。长满刺儿的毛毛果炸开后掉到地上，扎进你的光脚板。那边还有乌龟凼，里面螃蟹这么大。”她说完用手比画一下。

小白千没去过炸子林、乌龟凼，很是好奇，央求秦小雨带他去看看。

秦小雨噘起小嘴：“带你去那里没问题，不过你要回答我一个问题。”她指着面前的大石头，“你知道这些石头从哪里来的吗？”

小白千得意地说：“我以为什么难题呢，就这个啊？我知道。我妈妈说，这些石头，是在夜深人静时，月亮从月儿山上下来，在大沙坝下的蛋。”

“哼，你骗人！我老汉儿说，它们是从地里长出来的、江水冲下来的。”秦小雨说完，把手指按在小白千额头上，“月亮是白的，月亮蛋为啥有红的、黄的、青的、蓝的、紫的？”

小白千轻轻拨开秦小雨的手指，一本正经地说：“月亮是天上的神仙，它下的蛋肯定是不同的。我妈妈说，江边的小石头会长大的。如果你不信，晚上月亮会来割你的耳朵。”.

秦小雨下意识地捂住耳朵：“石头还能长大？月亮还能割耳朵？哼，你骗人！”

“我妈妈怎么会骗我呢？小石头放在枕头下，还会打架呢。你不信，把石头放在你枕头下试试。”

当天晚上，秦小雨将一堆小石头放在枕头下，一会儿摸摸，一会儿看看。她想知道，这些月亮下的蛋，会不会唱歌，会不会说话，会不会长大，会不会打架。结果，她却迷迷糊糊地睡着了。

她做了一个美梦。

梦中，天上传来丝竹声，江面出现五彩祥云。五彩祥云托着一轮明月，从月儿山上飞下来。五彩祥云后面跟随无数朵白云，每朵白云托着一颗亮晶晶的星星。白云越来越多，纷纷落在河滩上。她猫着腰，轻轻地走在沙滩上，靠近云朵。突然，月亮星星发现了她，“呼啦啦”一下全部飞走了，留下五光十色的月亮蛋。

秦小雨发现两颗洁白的月亮蛋，格外喜欢，刚想弯腰捡拾，月亮蛋竟然向前飞去。她小心翼翼地靠近月亮蛋，猛扑过去，用双手罩住月亮蛋，月亮蛋却从她指缝里蹦出来，飞到她背后嘻嘻地笑。她转身伸出双手，将两颗月亮蛋紧紧抓住，迅速揣进怀中。

“逮住了，逮住了。”秦小雨激动地坐起来，才发现自己在做梦。

她感觉头部下面有些凉，用手摸摸枕下，摸到一堆石头。她摸摸耳朵，耳朵还在，便放心了。

“月亮蛋不但能笑，能动，还能飞。”自从做了这个梦，秦小雨相信了小白千的话。

清晨，小白千起床后，担来满满一缸水。吃过早饭，他便借故外出。

秦小雨背着书包，甩动两条长辫子，奔向万天宫。过几天，她小学毕业了，以她的成绩，考上中学没问题。

秦小雨哼着“黄老虎坐盘盘石”儿歌，穿过撒尿巷子，看见小白千坐在黄葛树下，大声问道：“小屁娃，你在这里干吗呢？”

小白千望着万天宫高大的马头墙发呆，似乎没有听见秦小雨的喊声。

秦小雨走到小白千身边，揪着小白千的耳朵：“小屁娃，小心黄老虎吃了你，赶紧回家去！”

小白千疼得龇牙咧嘴：“我在想交多少学费才能读书呢，没看见你。”

“啊？你想读书？”秦小雨上下打量小白千。

“我只是想想而已。我是你家下人，学费即便再便宜，我也掏不出来。”小白千说。

他们说话时，一个骨瘦如柴的学生拎着书包走过来，打了小白千一拳。

小白千正想还击时，秦小雨把他拉到背后，呵斥那个学生：“江癞子，你为啥打我哥？”

小白千打量江癞子。江癞子头上长着癞疮，头发稀疏，显得格外猥琐。

“他是——你哥？他配当——你哥？他不过是——你家——喂养的看门狗。”江癞子盯着小白千，“我警告——你，如果——你再带小雨去——大沙坝，小心我抽你的筋、扒你的——皮！”江癞子结结巴巴地说。

“我招你了还是惹你了？”小白千不想被秦小雨当作㞞包蛋，指着江癞子喝道，“你再说我一句试试！”

“你跟——秦小雨玩，就是——招我了——惹我了！”江癞子点指小白千几下，“下次——你见到我，给我——滚得远远的，不然我——见你一面——打你一遍！”

小白千吓得不敢说话。

江癞子朝小白千吐了一口唾沫，转身大步离去。

秦小雨没想到，小白千竟然畏惧说话结结巴巴的江癞子，气愤地指着江癞子的背影说："同学都叫他小流氓。他仗着他老汉儿是屠夫，家里有钱，到处惹是生非。别人怕他，我不怕他！"

秦小雨说完，白了小白千一眼，转身走进校园。

第二节课课间，秦小雨跑到院坝玩了一会儿。她想回教室上课时，隐隐约约看见一个人猫在教室后窗边的大树后面。

秦小雨悄悄地来到大树后面，发现那人是小白千，厉声喝问："小屁娃，你干吗呢？"

"我只是想看看嘛——我回家了。我只是路过，顺便瞅一眼，你不要告诉师傅师娘。"

"小屁娃，你真想读书？我每天放学教你不就行了嘛。"秦小雨大大方方地说。

小白千没有回应，扭头就跑。

秦小雨望着消失在撒尿巷子里的小白千背影，心里陡然一阵酸楚，莫名地怜悯家里这个"小长年"。

秦小雨和小白千到大沙坝玩耍的事，不知道怎么就传到了老板娘耳朵里。

夜里，老板娘听见秦小雨房间里有男人说话的声音，推开房门看见秦小雨帮助小白千学习课本知识，气不打一处来，抄起棍子，抽在小白千后背上，恶狠狠地骂道："小白千，你给我滚出去！小姐的房间，是你这等下人随便进来的吗？"

惊慌失措的小白千，贴着墙退出去。

从那以后，小白千的一举一动，都受到老板娘监视。他再也不敢找理由去万天宫了。但是，教室里琅琅的读书声，院坝里学生跳房子、跳绳的场景，让他魂牵梦萦。尤其教室黑板上的粉笔字，仿佛写在他的心上。

一天晚上，秦小雨悄悄递给小白千一张纸条，上面写着"明天午时我妈妈不在家，我们在独门嘴鬼头树下见面"。

第二天上午，老板娘果然不在家，小白千提前来到三县交界处独门嘴鬼头树下。

鬼头树，其实是黄葛树，因形状怪异而得名。鬼头树树干上伤疤累累，形状如锣鼓、虬龙、斗鸡、狂犬、牛头、马面一样狰狞恐怖。那些伤疤，是它在生长过程中，与人抗争、与天抗争留下的痕迹。

让小白千感到好奇的是，鬼头树的无数条根须严严实实地抱住巨大的石盘，然后扎进石缝，以此彰显它极其强烈的求生欲。

这棵鬼头树，历经多年风吹雨打，依旧顽强地活着。即使有一年云梯镇发生百年一遇的洪灾，独门嘴都被夷为平地，它依然挺立不倒。

他望着鬼头树上的一道道疤痕，一边伸手抚摸着，一边问："疼吗？"

鬼头树没有回应，在微风中欢快地摇曳枝叶，丝毫没有创伤之痛。

小白千暗下决心，自己也应该像这棵鬼头树一样，不论遭遇什么，都要顽强地活下去。

临近未时，秦小雨才从石梯下面爬上来，还不时地回头观望。

她走到小白千面前，从书包里取出一本书交给小白千："我知道你想读书，便谎称国文书丢了，在老师那里又买了一本，你拿着。以后，遇到读不懂的内容，你标记出来，然后我们约时间来这里，我帮你弄懂吃透。"她说完便急匆匆离去。

小白千迫不及待地打开书阅读。

有了课本，有了秦小雨的帮助，小白千的文化水平日益提高。

小白千和秦小雨在鬼头树下秘密约会，最终还是被老板娘发现了。秦小雨挨骂，小白千挨饿，但他们毫不畏惧。

在老板娘的强力干涉下，懵懂的秦小雨和小白千，对一些事情也渐渐地懂了。

4

秦小雨小学毕业后，要到长江对岸的中学读书，暑假期间她争分夺秒地为小白千补习功课。

小白千和秦小雨不顾老板娘干涉，频频交往，老板娘对此忍无可忍。

一天晚上，老板娘对秦师傅抱怨："你闺女都要和小白千睡到一起了，你不管她吗？"

秦师傅毫不在乎地说："两个小屁娃，懂什么，你别大惊小怪的。"

"他们比我都高了，还是小屁娃吗？一旦他们把生米煮成熟饭，不是把闺女害了嘛！"

"你别瞎操心了。"秦师傅不耐烦地摆摆手。

"我不操心，这个家都得散了！"老板娘气呼呼地来到小白千卧室，一脚踹开房门，捂着鼻子大声吼道："小白千，我好心好意收留你这个没爹没妈的野孩子，没想到你竟然恩将仇报，狗胆包天打小姐的主意，你居心何在？"

小白千从床上爬起来，惶恐地说："我没有，我真没有！"

"你跟小姐在鬼头树下干的那些烂事儿，云梯街都传开了。"

"师娘，小姐只是教我读书识字而已，你别听那些人瞎说！"

老板娘恶狠狠地说："呸，你想读书，做梦吧！你有一块地、一亩田，还是有一间房？你啥都没有，这辈子就是当长年的命。我警告你，你再不知好歹，我把你轰出去！"

老板娘对小白千发完火后，径直冲进秦小雨的房间，劈头盖脸地训斥道："你呀你，你怎么看上穷得只剩下一条烂命的小长年呢，能不能有点儿出息？老秦家的脸都被你丢尽了！"

秦小雨不卑不亢地说："妈妈，老师教导我们说，人人平等。小白千再穷，他也是人。"

老板娘白了秦小雨一眼："他连名字都没有，还能叫人吗？他就是有人生没人养的野杂种。我告诉你，你再跟他鬼混，我就打断你的腿！"

"妈妈——"秦小雨无语，气得直跺脚。

那一夜，小白千气得睡不着，"野杂种""长年"的字眼儿，深深地刺痛了他的心。

他起身来到长江边，坐在黄葛树下，无法控制地号啕大哭。

哭出心中所有委屈之后，小白千轻轻地抽噎着。

一条蛇慢慢地向他爬过来。

好在他眼疾手快，一把抓住蛇的脖子想往江里扔，突然他心生一计。

他把蛇拎回秦家作坊，装进布袋，扎紧袋口，悄悄地放到老板娘房门口。

早上老板娘起床开门，发现布袋，没有多想就解开绳子，一条蛇从里面蹿出来，吓得她一屁股坐到地上。

蛇逃走后，老板娘扯着嗓子骂道："肯定是那个兔崽子干的，绝对是！你给我等着！"

小白千捉弄了老板娘，心里不但没有一丝喜悦，反而产生更多恐惧。如果老板娘将他赶出秦家作坊，他就像小瓢船被大风吹进长江里，只有死路一条。

无处可去的小白千，只能坐等那一天到来。

秦小雨得知妈妈要把小白千赶出家门，借故经常回家安慰小白千。

周末，秦师傅夫妇外出，秦小雨来到小白千的房间。

"我在北岸女子中学读书，那里有一个老师讲课的内容可新鲜了。他告诉我们，我们是新社会青年，要打破封建桎梏。"秦小雨掷地有声地说。

"小雨，我打算到山里走盐道，当背脚子。"小白千的声音，连他自己都听不清楚。

秦小雨瞪大眼睛："走盐道的人生死难料，我不许你去。"

"小雨，你妈妈一直生我的气，这次肯定不会放过我的。她之所以还没有赶我走，只是想找一个街坊邻居都能接受的理由。我想好了，与其让你妈妈赶我走，不如我自己主动走，反正结果都是一样的。"小白千眼中充满幽怨。

秦小雨盯着小白千："你——能不能忍一忍？"

门外传来秦师傅夫妇说话的声音，小白千急忙把秦小雨推到门外。

小白千担惊受怕地度过一天。

夜深人静，云梯街人进入梦乡。

小白千辗转反侧，无法入睡，心里反复权衡，自己要不要离开秦家作坊。一旦自己走上盐道，结果会比待在秦家作坊好吗？

突然，房门被推开，秦小雨进来，随手关门吹灯。

她坐到小白千身边，把一包东西塞到他怀里。小白千摸了摸，是两颗长江石。

"这是我从大沙坝捡来的两颗长江石，一直放在我的枕头底下。你把它们带在身边，就等于我陪在你身边。"秦小雨附在小白千耳边，"你去走盐道吧，好好干，赚大钱。我等你一辈子。"秦小雨说完，捂着嘴跑出去。

秦小雨与小白千诀别，让小白千意识到，老板娘马上就要轰他走了。

早上，内心无比凄苦的小白千，独自来到万天宫外面的石桥上。

他依稀记得，他第一次走上这座石桥，目送秦小雨背着书包向学校大门走去，第一次在这里听到琅琅的读书声……

如今，秦小雨两条乌油油的麻花辫，仿佛两条铁链牢牢拴住他的心，让他难舍难离。他感觉万天宫的高墙，就是横在他与秦小雨之间无法逾越的藩篱。

天空下起小雨，小白千默默地走进他无比熟悉的撒尿巷子。撒尿巷子两边房屋的滴水瓦上，垂下一根根雨线，轻轻地叩击地面、叩击他的脸颊。

他闭上双眼，任凭雨打风吹。

“湿湿地，阴阴天，哥哥走山不是时，要走你就早些走，雨大也莫停。光光头，白白手，妹妹不想哥哥走，哥哥走山去来风，心思放在妹这头。”

一个撑着伞的小女孩，唱着山歌从小白千身边经过。

小白千睁开眼睛，目送女孩背影飘去。

雨越下越大，小白千全身湿透，艰难地把身子挪到巷口。

平日里宽敞的云梯街，突然变得无比逼仄，且没有一个行人。

“鸭儿巴——鸭儿巴——”王记蒸笼铺传出来的吆喝声，在雨中也变得低沉。

“米豆腐吔——米豆腐吔——”米豆腐店里的老王有气无力地吆喝着。

远处传来戴二胡拉的二胡声，哀婉、绵长、幽怨，又催生小白千的泪水。戴二胡也是背脚子出身，因为二胡拉得好，人送外号“戴二胡”。

小白千走到长江边的大沙坝，坐在洞洞河的大石头上。他想让大雨把自己淋透，浸进自己的五脏六腑，然后自己带着干净的身子走到鄂西。

他爬上大石头，俯视长江，伸出双臂，大声喊道：“从今以后，云梯街上再无小白千，只有我——杨福来！”

第九章

两颗转运的长江石

1

杨福来来到独门嘴，推开自家院门一看，院内灰尘满地，杂草丛生，房屋的山墙摇摇欲坠，屋顶上的老瓦片乱七八糟地四下散落。

江风的绣花鞋还在，只是褪色严重。

这个家里，他能带走的只有那双绣花鞋。

他离开独门嘴时，谭石山追上来。

他见谭石山咳得厉害，问道："大伯，你找我？"

谭石山喘匀气息后，轻声说道："福来，独门嘴鬼头树下只有你识字，现在你要出远门，不知道何年何月才能回来，大伯时日不多了，有些事应该告诉你了。"

"大伯请讲。"

谭石山站在身材高大的杨福来面前，显得格外瘦小。他明显老了，而且患哮喘病。他想了想，厘清思路，慢慢地说道：“福来，想必你没有忘记你的身世，我想再重复一遍。你老汉儿杨哼埋在杨家码头的系船柱下面。你外公姓王，安徽滁州人，曾是云梯街大户人家。你母亲王妹，生你时大出血，不幸去世。那个铁团长，不但陷害你老汉儿，还霸占了你家哼记盐店、哼树园。以后你遇到铁团长，一定要小心，不要让他知道你的真实身份。你到外面谋生，遇事要忍让，与人为善，一定要像你老汉儿一样，穷则独善其身，富则达济天下。”

“好，好，我一定将大伯的话记在心上。”

谭石山反复端详杨福来，最后拍拍杨福来的肩头，眼含热泪，颤颤巍巍地离去。

其实，占据杨福来心里重要位置的人，并不是杨哼和王妹，而是义父杨青云、义母江凤、从小玩到大的哥哥杨小河。

至于杀父仇人铁团长，此时他一点印象都没有。

不是他不重视血缘关系，而是他目前只能在乎最关爱他的人。

杨福来不想被秦家作坊老板娘轰出去，主动向秦师傅辞行。

他把扁背放到石阶上，面向秦师傅，双膝跪地：“师傅在上，受徒弟一拜。你的养育之恩，我没齿难忘。有朝一日，我必将加倍报偿。我已长大成人，不想再连累你。”他说完，重重地磕了三个响头，然后起身，头也不回地走了。

秦小雨从门里跑出来，蹲在门口，捂着脸痛哭。

杨福来和那些背脚子一起到下盐店子，每人买了一坨百余斤的盐巴后，在盐巴上裹上一层煤炭灰，用麻绳捆在扁背上，再给扁背盖上一顶斗笠，跟随外号叫“江猴子”的大带梢踏上盐道。

杨福来此次背盐，还有另一个目的，就是到鄂西寻找义父杨青云和哥哥杨小河。即便找不到他们，他也要跟随这支背盐队伍走下去。他有一种莫名的预感，总有一天会找到义父杨青云和哥哥杨小河。

杨福来背着沉重的盐巴，沿着石梯爬到独门嘴鬼头树下时，汗水已经湿透衣襟。

他们坐在鬼头树下休息时，秦小雨气喘吁吁地跑到杨福来身边，一边用衣袖擦拭杨福来脸上的汗，一边说："养儿莫背盐，一年当三年。背这么重的盐巴，走那么远的路，我怕你吃不消。你实在背不动就回来吧。"

杨福来看看其他背脚子，羞涩地点点头。

"你为啥要将蛇放在妈妈房门口？"秦小雨问，"她是不是因为这件事才赶你走的？"

杨福来低声说："我一时冲动，做错事了。我已经向师娘认过三次错了，师娘就是不肯原谅我。"

"我妈妈确实脾气不好，还爱较真儿，但无论如何，她把你抚养这么大，没有功劳也有苦劳，你不许记恨她。"秦小雨叮嘱道。

"小雨，对我好的人，我都记在心里。有一天我发达了，一定会加倍报偿他们的。你放心，我一定给你父母养老送终。"

秦小雨点指杨福来的额头："算你有良心！"她看看其他背脚子，"你们这趟要走多久？"

"差不多一个月吧。"

"我等你回来。"

"你妈妈见到我，就冒邪火，你还是别等我了。"

"我说等你就等你。"秦小雨从书包里掏出红手绢，递给杨福来，"小白千，你把月亮蛋带在身上，它会保佑你的。"

杨福来望着秦小雨，怯声怯气地说："小雨，其实我的名字叫——杨——福——来。"

"你叫杨福来？谁告诉你的？"秦小雨诧异地问。

"我父母给我起的名字，不需要别人告诉。"杨福来一字一顿地说。

"你别骗我。"秦小雨扭头时，两条粗粗的麻花辫子轻轻地扫过杨福来的脸，“不管你是小白千，还是杨福来，你给我记住，我——永远是你的——妹妹！”她说完快速离去。

杨福来怔怔地目送秦小雨消失在石梯的尽头。

杨福来与背脚子们走了七天，来到鄂西中路镇地界的范记客栈。

他们在范记客栈院内随便找到柴火垛、木棒堆、石滚子，把扁背放在上面。

江猴子摘下头巾，胡乱地擦了擦红扑扑的脸，最后，他干脆脱下汗衫，赤裸上身。

范记客栈前有院坝，后有山林，房屋左侧不远处有一片竹林。前面的院坝其实是一条宽阔的大路，大路外侧有一条河。

范记客栈距离中路镇老场有一段距离，好在它靠路边，出入方便。

范记客栈依河而建，并排五间木结构平房。其中四间是瓦房，左边那间房有柱无墙，杉木皮做顶，里面摆放一圈长条盐凳。

可能是为了节省木料和工钱，四间瓦房的窗户，都是店主用竹片编织而成。墙体内外，都用稻草泥抹的，很粗糙，看上去凹凸不平。

范记客栈还有供旅客住宿的、依山而建的二层吊脚楼。吊脚楼的一层是猪羊圈，二层有四个房间，房间内摆放用杉木板做的连排大床，大床上铺着稻草、篾席。

范老板很难从背脚子身上赚到钱。背脚子支付两角钱住宿费后，就不再花钱。他们外出买米，借范老板的灶屋做饭，范老板还得搭上柴火和咸菜。

也有少数背脚子在范记客栈吃饭，杨福来就是其中之一。他恢复体力后，把草鞋和脚码子拿到河边清洗，顺便洗脚。他感觉脚后跟疼痛，仔细一看，发现脚后跟被脚码子的麻绳磨破皮了，便用唾沫涂抹伤口。

范记客栈的老板娘精明能干，能从容地应对南来北往的旅客。

此时，她正在与江猴子大声聊天。

老板娘说：“前面的冉家店出了棒老二，抢走盐巴、粮食，常住冉家店的背脚子，都改住我们这里了。你不信可以去看看冉家店还有没有旅客。这世道啊，不太平，明天我必须雇用两个保镖，保护旅客的安全。”

老板娘虽然肥头大耳，浑身上下都是赘肉，但能说会道，做事干净利落。

一个刚走到范记客栈门口的背脚子在外吆喝：“老板娘子我的妻，扁背来了靠哪放？”

听到背脚子的吆喝声，老板娘一点儿都不生气，应和道：“十八哥哥我的郎，扁背来了靠猪圈放。”

不大一会儿，几个背脚子走进范记客栈，与江猴子打过招呼后，对老板娘说：“今晚人多，大床睡不下，我们和你睡吧。”

老板娘嘿嘿一笑，没有言语。

她看到另一拨人走进来，高声招呼：“挑子客来了呀？还住你们的老铺位？今晚你们吃啥？帽耳坨还是猪儿巴？”

一个挑子客回应道：“随你安排，盐客胆子大，吃了才问价。”

这句话的意思是，盐客不是吃素的，你也不敢宰我。

“吃帽耳坨吧。” 一个盐客答道。

那几个挑子客来自湖北。湖北运盐的人习惯挑担子，四川运盐的人习惯背扁背。所以，四川人把当地运盐的人称为“背脚子、背子客”，湖北人把当地运盐的人称为“挑子客”。

“砍脑壳的，背脚子也来了呀！”老板娘说完不再搭理挑子客，冲门口喊道。

门口的背脚子听到老板娘的喊声，大喊一声“杵起”，然后对老板娘喊道：“想你想得要命，你还不出来迎接我呀？”

“放你娘的屁！你几时想老娘了？你只在老娘面前耍嘴卖乖！你们还是和挑子客住第一间。”老板娘站在门口，指着右边第一间屋子。

老板娘迎客的态度豪爽粗犷，似乎没有什么忌讳，但无论是四川背脚子，还是湖北挑子客，在她面前只能耍贫嘴，手脚还是很干净的。

坐在柜台边的江猴子，直勾勾地盯着老板娘。他见老板娘没时间搭理他，便丢了一句："夜壶口挂金子，只有一张好嘴。"

老板娘回他一句："龟儿子江猴子，走一天了还不累？"

江猴子自讨没趣，靠近老板娘，悄悄地说："我想看你大胯子，好粗一对，夹死人。"

老板娘轻声说："拿钱来。"

江猴子笑问："多少？"

"一块大洋。"

"你也太狠了，我走一趟来凤只挣一块大洋，看你一眼大胯子，你就要……"

"没钱死一边去。"老板娘举起算盘，佯装要砸。江猴子笑嘻嘻地走开。

挑子客和背脚子洗净手脚，便到堂屋吃饭。八个人坐一桌。热乎乎的合渣、海椒面、青菜萝卜汤端到桌上。饭由老板娘装好，一人一碗，满满的，堆得高到几乎不能再添加一粒米，故称"帽耳坨"。

像猴子一样精明的江猴子，用筷子往下用力压冒尖的饭，一下子就把饭压平了。原来，老板娘盛饭时，把饭搅拌得很蓬松。

江猴子举着碗，拖着长音说道："长不过的路，短不过的年，松不过的帽耳坨，紧不过的钱。老板娘，说话不实在。别的我不晓得，松不过的帽耳坨肯定是真的。你这碗帽耳坨，我吃了两口就没了。"

老板娘并不生气，佯装嗔怒："嚼你妈的舌根子，老娘再给你撮一碗。钱给足点儿，饭才按得紧。"她舀一勺热饭放到江猴子碗里，“再加一碗帽耳坨。”

江猴子笑嘻嘻地说：“我这辈子就没算计过女人。”

老板娘见背脚子、挑子客埋头吃饭，就走到路边，扯着嗓子对一个背鸦片的背脚子喊道：“最近距离幺店子不远的浸水垭，出现拦路抢劫的棒老二，专挑落单的背脚子下手。前天，有个布客被杀了，尸体绑上石头沉到塘里，至今还没破案呢。”

背鸦片的背脚子听完老板娘的话，不敢走夜路，乖乖地走进范记客栈。

2

背脚子、挑子客越来越多，杨福来担心饭不够吃，赶紧要了一碗帽耳坨、一碗菜汤。吃饱饭，他又要了二两苞谷烧酒，送给江猴子一两。

向来不知道愁是啥滋味儿的江猴子，吃了几口饭，嘬了一口苞谷烧酒，手舞足蹈地唱起来：

杉木扁背五尺高，
小男出门当带捎。
清早下河把盐掴，
走到来凤将盐交。
上背棉花到四川，
下背盐巴入湖湘。

江猴子穷苦人家出身，在云梯街码头混了几年，又在盐道上走了几年，熟悉江湖上的各种套路。

他见杨福来请自己喝酒，心里格外高兴。他觉得这些背脚子当中，杨福来虽然年轻，但比其他背脚子懂规矩。

心里舒坦的他，“哐呲、啷呲”地喊着，手上做打击锣鼓的动作，喋喋不休地摆起龙门阵。

“勤当兵，懒耕田，好吃懒做背锅巴盐。祖先留下这句话，自有其道理。但是，依我看，当兵耕田背盐的，都是穷苦老百姓，没啥不同，都是为了吃一口饭……”

江猴子看到一个挑子客买酒后没有分给他，心里顿时不悦。那个挑子客经过江猴子身边时，江猴子用肘尖狠狠撞了他一下。

那个挑子客感觉后背疼痛，转身看时，右手把江猴子手里的酒碗扫到地上。

“赔老子酒！”江猴子怒喝。那个挑子客不把他放在眼里，他就憋着一肚子火，现在他终于找到报复的借口了。

“我——我不是故意的。”那个挑子客满脸堆笑地说。

江猴子指着那个挑子客喝道：“一两苞谷烧酒，要么叫老板娘送过来，要么你赔钱。”

“江老板，你看我这副可怜样，哪有钱赔你？”

“你赔不赔？”江猴子站起来，指着那个挑子客的鼻子喝问。

“我——我赔不起。”那个挑子客怯声怯气地说。

“老子叫你赔，你给老子犟起。”江猴子说着就向那个挑子客胸口打了一拳。

江猴子没想到，那个挑子客不是软包蛋。只见他稍稍侧身，轻松地躲过江猴子的拳头，旋即一溜烟跑到门外。

江猴子追到门外。那个挑子客抄起扁担，做出迎战架势。

江猴子意识到自己遇到硬茬儿了，便不敢怠慢，抄起大钉杵，慢慢逼近那个挑子客。

瞬息之间，大钉杵与扁担上下飞舞，院坝里响起“噼噼啪啪”的撞击声。

杨福来担心有人受伤，便让老板娘再打来二两苞谷烧酒。

杨福来端着两碗酒，高声喊道：“我为两位前辈沽了二两酒，如不嫌弃，小的敬两位前辈一碗酒。”

江猴子见自己讨不到便宜，找个机会收回大钉杵，双手抱拳，对那个挑子客说道：“好汉功夫了得，在下钦佩。请问好汉尊姓大名，何方人士？”

那个挑子客也知趣地收起扁担，回应道：“在下咸丰大村乡李庆方，人送绰号‘天涯浪子’。这位好汉的大钉杵功夫甚为精湛，在下佩服至极。敢问好汉何方人士，为何走上盐道？”

江猴子接过杨福来递过来的两碗酒，送给李庆方一碗酒，回答道：“在下四川云梯镇人，人送绰号‘江猴子’。在下在宜昌打过鬼子，因厌恶国军腐败，便回家以背盐为生。”

李庆方瞪大眼睛，上下打量江猴子：“你就是云梯街十八罗汉之一的江猴子？久闻大名，幸会，幸会！在下也曾在宜昌上过战场，看来我们还是战友喽。来，不打不相识，我先干为敬。”他说完举起酒碗，一饮而尽。

“痛快！”江猴子豪爽地喝尽碗中酒。

杨福来第一次见到，背脚子的大钉杵和挑子客的扁担还能当作武器，第一次听说云梯街十八罗汉上战场的事，第一次意识到背脚子、挑子客当中藏龙卧虎。

背脚子长途背运货物的扁背，不同于普通的竹篾背篼，而是把约四十厘米长的桐子树干，劈成十五厘米宽的长方体，中间收腰成锥状，上下打孔安装背带，下端钉一块托板，附上竹竿做支撑，即可使用。

用扁背背货物，轻便省力。由于山路崎岖不平，背脚子用大钉杵保持身体平衡。

大钉杵原本有五种用途：防滑、防蛇、防狗、防棒客、歇脚。由于背脚子的大钉杵常年不离手，渐渐地就成为背脚子的防身武器。

把大钉杵练到出神入化境界的江猴子，被盐老板看中，让他出任大带捎。

今晚他们留宿的范记客栈，老板名叫范少游，五十多岁，瘦高个儿，头上缠着黑色头巾，麻子脸上布满褶皱；脚踏一双布鞋，穿黑色长衫，腰间白布腰带上别着竹管烟袋。

虽然是夏天，但因为海拔高，范记客栈的夜晚还是很凉爽的。江猴子带领一众背脚子留宿范记客栈，也是因为这里凉快，能睡得安稳。

山下中路镇的客栈，住宿费要比范记客栈贵一角钱。

天黑后，疲惫的背脚子都睡下了，第一次喝这么多酒的杨福来醉了。房间里的床铺上已经挤满人，他被江猴子扶到范老板的床上。

杨福来躺在床上，酣睡的范老板竟然没有察觉。

凌晨，杨福来翻身时，听见惨叫声，立即坐起察看，发现自己睡在范老板床上，范老板已经滚到床下。

迷迷糊糊的范老板，看了看杨福来，上床继续睡觉。

酒醒后的杨福来，感觉口渴，便下床出门到盐凳旁找水壶。他发现江猴子竟然四仰八叉地躺在院坝角落里一堆苞谷壳上鼾睡，浑身挂满苞谷缨子。

大带捎也能为了节约两角钱住宿费，睡在外面？他喝酒时有说有笑，貌似整条盐道都是他的，他咋还睡苞谷壳子里？

突然他想起江猴子经常哼唱的小调：

锅里刷一刷啰，
刷出个癞蛤蟆，
唱一唱我这个单身汉啰，
难上又加难。

灶里掏一掏啰，
掏出个青克蚂，
……

杨福来想到这里，认为不可一世的江猴子不仅是穷人，还是讨不到老婆的穷人，只能在码头下苦力混饭吃。

杨福来喝完水，又想起秦小雨，拿出秦小雨在鬼头树下塞给他的两颗洁白的长江石紧紧地贴在脸上，感觉心里比蜜还甜。

伴随“噶”的一声，左边偏房的门开了。杨福来循声望去，看见一个人从厨房走出来，提着猪食桶，向吊脚楼坎下的茅厕走去。

杨福来觉得那个人的背影非常熟悉。那个人瞟了杨福来一眼，便加快脚步。

杨福来回到房间，叫醒范老板，讲述他刚才看到的场景。

范老板告诉杨福来，那个人是流浪汉、走盐道的叫花子。他见叫花子的脚受伤了，客栈里正好缺杂工，就收留了叫花子。叫花子有些呆傻，平时寡言寡语。

“呆傻？我怎么感觉他的背影那么熟悉呢？他是不是我认识的人？”杨福来一边暗自琢磨，一边来到茅厕。

月光下，两头黑猪狼吞虎咽地吞食泔水，发出“咕噜咕噜”的响声。那个人舀光猪食桶里的泔水，用长竹竿捅猪圈角落里的猪粪。

那个人捅猪粪的动作，迅速唤醒杨福来的记忆。他义父杨青云总是用长竹竿捅猪粪。

那个人干完活儿，走向厨房。杨福来跟随那个人进入厨房，想与那个人拉家常。无论杨福来说什么，那个人始终不搭话。

杨福来实在没办法，最后对那个人大声说道：“我是云梯镇独门嘴杨福来，小名叫小白千，我老汉儿叫杨青云——”

那个人听见这句话，缓缓地转过身，鼓着一对大眼睛，上下打量杨福来好半天，才问道：“你老汉儿叫什么？”

“杨青云。”

“我问你的亲生父亲叫什么。”

“杨哼。”

“你今年多大？”

“十九岁。”

那个人提着灯，弯下腰，让杨福来脱下草鞋，然后查看右脚第二个脚趾根部。看见那里有一个圆圆的烙印，那个人点点头，起身端详杨福来。

那个人突然放下灯，紧紧抱住杨福来。

原来，由于战乱和贫穷，云梯镇的男人不得不远离故土，去他乡谋生。所以，男孩小时候，父母都用香头、木炭之类的东西，在男孩身上烙下印记。这种印记，有的在手上，有的在脚上，有的在身上，具体位置只有男孩父母知道。一旦他们失联多年再次重逢，便以此印记认亲。杨福来脚上的印记，就是杨哼烙在杨福来右脚上的，杨青云自然知道这个秘密。

杨福来与杨青云刚想打听彼此的情况，江猴子起夜，向他们走来。

杨青云把杨福来推到一边，自己快速隐身在范记客栈的角落里。

第二天清晨，背脚子们洗漱完毕，每人买了一袋猪儿巴，便匆匆走上云遮雾罩的山路。

3

杨福来心里惦记杨青云，一路上心神不宁。

背着百余斤的盐巴，穿行鄂西的崇山峻岭中，让杨福来体尝到背脚子的艰辛。

他从云梯街把百余斤盐巴背到湖北省来凤县，只能赚到一斗米，还不够秦家人吃一个月。但是，为了生存，他别无选择，只能做这种“斗米生意”。

背盐的一个月中，难免遇到雨天，那时山路更加难走。有时候为了赶时间，还要夜行。所以，就有了“背脚子一碗米，半夜都走起”的说法。

杨福来在云梯街听背脚子摆龙门阵，都说“上了盐道，生死难料”，现在他彻底明白这句话的含义了。

背脚子们又要爬山了，走在队伍前面的江猴子喊起走山号子：

上七嘛——嘿——
下八嘛——嘿——
平十嘛——嘿——
多走一步嘛——嘿——
是狗日的——嘿——

背脚子们吃力地爬到一个山垭口。为了纾解劳累，江猴子招呼背脚子休息。背脚子们用大钉杵撑稳扁背后，发出响彻山谷的喊声：

杵起——
一声喊，绿林好汉要让道。
一声喊，豺狼虎豹不敢叫。
一声喊，踩断山来杵断河。

对面那个二嫂噻，啷个还在躲哦。
对面那个小幺妹，你们一起来啰。
对面那个右客噻，做事好啰唆。
对面那个老妖婆，裤带松了走嘛。

说起要背脚，一夜睡不着，
来到下盐店，捆上盐坨坨。
天上明晃晃，地下水凼凼，
这山走了么，那山来。
只要背上货，全家都不饿。

前面一道坡，爬上去松活。
山道陡又陡，越走越难走。
双脚打闪闪，钉杵最经磨。
走路要赶早，不然卖不脱。
抬头一望，搭脚就上——

走起——

江猴子唱出前一句，背脚子们接后一句，气势如虹。

杨福来第一次站在这么高的山巅上，亮开嗓子酣畅淋漓地喊天喊地，感觉心里畅快极了，浑身的疲惫似乎随着喊声飘远了。

在土家族人的古老传说中，把这种行为称为“喊山”。背脚子通过喊山，向山神传递借道的信息。同时，他们也在告诉隐藏在山林的土匪，盐队借道，不可打劫。

一曲唱罢，背脚子们似乎恢复体力，再次出发。

杨福来发现，江猴子不仅会武术，还能唱歌。他能按照一个曲调，看到什么唱什么，而且合辙押韵。他的歌声，有时如燕子呢喃，有时如黄雀私语，有时如小溪汩汩，有时如松涛阵阵，有时如骏马奋蹄，有时如雷电惊天动地。

渐渐地，杨福来对江猴子产生敬佩之情，几次想提出与江猴子结拜为异姓兄弟，可话到嘴边又收住了。他担心自己的提议，一旦被江猴子拒绝，他们便无法像现在这样轻松相处了。毕竟他往后的背脚子生计，还要仰仗江猴子帮衬。

背脚子们来到咸丰县大村乡地界，在大村客栈住下。

江猴子告诉杨福来，前面要穿行一条盐道上最长最难走的、俗称“鬼谷”的峡谷。走进“鬼谷”，有“七十二道脚不干，三次水下钻”的说法。这句话的意思是，反复过河七十二次，脚上的水不会干；钻过三个大瀑布，如同人在水下钻。在这条峡谷里，很多背脚子或者挑子客，没有走出峡谷，就有累死的、失足摔死的、被盗匪杀死的……总之都成了这条峡谷里的孤魂野鬼。

走进这条峡谷，等于走一回阴曹地府。

第二天临近午时，背脚子们穿过“鬼谷”的第三个瀑布，又走过一段栈道，登上斜坡后，才走上平坦的道路。

杨福来猛然发现，前面跑来两个神色惊慌的逃兵，接着出现一群逃兵。

背脚子们站在路旁，生怕自己不小心成为逃兵的出气筒。

“前方在打仗，大家提高警惕，不要落单。这些散兵游勇，已经气急败坏。我们稍不留神，就成为他们枪下之鬼。杨福来，你年轻，在前面打头阵，我断后，防止有人偷袭。”江猴子低声喊道。

“没问题。”身强体壮、血气方刚的杨福来，还没有意识到自己将要面临什么样的危险。

“遇到麻烦，不得乱动，听从我的号令。我们一起走盐道，也要一起回去。”江猴子再次叮嘱杨福来。

杨福来带领背脚子们走进水杉林。这里树高林密，阴森森的，那种莫名的杀气，让杨福来心里发毛。

甲乙两个士兵闪身出来，端枪对准杨福来等人，大声喝道:“前面的背脚子听好，我们是国军，奉命征集粮饷。”

背脚子们忌惮两个士兵手里的枪，只好将扁背放在大钉杵上，停止前进。

这时，士兵甲用枪逼住杨福来，士兵乙搜身，最后把捆在扁背上的包袱和马灯扯下来。

杨福来赶忙说道：“钱，你们可以拿走，包袱里没有值钱的玩意儿，给我留下吧。”

包袱里有秦小雨送给杨福来的两颗长江石，在别人看来不值钱，在杨福来眼里却价值连城。

“什么包袱，一个破布袋而已！”士兵乙瞥了杨福来一眼，将布袋解开，把里面东西倒在地上，拿走几块大洋，一脚把两颗长江石踢到路边。

杨福来见状，心头怒火升腾，丢下扁背，猛扑过去，一把将士兵乙推倒在地。

“穷得舔灰的人，竟敢反抗国军！你信不信，老子一枪崩了你？”士兵甲一边吼叫，一边把枪栓拉得“咔嚓咔嚓”作响，然后朝天空开了一枪。

杨福来与士兵乙在地上扭打在一起，谁都不肯松手。

千钧一发之际，山林中闪出一个乞丐。这个乞丐蓬头垢面，一句话都不说，抡起手中的青冈棒，把士兵甲打倒在地。

江猴子大手一挥，背脚子们放下扁背，蜂拥而上，将两个士兵绑起来。

江猴子麻利地卸下枪膛里的子弹后，将步枪扔到路边的大树下。

背脚子们面面相觑，不知道如何处置两个士兵。他们都是穷人，以下苦力为生，从小被人欺负惯了，不敢惹是生非。

就连把生死置之度外的杨福来，此刻也感觉自己刚才太冲动了。

好在江猴子见过世面，主动和两个士兵谈条件。士兵甲承诺，如果背脚子给他们筹措一笔钱，他们就各寻生路。

被绑住还能提出这种无理要求，让背脚子们感到非常气愤。但是，他们也担心两个士兵会引来更多士兵屠杀他们。

这时，前面又走来一队人马，背脚子们顿时傻眼了。胆子小的背脚子，丢下扁背躲进树林。

待那队人马走近，杨福来看见他们跟背脚子们的穿戴一样，只是肩上背着步枪，背上背着大刀。

提着驳壳枪的领头人，跟杨福来年龄差不多。他看了看被绑的两个士兵和坐在地上的背脚子，大声说道：“兄弟们不要害怕，我们是共产党游击队。国民党反动派的军队，被我们打垮了。你们把两个俘虏交给我们处理吧。”

背脚子们正为如何处理两个士兵发愁呢，于是他们赶紧把两个烫手的山芋送过去。

一个游击队队员拿走两支步枪，两个游击队队员押走两个士兵。

杨福来偷偷打量面前的领头人，不敢多说一句话。

领头人站到路边的大石头上，对背脚子们大声说道：“老乡们，中国人民解放军已经挺进大西南，消灭盘踞在大西南的国民党反动派军队，然后打土豪、分田地，保证你们每个人都有田种。新中国已经成立了，你们现在是新中国的主人……”

杨福来听得一头雾水，实在理解不了领头人在说什么。

游击队队员走后，背脚子们开始议论。

“新中国已经成立了，这是要改朝换代吗？”

“他们要给我们分田地、分房子？还有这样的好事？”

“背完这趟盐，恐怕这辈子都不用走盐道了，家里有田有地有房子，谁还吃这种苦？”

“我要是有地有房子，就娶一个媳妇，生一堆娃儿。”

背脚子们按照自己的理解，七嘴八舌地议论着。

杨福来想起用青岗棒打倒士兵甲的乞丐，于是四处寻找，最后在远处的水杉树下找到乞丐。树林里光线暗淡，杨福来走近才看清，乞丐竟然是他的义父杨青云。

“老汉儿不是在范记客栈做杂工吗？怎么跑到这里来了？”他走到杨青云面前蹲下，悄声问道，“老汉儿，你怎么在这里？”

杨青云低声说：“小白千，你不要搭理我。我是杀人犯，有命案在身。你搭理我，会受连累的。你第一次走盐道，我不放心，就一直跟随你。”

杨福来眼含热泪，没有说话，把两个猪儿巴塞到杨青云手里。

杨青云望着远方：“那个游击队领头人，有点像你哥哥杨小河。”

杨福来回想一遍，感觉杨青云没有乱说，那个人确实和杨小河很像。他暗自责怪自己，当时太慌乱了，没有细想。

他转而问道：“老汉儿，这么多年，你一直待在范记客栈吗？”

杨青云说：“我失手打死秦天旺，不得不远走他乡避祸，最后在鄂西隐姓埋名十多年。好在范老板见我可怜，收留了我。我怕被云梯镇的背脚子认出来，就把自己弄成乞丐模样。”

杨福来曾经构想多种与杨青云见面时的场景，唯独没有想到他们会在鄂西的山林中，彼此以这种身份见面。杨青云沦落成不敢抛头露面的乞丐，他也成为人人瞧不起的背脚子。

4

杨福来告诉杨青云，驻防云梯镇的铁团长已经调离了，秦天旺的家人不知去向，杨青云可以回到云梯镇了。

当天晚上，他们父子留宿咸丰县白虎山下的刘家客栈。杨福来一夜未眠，听杨青云讲述他离开云梯镇后的各种不幸遭遇。

江猴子听说杨福来半路认识一个亲戚，就过来看看。他一眼认出洗漱干净的杨青云，大声叫道："鼓眼睛，还真是你啊。"他指指杨福来，"他是你什么人？"

"我儿子啊，杨福来！"杨青云得意地说。

江猴子一把撩开杨福来的裤腿，扒下草鞋，看了看右脚第二个脚趾根部的印记，然后跪在杨福来面前，失声喊道："少爷，我是哼老爷手下的江猴子啊。"

杨福来见天不怕地不怕的江猴子眼含热泪跪在自己面前，彻底蒙圈了："大捎带，你这是——"

杨青云向杨福来介绍江猴子："他就是你老汉儿手下的十八罗汉之一、云梯街大名鼎鼎的江猴子。"他扭头问江猴子，"当年哼老爷让你们十八罗汉跟随谭长官去宜昌打鬼子，你怎么又回来背盐了？"

江猴子起身坐到杨青云身边："云梯街的十八罗汉跟随谭长官打鬼子，没想到谭长官和十七个罗汉全部战死在宜昌。我从死人堆里爬出来，射出最后一颗子弹后，提着大钉杵冲出战壕，却被炮弹震昏了。我醒来后，战场上已经没有活人了。我无处可去，不得不回到云梯街。"他指着自己的鼻子嘁道，"我不是逃兵，我没有给哼老爷丢脸！杨福来，走，我们告诉哼老爷一声。”

江猴子说罢，拉着杨福来来到院坝里。

江猴子双膝跪地，冲云梯街方向抱拳拱手，大声说道：“哼老爷，我终于找到少爷了。如果你在天有灵，受我一拜！”

遥祭完毕，江猴子和杨福来返回屋内，与杨青云叙旧。

杨福来、杨青云把盐巴送到来凤县，安全返回云梯镇后，发现云梯镇果然如游击队的领头人说的一样，成立了新政府，正在打土豪、分田地。

杨福来历史清白，有文化，写一手好字，被云梯镇政府领导安排到农会工作。因为他工作积极、出色，很快又被调到镇政府当文书。

一天中午，镇政府领导告诉杨福来，因为他年轻、出身好，识字多，工作热情高，被镇政府推荐到重庆嘉陵江师范专科学校附设的工农速成中学读书。

镇政府领导说完，把录取通知书交给杨福来。

进入工农速成中学读书，意味着毕业后就会成为政府重点培养的人才。让杨福来感到自豪的是，他是新中国成立后，在云梯镇范围内第一个进入工农速成中学学习的学生。

杨福来渴望多年的事情，现在梦想成真，却感觉不真实。他掐疼自己的大腿，确认不是做梦后，从荷包里拿出秦小雨送给他的两颗长江石，轻轻地抚摸着。

他跑到江凤留下绣花鞋的黄葛树下，把双手拢在嘴边，冲着江面大声喊道：“妈妈，我被镇政府推荐到重庆嘉陵江师范专科学校附设的工农速成中学读书啦！”喊完三遍后，他从荷包里掏出录取通知书，冲着江面不停地挥舞。

他又要出远门了，不过不是走盐道赚生活费，而是通过读书奔赴美好的未来。

他在黄葛树下坐到半夜才起身回家。他在云梯街上慢慢行走，看一间间熟悉的店铺，看一级级的云梯街石阶……

当他走到秦家作坊门口时，看见秦小雨的房间透出灯光，断定秦小雨还没有睡下。

他静静地坐在秦家作坊对面的石阶上，痴痴地望着秦小雨的房间。

此时，他多么希望秦小雨能推开窗户，探出头来，向他挥挥手。

秦小雨房间的灯光熄灭了，整条街陷入黑暗中，杨福来也陷入失望的漩涡中。

他想等到清晨，秦小雨走出秦家作坊，然后问他离开秦家作坊后过得好不好；他让秦小雨看他的录取通知书。他相信，秦小雨知道他能上学读书后，一定和他一样高兴。

那天，杨福来一直坐到太阳升起，也没有见秦小雨出来，最后不得不悻悻地离去。

工农速成中学学制四年，杨福来如饥似渴地读了四年书，毕业考试各科成绩优异，获得保送大学深造的资格，但他最终选择回到云梯镇政府工作。

云梯镇政府，设在哼树园。现在，杨福来以工作人员的身份走进哼树园，心里感慨万千。

最让他感到高兴的是，就在他入职云梯镇政府的同时，杨小河也从外地调任县公安局副局长，负责铲除县内潜伏的国民党特务、聚集山林里的土匪。

杨小河入职三个月后，才来到云梯镇，寻找杨青云和杨福来。

分别多年的父子、兄弟团聚后，自然有说不完的话题，但是杨小河却对自己这些年的经历只字不提。

杨小河还再三叮嘱杨青云、杨福来，千万不能向外人说出他们的关系，以防国民党特务、土匪报复。

杨小河唯一告诉杨青云、杨福来的事情，就是他与县话剧团的演员马小英恋爱了。

马小英身材高挑，瓜子脸，一双凤眼顾盼生辉。她饰演《白毛女》剧中的“喜儿”角色，深受观众好评，多次代表县话剧团到省城汇报演出。

窈窕淑女，君子好逑。漂亮且能歌善舞的马小英自然成为县城年轻人追逐的对象，但马小英对那些年轻人毫无兴趣。

杨小河刚到任，县长就安排他护送马小英到省城演出。

他和马小英从县城出发，走一天山路到达长江边，再乘船、乘车才能到达省城。一路上，杨小河背着马小英的行李，鞍前马后、无微不至地照顾马小英。他壮实的身体、英俊的脸庞、虎虎生威的气势，让马小英对他产生好感。

马小英听说杨小河还是屡立战功的英雄，便对杨小河暗生情愫。

从省城回到县城，已经厌倦身边男人纠缠的马小英，便向杨小河表明爱意，杨小河对此自然求之不得。两个人迅速坠入爱河。

杨小河从云梯镇回到县城不久，便向县公安局党委提交结婚申请。得到县公安局党委批准后，他便与马小英结婚了。

婚后，杨小河完成剿匪、肃特任务后，调任云梯镇党委书记。

杨小河、杨福来兄弟俩同为国家干部，乐坏了杨青云。现在他身边不仅有两个当领导的儿子，还有漂亮的儿媳妇和小孙女。

为此，杨青云几乎拿出他的家底，宴请云梯街的老少爷们儿。

杨小河到任的第一项工作，就是解决云梯街村民的饮水问题。

云梯街虽然位于长江边，但将江水提到云梯街，要爬几百级石梯，非壮劳力不能为也。缺少壮劳力的家庭，吃水就是老大难的问题。

挖水井不行吗？肯定不行。

云梯街貌似建在一块巨大的青石上，山洪过后，滴水难留。村民要喝水，只能砌水塘，挖牛滚凼，吃“天落水”。长江就在云梯街下面，但是将江水提上来，何其艰难，云梯街村民只能望江兴叹。斗山脚下，有一股清泉涌出，四季不断，如能修一条引水渠，将泉水引到云梯街，云梯街人畜饮水难题就能解决了。

杨小河上任不久，便开始筹备建造十公里引水渠，但摆在他面前最大的难题是缺少资金。即便村民不计报酬，但工具、炸药、雷管等物资，起码需要五万元。这对于没有财税收入的云梯镇政府来说，无疑是天文数字。

云梯镇政府准备修建引水渠的消息不胫而走，受到云梯街村民热烈拥护、支持，有人向镇政府干部献计献策，有人到镇政府捐款。

杨小河见修建引水渠的计划深得民心，倡议干部踊跃捐款。他首先捐出一个月工资，其他干部也纷纷响应。

杨青云作为干部家属，为了起带头示范作用，把准备为杨福来娶媳妇的钱捐出一半。

杨福来确实到了娶妻生子的年龄，但他不着急。杨青云闲下来，就做杨福来的思想工作。

入夜后，云梯街偶尔传来行人的脚步声，随后是一阵阵狗叫声。

杨青云、杨福来面对面坐在堂屋火炉旁闲聊。

杨青云叹了一口气："你哥哥已经成家立业，他的事情我管不了。你老大不小的，趁我还能干得动，你必须考虑娶妻生子的事情。"

杨福来风轻云淡地说："我不急，你急什么！"

"你是不是还惦记秦小雨呢？"杨青云盯着杨福来问。随即他自责地把十指插进头发，低声说，"怪我老糊涂了。秦师傅是你的救命恩人，我们从来凤县回来，就应该上门拜访秦师傅。可是——我觉得当年你是被小雨娘轰出秦家的，一时意气用事，阻止你去秦家。唉，我呀，作孽啊！"

从来凤县回到云梯街，杨福来就想去看望秦小雨，却遭到杨青云严厉阻止。

杨青云告诫杨福来，好马不吃回头草，做人要有志气。既然秦家人把你赶出来，你就不应该回去；即便回去，也要在升官发财之后，否则会被云梯街村民瞧不起。

一是觉得杨青云所言有理，二是不想让杨青云生气，杨福来即便非常想念秦小雨，也没有踏入秦家作坊半步。

杨青云裹了一根叶子烟，装进竹烟咀里点燃，深吸两口，望着杨福来："如果你还惦记秦小雨，就应该主动些，毕竟你未娶、她未嫁。一家女，百家求嘛，何况你们还有那么深的感情。"

杨福来憨憨地笑了笑，没有说话。

杨青云问："你是不是不好意思？要不我先和秦师傅聊聊？婚事不成我们也不搭啥嘛。只要是好草，管他回不回头呢，吃到嘴填饱肚子才是实惠的嘛。"

杨福来望着门外，轻声说："我确实想去看看秦小雨。"

杨青云笑了："这才像老杨家人嘛。我现在想开了，有些事情就得豁出去，不然什么事情都干不成。"

5

腊月二十日，杨青云、杨福来敲响秦家作坊的房门。

秦小雨从房门里探出头，看到杨青云、杨福来，既尴尬又惊喜，转身喊道："老汉儿，有客人来了。"

秦师傅走到门口，看见杨福来、杨青云，稍微有些难以置信后，便大声说道："外面冷，别在外面站着，到屋里说话。"

杨青云、杨福来跟随秦师傅来到堂屋的火炉旁坐下。

秦小雨给杨青云、杨福来、秦师傅斟完茶后，没有回避，羞涩地坐在堂屋的角落里，双手不自然地捏着长辫子，不时地窥视杨福来。

杨福来也偷偷观看秦小雨。现在的秦小雨，已经褪去学生时期的青涩，宽大的衣服难掩身材的曼妙，刘海下的大眼睛清澈见底，高挺的鼻梁，嘴角卧着两个小酒窝，一笑一颦之间，还有几许忧郁。

杨青云询问秦师傅，新中国成立后，政府如何处置秦家作坊。

秦师傅说："新中国成立后，政府对我还是比较宽容的，不但没有把我的作坊充公，还允许我继续生产鞭炮。唉，马家铁匠铺可惨透了。"他知道杨福来肯定想知道马家铁匠铺的情况，主动介绍道，"解放军从马家铁匠铺搜出枪支弹药和大笔特务活动经费，还有潜伏特务名单，马铁匠因此被判反革命罪，家产被没收了。马家铁匠铺，现在改为镇供销社了。"

杨福来马上问道："马虎怎么样？"

"下放到月儿山劳动改造。"

杨青云扭头看看秦小雨："小雨成家了吗？"

秦师傅盯着杨福来："唉，这个死丫头太犟了，给她说媒的人不少，都被她骂跑了，也不知道她心里装着哪个臭小子呢。闺女大了不可留，留来留去留冤仇。"他对杨青云说，"大哥，你身边要是有合适的小伙子，可以给她介绍一下嘛。"

杨青云看了看杨福来："我身边确实有一个非常合适的小伙子，就怕你不满意啊。"

"闺女没意见，我就没意见。"秦师傅扭头看了看秦小雨。

三人又聊了一会儿，杨青云父子起身告辞。

路上，杨青云对杨福来说："秦家虽是富农，成分不算好，但也是本分人家。秦小雨长相不错，身板结实，应该是勤俭持家之人。她看你的眼神很特殊，应该对你有好感。秦师傅对你的印象也不错。你要是对秦家、对秦小雨没意见，我就托戴二胡给你说媒。"

杨福来羞涩地点点头，右手伸入口袋，轻轻抚摸两颗已经包浆的长江石。

杨福来寄身秦家作坊，闲暇时还跟戴二胡学过拉二胡。他和杨福来走过盐道，私交很好。

杨青云自言自语地说："按照云梯镇的习俗，请媒人必须送一块活儿。待媒人说成好事，谈婚论嫁时，还得准备一块活儿，然后才能娶亲。"

杨福来不解地问："活儿？什么活儿？"

"云梯镇有句老话——请媒一块活儿，娶亲两块活儿，谢媒猪脑壳。"杨青云解释道，"猪身上最肥的宝肋肉，叫'活儿'，也叫'活儿菜'。请媒人送一块活儿，以示态度诚恳，媒人才能用心撮合，亲事才做得活儿，礼物送少了，媒人不用心，有可能做不活儿。

"娶亲用的两块宝肋肉，上面必须留一段带皮的肉，绝对不切断。这叫'活肉'。寓意为，婚后夫妻皮肉相连，不离不弃。你的婚事，必须按云梯镇的习俗操办，不然云梯街的父老乡亲会笑话的。"

"现在猪肉这么紧张，到哪里弄那种宝肋肉？"杨福来问。

"越是难弄到，就越显得贵重。"杨青云说，"还有两份三色礼必须筹办，这叫'六六顺'。"

杨青云买到猪肉后，送到戴二胡家。他说明来意，戴二胡欣然答应去秦家作坊说媒。

依照杨福来家现在的条件，哥哥是镇党委书记，他也是镇政府干部，在云梯镇属于少见的干部家庭。而且，他一表人才，人品过硬，与秦小雨非常般配，秦师傅没有理由拒绝。

最关键的是，秦小雨对待戴二胡，不但没有恶语相向，还热情地招待。

既然秦小雨不反对这门亲事，秦师傅夫妇自然爽快答应。

杨青云、杨福来听完戴二胡的描述，兴奋不已，当晚便留下戴二胡喝了一顿大酒。

杨青云虽然喝了很多酒，第二天还是早早来到长江边，从渔夫那里买了两条十多斤重的红嘴鲤鱼，又到集市买了一袋大米、两只大公鸡。

中午，杨青云、马小英、杨福来带着两条红嘴鲤鱼、一袋大米、两只大公鸡，跟随戴二胡来到秦家作坊定亲。

云梯镇有一个不成文的规定，只要女孩子收下男孩子带来的两条鱼，就等于同意这门亲事，反之则不同意。

杨青云等四人刚进入秦家作坊房门，秦师傅夫妇便示意秦小雨接过杨福来手里的两条红嘴鲤鱼。脸色绯红的秦小雨，一把接过杨福来手里的两条红嘴鲤鱼，转身跑向厨房。

秦师傅夫妇让秦小雨接过杨福来手里的两条鱼，说明这门亲事成了。

杨青云从荷包里取出“三色礼”——两条烟、两瓶酒、两包水果糖，递给秦师傅。秦师傅乐呵呵地接过去。

在闲聊之余，杨青云想趁热打铁，把杨福来和秦小雨的婚期定下来。于是，他暗暗向戴二胡使眼色。

戴二胡看了看秦师傅和杨青云：“两个娃儿的年纪都不小了。周边与他们同龄的人，都抱上娃儿了。既然双方长辈都同意这门亲事，两个娃儿也没有意见，依我看，今天你们就把两个娃儿的婚期定下来吧。”

秦师傅看了看老板娘，老板娘冲他点点头。他思忖一会儿，缓声说道：“男大当婚，女大当嫁。他们都到了结婚的年龄，再拖下去也没啥意思。只要两个娃儿没意见，我们两口子没啥说的。”

杨青云想了想，说道：“秦师傅，春节后杨福来就要上班了，镇政府的很多工作都等着他处理。依我看，娃儿的婚事，宜早不宜迟。”他从荷包里掏出一沓钱递给秦师傅，“这是我的一点心意，给小雨买几身新衣服，你们别嫌少。”

秦师傅接过钱："我们马上就要成为亲家了，你还这么客套干吗？对于两个娃儿的婚礼，我有一个不成熟的建议，不知道当讲不当讲。"

"你都承认你们是亲家关系了，有话就讲吧。不管杨青云能不能办，我都替他答应了。"戴二胡大大咧咧地说。

秦师傅说："现在政府提倡简婚，我们也要积极响应。我觉得，娃儿的婚礼嘛，两家人在一起吃顿饭就行了。我这里有好多闲置房，娃儿婚后可以暂时住在我这里。"他说完起身看看皇历，"正月初二是吉日，让娃儿正月初二结婚如何？"

杨青云点点头："娃儿婚后暂时住在你这里，我没有意见。杨福来分了一间哼树园的偏房，装上楼板才能住人。我老了，只能慢慢地弄了。"

戴二胡向杨福来使眼色，让他去找秦小雨："福来，你去帮小雨杀鱼。那种活儿，不是女娃儿弄的。"

秦师傅冲杨福来努努嘴："去吧，大人唠嗑，你也插不上嘴。"

杨福来乐呵呵地来到天井里，和秦小雨一起杀鱼洗菜。

秦小雨瞥了杨福来一眼："小白千，自从你离开我家，怎么就把我忘了？"

杨福来说："其实我一直想来看望你，又担心你定亲了或者出嫁了。你信不信，很多个夜晚，我在你家门口坐到天亮，就是为了看你一眼。唉——"

秦小雨伸出手："拿东西证明你没有撒谎！"

"我拿什么东西证明？"杨福来愣了一下，顿时会意，从口袋里掏出两颗长江石，"这么多年，我一直把它们带在身边。想你的时候，我就抚摸它们。"

秦小雨接过一颗携带杨福来体温的长江石，放在手心里端详："小白千，你知道吗？这么多年，我拒绝那么多门亲事，其实是我一直在等你。你回到云梯街、读工农速成中学、到镇政府上班，我都一清二楚。有几次，我想去找你，我老汉儿说，你现在有出息了，将来肯定有好前程。你在我家时，我妈妈对你不好。最重要的是，我家成分不好，叫我不能高攀你。于是，我就暗下决心，即便我孤独终老，也非你不嫁！”

杨福来感动得掉下眼泪，一时间不知道说什么好。他望着手里的长江石，哽咽着哼唱：“黄老虎坐盘盘石，驾个木船天上划，长长牙齿九个头，专吃不睡觉的小屁娃。”

秦小雨也眼含热泪，跟随杨福来轻声哼唱。

他们唱着唱着，又相视而笑。

秦小雨止住笑声，捏着长江石问杨福来：“这两颗石头，你一直带在身边？”

“当然！每当我思念你的时候，就把它们拿出来，和它们说心里话。我带着它们，从云梯街走到来凤县，从来凤县回到云梯街，又从云梯街去省城，然后从省城到云梯街。”杨福来认真地说。

秦小雨嘟着小嘴说：“它们比我都幸福，我还没离开过云梯镇呢。”

杨福来说：“你放心，我们结婚后，我们一起带着它们去上海、去北京，去我们想去的地方！”

秦小雨脸颊泛起红晕，对自己的婚姻充满憧憬。

两家人在一起吃完午饭，杨福来和秦小雨来到街上，买几套新衣服后，在云梯街闲逛。他们在彭家买两个鸭儿巴，在刘家吃一碟烧腊，在王二嫂家喝两碗米豆腐，最后来到秦小雨给杨福来补课的独门嘴鬼头树下。

他们在鬼头树下回忆当初偷偷摸摸约会的场景，感慨万千。

他们来到长江边那棵黄葛树下……

云梯街背倚雄健如墙的斗山，西临开阔的回水沱。此时，一轮金色夕阳悬于长江之上、山峦顶部，渐大渐红，呈现出“长河落日圆”的精美画面。

云梯街瞬息之间被夕阳点燃，淹没在金色霞光中，呈现出“落日熔金”的壮观景象。

冬季的长江，不再像夏季那样汹涌，变得清澈、静谧、安详。

远处的两艘渔船，漂浮在铺满霞光的江面上。渔夫在船上，船在画中。

一切，都仿佛在祝福这对有情人……

正月初二中午，在杨家人簇拥下，杨福来和杨小河用青冈棒抬着“活儿”来到秦家作坊。

秦家人和杨家人围坐在一起，热热闹闹地喝喜酒。

在两家人的见证下、祝福声中，杨福来和秦小雨终于走到一起。

婚后，秦小雨得知，杨青云给她的彩礼，是向马小英借的。现在杨小河为了修建引水渠四处筹款，她便到银行取出那笔彩礼交给杨福来：“福来，作为干部家属，我们必须全力支持大哥的倡议。这笔钱，全部捐给镇政府吧。”

秦小雨如此明理义、识大体，让杨福来深受感动。他接过那笔钱：“大哥要做利国利民的大事，我们必须无条件支持。这笔钱，算我借你的。等我赚到大钱，加倍还给你。”

第十章

点石成金的金手指

1

周五，在云梯镇党委扩大会上，宣布杨福来由党政办调到企业办，负责筹办云梯街木船社。

杨小河在大会上讲得很清楚，新中国成立后，各地都是一穷二白，只能依靠自己谋发展。群众的幸福生活等不来、靠不来、要不来，要靠干部群众一起奋斗出来。

杨福来心里非常清楚，筹办云梯街木船社是在石墙上抠饼的苦差事，他担心自己做不好，影响杨小河的声誉。

会后，他来到杨小河的办公室，直截了当地说道："镇政府把我调到企业办，我没有意见。但要我筹办云梯街木船社，我一无经验，二无资源，万一我办不起来，岂不让人笑话嘛。"

杨小河瞥了杨福来一眼："你还没去办呢，怎么知道自己办不起来？"

杨福来一屁股坐在杨小河办公桌前的椅子上："要资金没资金，要技术没技术，要人才没人才，要码头没码头，甚至连一个像样的厂房都没有，我怎么干？谁愿意和我干？"

杨小河盯着杨福来说："筹办云梯街木船社，是镇政府必须办好的项目。这个项目不压给你，就得压给其他同志。他们都知道其中的困难非常大，抵触心理非常强。你是我兄弟，我只能选择你喽。"

"那——镇政府总得给我一间厂房吧？"

"黄老虎峡口的大沙坝、马尿溪的杨家码头，就是你的厂房，你想办法筹建。福来，想想杨家先辈为何在一无所有时就敢硬闯云梯街。你的爷爷、大伯、爸爸，用身体和生命在云梯街竖立三根系船柱。凿石成路、破石扎根、踏石留痕，他们做到了。现在，我们管理云梯镇，就要像杨家先辈那样，从无到有、从小到大，逐步恢复云梯镇的工商业。我们能打破旧世界，就能建设新世界。"杨小河起身走到窗前，望着远处的长江，沉默了一会儿，"云梯镇要融入长江经济带，必须打开水上通道，走出回水沱。这是一盘大棋，也是一盘活棋。我们都是开路先锋，披荆斩棘，责无旁贷。"

杨福来肯定要支持杨小河的工作，但是他现在两手空空，拿什么支持呢？

下班后，他没精打采地回到家里。

杨青云得知杨福来对筹办云梯街木船社没有信心，安慰道："如今的云梯镇，农民分到土地，解决了吃饭问题。但是，由于铁团长胡作非为、土匪破坏，导致云梯镇工商业萧条至极。我们在一块石板皮上求生存，不靠长江做买卖，根本活不下去。杨小河肯定想到这个问题了，才让你筹办云梯街木船社。"

杨福来满脸愁容："从江边到山顶，全是石头，根本找不到像样的大树。造船的木材从何而来呢？"

"办法是人想出来的嘛。你多听听云梯街那些'老瓦片'的意见。”

杨福来回秦家作坊吃午饭，征求秦师傅的意见。

秦师傅没有说话，把一双筷子递给杨福来：“折断它。”

杨福来稍微用力，就把那双筷子折断了。

秦师傅又递给杨福来十双筷子：“折断它们。”

杨福来双手用力折了几次，却没有折断。

秦师傅哈哈大笑：“这就是合作的力量。木船社是合作社。既然是合作，就把很多志同道合的人聚在一起，有钱的出钱，有力的出力，有技术的出技术。这样一来，你还能缺人缺钱缺技术吗？”

杨福来眼前一亮：“你是说——”

“号召云梯镇人入股合作社。”

杨福来放下饭碗，一口气跑到镇政府，向杨小河汇报他的想法。

杨小河与云梯镇党委、镇政府领导研究后，便以镇政府的名义，发布云梯街木船社招股公告。

招股公告刚贴出去，江猴子便带领秦运杰、谭大村、黄甲贵、熊仁清四个扯船子，找到杨福来。

江猴子大大咧咧地坐到杨福来对面：“福来，江叔过去在岸上当抬脚子、背脚子，没做过江上的扯船子。可是，我和那些扯船子很熟，现在把他们引荐给你，希望他们能助你一臂之力。”他说完，向杨福来逐一介绍秦运杰等人。

杨福来拜托秦运杰等人去发动群众。

不到一个月，杨福来便召集到云梯街木船社所需要的各种造船人才。

秦师傅把自家的一个房间腾出来，作为云梯街木船社的临时办公室兼会议室。

办公室布置好后，杨福来、江猴子、秦运杰、谭大村、黄甲贵、熊仁清召开云梯街木船社第一次会议，商谈造船的事。

江猴子很兴奋，声音洪亮："在长江边的云梯街不能造船，绝对是天大的笑话。靠山吃山，靠水吃水，我们却靠不了山、吃不了水。现在的回水沱码头，除了几根系船柱，啥都没有。我愿意出钱出力，建造云梯镇第一艘船。"

杨福来说："目前，长江上还没有云梯镇制造的大船，按照镇党委、镇政府领导的要求，我们要造一艘大柏木船，解决云梯镇水上运输的难题，进而拓展江上通道，把云梯镇融入长江经济带。"

秦运杰将烟袋放到桌上，摸了一下平头，打开话匣子："我是第一个报名入股云梯街木船社的。现在镇政府要求云梯街木船社造船，我举双手赞成。新中国成立前，我当扯船子，经历风险无数。闯江嘛，就是手抓石头嘴啃沙，再苦再累也要把船扯起来。江边石头上，有一道道磨痕，就是我们的纤绳磨出来的。扯船最怕遇到船打横。一旦船打横，就像犟牯牛，怎么都拉不动。这时候，扯船子就得赶快丢下肩上的扯扯儿，否则就会被扯进江里。扯船子其实就是扯命。我们这些扯船子，做梦都想拥有一艘属于自己的船。"

水木匠谭大村将一只脚放到木凳上，摸着光脚板，接过秦运杰的话茬儿："我和我老汉儿，都当过水木匠，为东家造船。我们造的船，都是排水量几十吨的大船。说到造船，有一次，我们造好一条船，老板以试水为借口，驾船逃跑了。我们十几个水木匠，有一半人的工钱没有结算，气得在大沙坝跺脚。现在，我要为自己造船了，我的手艺还在，肯定用得上。"

当过舵手的黄甲贵，满脸络腮胡子，天生视力出众。他接过谭大村的话茬儿："常言道，一代人做一代人的事。云梯镇的第一艘船，就该由我们这代人建造。以前，我一直是开船的舵手，带领四十个水手，我负责喊号子，一趟下来嗓子都喊哑了。云梯镇村民的祖祖辈辈都离不开船。长江是云梯镇村民的饭碗，船是碗里的米。杨小河书记就是看到了这一步，才让我们筹办云梯街木船社。既然镇政府支持，云梯镇村民需要，造船即便再难，我们也一定要造的。”

一脸大麻子的熊仁清随后说道：“长江在云梯镇回了一次头，打了一个结，生出回水沱，滩多浪高，凶险无比。常言说，软不过水，硬不过水，我也是掌舵开船的，知道水的厉害。干这种活儿，等于把脑袋别在裤腰带上。福来呀，我们开船人，一辈子只有一个念头，就是能开自己的船。所以，云梯街木船社造船，我必须出一分力。”

统一意见后，与会人员都放松了，开始摆龙门阵。

谭大村讲述他遇到的一件怪事。

长江对面驶来一艘柏木船，过了牯牛滩，准备靠岸时遇到漩涡，导致柏木船在江中不停地旋转。在岸边房间里做木工活儿的谭大村，听见水手震天的号子声，跑出去看到两排扯船子跺脚齐喊，累得浑身是汗，但柏木船不但没靠岸，还被鼓泡抛出来，冲向黄老虎峡口方向。

柏木船的舵手立即转舵，将柏木船驶向江心，躲过鼓泡后再返回。可是，柏木船即将靠岸时遇到鼓泡，又被抛出几十米。

岸上的扯船子、柏木船上的水手折腾一个上午，柏木船不但无法靠岸，最后还沉入江中。

说到这里，谭大村提高嗓门：“岸上那个禹王宫可不是随便修的。任何船只，只要进入回水沱，船头必须对准禹王宫，既不能偏左偏右，也不能太早太迟，否则都无法靠岸。舵手没有十年八年的历练，肯定是不行的。现在在牯牛滩，还能看见那艘柏木船的桅杆。我敢断言，驾驶柏木船的舵手，根本不了解回水沱的水性。”

杨福来听完谭大村的讲述，才意识到，新中国成立前的云梯镇，岸上的人拼命，江里的人拼命，却很难维持一家人的温饱。现在，云梯镇村民翻身做了主人。他作为闯街人的后代，有责任也有义务带领云梯镇村民过上幸福的生活。

想到这里，杨福来起身说道：“我们的祖辈历经千辛万苦，才建造出云梯镇和云梯街。现在的云梯街，虽然百业萧条，满目疮痍，但这也是诸位建功立业的大好时机。我们也要像祖辈那样，不畏艰险，再创云梯街的辉煌。”

众人一起起身鼓掌。

云梯街木船社造船的首要任务就是采集木料。

那年，云梯镇的夏天来得早，斗山吹来的风还是凉飕飕的时候，云梯镇村民就已经进入抢收抢种的“双抢”阶段。

在江猴子带领下，杨福来、秦运杰、谭大村、黄甲贵、熊仁清等十多名云梯街木船社的员工，带着斧头、锯子，从斗山开始寻找造船木料。

两天后，他们来到长江支流大龙河源头桥头坝，找到大柏树、大杉树和楠竹。他们预计，砍伐这些树，至少需要十天，便在附近的村民家里住下。

他们只用了七天，便采集到足够建造一艘大船的柏木、杉木、皂荚木和楠竹。

江猴子建议，把这些木料运到三多桥，待天降大雨时，大龙河形成“齐桶水”，就会把这些木料冲到大龙河与长江的交汇处。他们在那里把这些木料扎成木筏，顺着长江漂到云梯街。

他们把那些木料运到三多桥的第二天，就下了一场暴雨，三多桥边的木料被暴涨的河水全部冲走。杨福来安排两个年轻人沿河跟进，搜寻被卡住的木料，其他人赶到大龙河与长江交汇处打捞木料。

大龙河的“齐桶水”名不虚传，短时间内，来势凶猛，河水暴涨，再大再长的木料，只要卷进河里，便顺流而下，极少被卡住。

大龙河两岸山洪多，越到下游水势越大。可喜的是，那时大龙河上还没有桥梁、拦河坝之类的东西，以至于木料会一直往下游漂移。

大龙河靠近长江时，水势趋于平缓，利于捡拾、收拢木料。

杨福来一行人走了一天，到达大龙河与长江的交汇处，租了两条渔船，仅用一天就将一百多根木料捞上岸。

他们先挑选二十根粗大的木料摆成一排，用竹条扎牢捆实，作为木筏的底层；再挑选二十根相对细一些的木料，用竹条扎牢捆实，作为木筏的第二层……依次类推，足足码放五层，把一百多根木料做成一个大木筏。

这种木筏，底部大，顶部小，如船一样平稳。

他们在木筏后面绑上一根长长的舵木，用它控制木筏的行进方向；在木筏顶部中间用篾席搭建一间躲雨避暑的小屋，供看护木筏人休息。

最后，他们用短木料扎一个负责领航的小木筏。

能驾驭这种木筏漂行的人，绝非等闲之辈，一般都是出类拔萃的舵手，既熟悉长江的水况、沿江各处的暗礁险滩，还有驾驭木筏的经验。在木筏漂行过程中，掌舵人不能出现任何差错，否则木筏就会触礁散落江中，驾驭木筏的人也有生命危险。更麻烦的是，木筏的木头散落到江中，还会给过往船只制造麻烦。

这种工作，当然由老扯船子黄甲贵、熊仁清负责。

杨福来把供黄甲贵、熊仁清吃两天的食物送进木筏顶部的小屋，再三叮嘱他们后，才上岸目送他们驾驭大木筏漂进长江。

杨福来等人回到云梯街后，便守在大沙坝等待大木筏到来。

第二天下午 3 点，黄甲贵驾驭着像小型航空母舰的大木筏，出现在云梯街水域。

杨福来兴奋得又蹦又跳，吩咐众人准备迎接大木筏。

熊仁清见大木筏即将抵达目的地，用竹篙控制小木筏引领大木筏靠岸。

闻讯赶来的村民，挤满大沙坝。待大木筏靠岸后，他们与云梯街木船社的员工一起搬运木料。

2

在云梯镇，造船的人被称为“水木匠”。这缘于他们常年在江边建造水上载具和与之相关的产品。水木匠与修房子做家具的“旱木匠”相比，水木匠的做工要求不但精细，工艺流程还特别有讲究。旱木匠使用墨斗拉线，接骨斗榫，直来直去；水木匠做船底船舷，处处有各种弧度的要求。就连填缝的原材料，旱木匠使用木屑，水木匠则使用耐水耐腐蚀的竹瓤。

水木匠上岸能造船，下水能扯船，是标准的码头人。

深秋，长江水位回落，大沙坝全部裸露在外。

杨福来等人夏天采集的木料，经过几个月晾晒，现在已经完全干透。

大沙坝杨家码头地势开阔，便于堆放木料；只要在冬季造好船主体，明年春季长江水位上涨，也能在水里继续造船。基于这两个原因，杨福来把杨家码头作为云梯街木船社第一艘柏木船的建造基地。

杨福来拿定主意后，购买三份香烛袱纸鞭炮，带着秦小雨和儿子杨帆来到杨家码头三根系船柱前，分别祭拜埋在这里的三位长辈。

杨福来跪在埋葬杨哼的系船柱前，朗声说道：“老汉儿，你孤身闯街，破石扎根，创办川鄂湘盐业总公司。你的创业精神和商业意识，泽及后世，儿孙永记。如今，儿子要继承你的遗志，再次闯江。如你在天有灵，请保佑儿子一帆风顺，保佑云梯街百业兴旺，再创辉煌。”

杨福来祭拜完三位长辈后，择吉时动工。

虽然杨福来从小生活在长江边，却对造船技术一无所知。按照他的理解，造船之前，应该画一份图纸，把船体各部分使用的材料、尺寸标注清楚，然后按照图纸施工，既不浪费木料，也不会出现差错。

不料，以谭大村为首的水木匠，却说船就在他们心中，根本不需要图纸。

杨福来本着用人不疑、疑人不用的原则，选择相信谭大村等水木匠。

动工那天，云梯镇的村民云集大沙坝，围观各路水木匠施展造船技艺。

……

谭大村带领一群水木匠，在没有图纸的情况下，仅凭记忆制作出各种不同尺寸的零件。那些大小不一的零件堆成几堆，怎么看都与造船没有关系。

大到船帮，小到木楔，所有零件制作完毕后，谭大村等人才开始组装。

三天后，一艘载重七十吨、四十人划动的柏木船便出现在杨家码头的船坞里。

谭大村生于造船世家。他父亲造了一辈子船，临死也未能给自己造一艘船。如今谭大村是云梯街木船社股东，给云梯街木船社造船，就等于给自己造船，所以他干劲儿十足。自开工以来，他就一直守在船坞里，每个环节都要亲自把关。

杨福来几乎住在杨家码头，做些力所能及的工作。

他见船体已经组装好，马上需要使用石灰捻子填缝，便用筛子筛除石灰中的杂质。他刚筛几下，石灰面儿被风吹起，瞬间落满全身，还进入他的眼睛、鼻孔。

他赶紧跑到江边，用水反复冲洗。

谭大村走过来说："杨主任，筛石灰时，要背对风口，石灰面儿就不会进入眼睛里。"

"唉，江风乱吹，哪有准方向啊。"杨福来一边擦脸一边说。

在谭大村的指导下，杨福来很快就掌握了筛石灰的技巧。他把去除杂质的石灰面儿放进大石碓窝里，倒入桐油，然后不断地舂。

杨福来舂了一上午石灰，累得手臂酸麻。

谭大村检查杨福来舂过的石灰，摇摇头："不行，石灰还黏手呢，没有舂透。"他用笤帚将石板扫净，"将石灰倒在石板上，用木棒反复捶打。填缝的石灰捻子，不捶透绝对不能用。"

杨福来依照谭大村提供的办法，继续制作石灰捻子。

谭大村用柴刀刮竹瓤。

一天下来，杨福来终于做好石灰捻子，谭大村也刮了小山似的一堆竹瓤。

竹瓤填充船板之间的缝隙，然后用石灰捻子密封。这样制作的船体，不但结实耐用，而且防虫防腐。

第二天早上，杨福来起床后，看见谭大村指导三个徒弟填堵船体的缝隙，跑过去问道："谭师傅，我做什么活儿？"

谭大村也不客气，直接吩咐道："你嘛，抽竹麻吧。"

杨福来向左右看了看："抽竹麻？怎么抽？"

"你生一堆火，将竹子锯成一截一截的，然后放在火上烤。你去生火吧，我告诉你怎么烤。"

杨福来收集一堆废木料点燃，把竹子按要求的尺寸锯断。

谭大村过来给杨福来做示范。

谭大村用火钳夹住锯好的竹子，放在火上烤："竹子虽然很硬，但怕火烤。你把它烤到出油变软后，立即放在地上用锤子敲打，竹子上就会出现一根根竹麻。到那时候，你再把竹麻抽出来。"

杨福来按照谭大村提供的方法，忙活了一上午，制作出一堆竹麻。

他本以为谭大村会夸奖他几句，没想到谭大村却说他抽得太慢了，这点儿竹麻还不够用，下午安排一个徒弟协助他。

谭大村告诉杨福来，柏木船乃水上行驶之物，为了降低江水的阻力，船体外部必须光滑。每颗船钉，必须全部砸到船板里面，所有钉眼必须用石灰捻子填平；船板之间的缝隙，必须等距离钉入带钩的铁钉，然后用竹瓤一点一点地把缝隙塞严塞实，外面再用石灰捻子刮平。

船体制作完成后，用砂纸打磨多遍，直至平整光滑，再刷三遍桐油。

云梯街木船社第一艘柏木船漆装完毕，杨小河等镇党委、镇政府领导研究决定，给它取名“火箭Ⅰ号”。

汛期到来，江水上涨，正是柏木船下水试航的好时候。

杨小河从各村镇调来一百多个壮汉，协助云梯街木船社的水木匠和扯船子。

“火箭Ⅰ号”柏木船下水那天，黄甲贵拿着铁皮喇叭，站在船头，喊着抢滩号子。站在船底下的壮汉，用肩膀顶着船体，随着抢滩号子的节奏往前推。

停靠在大沙坝上的“火箭Ⅰ号”柏木船，随着抢滩号子声，一点一点地向长江里移动。

不到一个小时，“火箭Ⅰ号”柏木船就完全漂浮在长江上了。

黄甲贵和熊仁清将缆绳系在系船柱上，杨福来指挥云梯街木船社的其他员工往“火箭Ⅰ号”柏木船上搬运设备……

云梯街木船社建造的柏木船成功下水的喜讯传遍云梯镇，附近的男女老少都来围观。

杨小河和几位镇政府领导观看“火箭Ⅰ号”柏木船。在他们看来，停靠在杨家码头的“火箭Ⅰ号”柏木船，与它周围几条渔船相比，简直就是巨轮。

杨小河的兴奋之情溢于言表。他告诉身边的镇政府领导，云梯街木船社建造这艘柏木船，不但没有花镇政府财政一分钱，还会成为云梯镇融入长江经济带的切入点。

杨小河等镇党委、镇政府领导登上“火箭Ⅰ号”柏木船，参观完毕后，站在船头，遥望浩瀚的长江。

杨小河转身面对镇党委、镇政府领导和云梯街木船社全体船工，深情地说道："新中国成立后，当家做主的云梯镇人，一穷二白，依靠勤劳的双手和群众的智慧，建造出云梯镇史上最大的柏木船。在造船过程中，云梯街木船社上至领导，下至员工，不计个人得失，远赴百里之外采集木料，冒着生命危险把木料运回来；他们在一无样本、二无支援的情况下，如在岩石上抠饼一样，硬生生地造出这艘柏木船。云梯街木船社的干部员工艰苦创业、精益求精的精神，值得全镇干部群众学习。在这里，我代表镇党委、镇政府，向云梯街木船社的全体员工，表示真诚的慰问和热烈的祝贺。希望你们继续发扬云梯镇先辈们'凿石成路、破石扎根、踏石留痕'的伟大精神，奋力开启云梯镇新征程，完成时代赋予云梯镇的使命！"

在场所有人深受鼓舞，报以热烈的掌声。

"火箭Ⅰ号"柏木船下水后，熊仁清开始在杨家码头培训水手。

杨福来经过多方联系，最后获得云梯街木船社的第一笔业务——将一批桐油运往宜昌。

云梯街木船社的第一笔业务，进展得异常顺利，钱货两讫无误。月底，云梯街木船社员工领取了营业以来的第一笔工资。

从那以后，"火箭Ⅰ号"柏木船如它的名字一样，一飞冲天，声名鹊起。上游到重庆，下游到宜昌，长江两岸的人，经常会看它的身影。

负责联系业务的谭大村，每到一个码头，就用他口吐莲花的口才，到处招揽生意。盐巴、生铁、桐油、棉花、粮食、木料、砂石、煤炭，总之能装上"火箭Ⅰ号"柏木船的货物都能运。

云梯街木船社服务好、价格低，最重要的是，不论天气好坏，都能如期把货物运到目的地。因此，主动找谭大村洽谈业务的商行越来越多，以致"火箭Ⅰ号"离开云梯街后，就一直在长江上航行，直到年底才回到云梯街。

离家半年之久的云梯街木船社员工们的腰包，都是鼓鼓的。

谭大村和秦运杰穿着一身"华达呢"面料的中山装，戴着"上海”牌手表，下船后没有直接回家，而是沿着云梯街闲逛。

他们的穿着打扮，吸引了街上所有人的目光。卖鸭儿巴的彭老头、卖烧腊的刘家媳妇、卖米豆腐的王婆子，看到他们，不由自主地停止吆喝，直勾勾地盯着他们。

他们来到杨福来家。

秦小雨拿来一条木凳，请他们坐下。

他们穿着笔挺的“华达呢”中山装，担心被木凳硌出褶皱，或者粘染脏东西，便以不累为由，站着与杨小雨说话。

“大村哥，你这套中山装真漂亮，在哪里买的，花多少钱？”秦小雨第一次见到这样高档衣服，忍不住摸了摸谭大村的衣袖。

“在宜昌码头裁缝铺定做的。不贵，一套才两百元。”谭大村有些不自在地说。

杨小雨瞪大眼睛：“一套衣服两百元？天啊，这可是杨福来半年工资啊。你们能买这么贵的衣服，看来都赚到大钱了。”

这时，杨福来下班回家，进门后直瞪瞪地看着谭大村和秦运杰。

秦小雨酸溜溜地问杨福来：“你看什么看？你什么时候也给我置办一身？”

杨福来瞥了秦小雨一眼，没有言语。

秦小雨摔摔打打地走进厨房。

杨福来扯过凳子坐下，埋怨道：“你们穿这身衣服显摆啥？兜里有俩糟钱儿，夹不住了？”

谭大村挠挠头：“唉，以前我们穷，眼巴巴地羡慕那些地主老财穿绫罗绸缎。现在我们有钱了，还是自己赚的干净钱，为啥不能穿点儿好的？”

秦运杰见杨福来脸色难看，赶紧从挎包里拿出一瓶酒：“福来，这是我在宜昌费了好大劲儿才买到的大曲酒，今晚我们尝尝，如何？”

杨福来没有说话，狠狠地点指谭大村和秦运杰几下，起身进入厨房。

不大一会儿，秦小雨就把两热两凉四个菜摆上餐桌。秦运杰去厨房拿来四个酒杯，逐一倒满。

酒过三巡，谭大村酒劲儿上头，几下子脱下中山装，指着肩上的一层黑色老茧，哽咽着说：“福来，小雨，我们确实赚到一笔钱，但那笔钱都是我们拿命换来的！我知道自己生来命贱，但是现在我们不是当家做主人了嘛，怎么就不能吃点儿好的穿点儿好的？”

秦小雨打量满身伤疤的谭大村：“这些伤怎么弄的？”

谭大村说：“当扯船子的，受伤是难免的，关键是有地方死没地方埋！我们每次上船离岸，都做了以身喂鱼的打算。我连死都不怕，还怕别人说三道四？谁羡慕，谁上船嘛！”

杨福来赶紧岔开话题：“喝酒，喝酒，你俩少说丧气话，我们的好日子还在后面呢。下次，我陪你们上船。”

“好，有福来压阵，我们肯定顺风顺水万事顺！来，为了我们未来的好日子，干杯！”秦运杰端起酒杯大声说。

“火箭Ⅰ号”柏木船船体大、载重大，运费自然便宜。即便在春节期间，也有多家商行与云梯街木船社联系业务。

财神爷主动上门，杨福来自然不能往外推。云梯街木船社只在除夕放一天假，正月初一就准备运货了。

正月初一这单业务，是从云梯街往巫山县城码头运送河砂。

清晨，杨福来、谭大村、秦运杰带领搬运工往“火箭Ⅰ号”柏木船上装河砂。那时候没有机械设备，往船上装河砂，要靠搬运工一筐一筐地运到船上。云梯街木船社的干部员工整整搬运一天，才把“火箭Ⅰ号”柏木船装满。

正月初二清晨，满载河砂的“火箭Ⅰ号”柏木船拔锚离岸，向宜昌方向驶去。

没想到，“火箭Ⅰ号”柏木船驶出黄老虎峡口不久就搁浅了。

杨福来很着急，但是他知道，他在云梯街木船社是主任，在船上就是普通的水手，一切都要听从黄甲贵调度、指挥。

伴随黄甲贵一声怒吼，扯船子们纷纷跳下船。杨福来也想往下跳，被黄甲贵一把拉住，拽到桅杆下，让他掌控马口桡。

那些下船的扯船子，站在“火箭Ⅰ号”柏木船左右，用肩膀抵着船底，随着黄甲贵的号子声，一起用力，把“火箭Ⅰ号”柏木船推到深水区。

“火箭Ⅰ号”柏木船可以正常航行后，那些扯船子像猴子一样，快速爬到船上，纷纷脱光衣服，赤条条地载歌载舞。

“火箭Ⅰ号”柏木船顺利地行驶到傍晚，黄甲贵命令扯船子们停船靠岸。

杨福来往四周观看，这里竟然是荒郊野外。

抛锚后，黄甲贵在船头架起一个大铁桶做饭；谭大村招呼扯船子在河砂上搭建竹棚，在竹棚下面铺上草席。

坐在船头的杨福来感觉尿急，便站在船舷上，要向江里撒尿。

黄甲贵高声喝道：“不许在那里撒尿！”

这一声，如同晴天霹雳一般，吓得杨福来赶紧提起裤子。

黄甲贵快速走到杨福来面前：“杨主任，走船时，忌讳在船头拉屎拉尿。上船后有些话也不能说，至于原因嘛，我就不给你解释了。你到船尾去，那里有一个简易厕所。”

见黄甲贵一脸严肃，杨福来只好乖乖从命，走到船尾的简易厕所解决个人问题。

杨福来回到船头，黄甲贵已经把晚饭做好了。一人一碗帽耳坨、一盆咸菜、一盆米豆腐菜汤。

吃完晚饭，杨福来、黄甲贵、谭大村、秦运杰和熊仁清坐在船头闲聊。

黄甲贵说：“走船的人，一年四季漂在江上，除了划船就是睡觉。船就是家，家就是船，上无片瓦，下无床铺。”

谭大村接过话茬儿："在长江走船，居无定所，昼夜漂在江上，天黑就歇，天亮就走。运气不好，就停在荒郊野外；运气好，停在场镇码头，晚上还能下船打牙祭、喝点儿酒、看场电影。不过，大部分时间都像今天晚上，我们只能听长江浪打浪啰。"

秦运杰说："船上要是有女人就好了，可惜船上不养女工。妈的，女人也不愿上船。不过，船上有女人也麻烦，起码我们不能像现在这样赤身裸体。船上没有棉被，只有稻草，女人也无法睡。"

听到"稻草"二字，杨福来想到自己小时候依靠稻草御寒，便问谭大村："你都能买'华达呢'中山装了，为什么不买床被褥，怎么还睡稻草呢？"

谭大村说："我们不是买不起一床被褥，而是长江浪大，船上随时都会进水，被褥浸湿后，不但不能铺盖，反而增加分量。不置办被褥，就是为了节省空间，减去不必要的分量。多装一点儿货，就多一点儿利润。"

杨福来说："被褥确实占地方，但是你们可以多准备几套衣服嘛。"

黄甲贵摇摇头："船在江上走，时时危机四伏，处处险象环生。过浅滩、闯激流、顶恶浪、避暗礁，一不小心就要了命。我们这些扯船子，时刻准备跳进江里拉纤、扯船。比如在黄老虎峡口，我们的船搁浅，或者纤绳被石头卡住，总之不论什么时候，我们都得跳进江中推船扯船。干我们这一行，就是光着身子的命。"他说到这里，看看天空，对杨福来说道，"杨主任，天气不早了，你去睡觉吧。"

杨福来说："我今天没干什么活儿，你们睡觉吧，我留在这里。"

黄甲贵说："你留在这里没啥用，我们要盯着'强盗水'。"

杨福来不解地问："什么是'强盗水'？"

黄甲贵解释道："江水涨涨落落，不停地冲击船锚。如果没人盯着，一觉醒来，我们的船可能就漂到岸边了。运气不好的话，还会翻船的。杨主任，在岸上你是领导，我们听你的；在江上，你必须听我们的。”

杨福来觉得自己确实是外行，就不再坚持，回到竹棚和衣躺下。

第二天早上，杨福来从竹棚里钻出来，看见谭大村坐在船头观察水文状况，黄甲贵认真地准备早餐。

谭大村见杨福来醒了，便大声招呼扯船子：“起床了，抓紧时间吃饭，然后各就各位，拔锚起航，一口气冲到巫山县城码头！”

扯船子听到黄甲贵的喊声，如同听到军令，齐刷刷地起来吃饭。

下午2点，“火箭Ⅰ号”柏木船顺利抵达巫山县城码头。

杨福来下船时，看见谭大村、秦运杰和搬运工一样，抬着箩筐卸河砂，不解地问道：“你们好歹也是个头儿，怎么还做苦力？”

谭大村咧嘴笑道：“有钱花才是头儿。”

杨福来问道：“你们抬一筐能赚多少钱？”

秦运杰竖起一根手指：“一分。”

“一下午你们能抬多少筐？”

谭大村略微计算一下：“撑死五十筐。”

“一套‘华达呢’中山装两百块，你们抬多少筐才能买下那套衣服？”

“有一分就会有一块，积少成多嘛。” 谭大村挥手示意秦运杰，赶紧运河砂。

3

杨小河自上任后就非常忙碌，无暇顾及家事。马小英为了照顾两个孩子，主动离职。因此，只靠杨小河的工资维持一家人的生计，日子过得非常拮据。

有人向杨小河提议，在云梯街木船社给马小英谋个闲职，干不干活儿再说，先混一份工资补贴家用，被杨小河严词拒绝。

日子实在过不下去了，马小英在云梯街租了一个门面，在杨青云的帮衬下，做五金生意。

没有工作的秦小雨，见谭大村、秦运杰在云梯街木船社发了大财，就想让杨福来把她安排到云梯街木船社。

一天晚上，秦小雨见杨福来心情不错，就说道："云梯街木船社是你一手创办的，很多人在你手下干活儿，都发了财。现在家里这么困难，你想想办法，把我安排进去，哪怕做清洁工都行。你是一把手，别人也不会说什么。"

杨福来瞥了秦小雨一眼，没有说话。

秦小雨说："街坊邻居都说，三十年河东，三十年河西，现在的云梯街又是哼老爷的天下了。"

"现在是老百姓的天下！他们为什么这么说？"

"哥哥是云梯镇党委书记，弟弟是云梯街木船社主任。一个掌管岸上，一个掌管水上；一个有权，一个有钱。他们这么说，有什么不对？"秦小雨分辩道。

"胡说八道！"杨福来在鞋底上狠狠敲打烟袋锅。

秦小雨吓得不敢说话了。

过了半晌，杨福来又装了一袋烟，狠狠地嘬着烟嘴儿。

秦小雨小心翼翼地看了杨福来几眼，才缓声说道："我听说副镇长把他闺女安排到云梯街木船社工作了。你能不能跟大哥商量一下，把我也安排进去？不是我攀比，家里总共一亩三分地，一年拼命精心侍候，也没有十斗收成，还不够家里人吃三个月的。孩子一天比一天大，饭量一天比一天大，靠你一个人的工资，家里的日子根本没办法维持嘛。"她说完，委屈地抽噎起来。

杨福来长叹一口气："船上一人一桨，不养闲人。目前的云梯街木船社，一个萝卜一个坑，实在没理由再安排人。你放心吧，第二艘柏木船造好后，木船社的收入就会翻倍，肯定在岸上修建办公楼。那时候，你有文化，可以凭考试成绩，考取出纳岗位。"

“唉，第二艘柏木船，还不知道驴年马月造出来呢。”

杨福来摆摆手：“你不相信，就当我没说。”他起身走到门口，坐在屋檐下看雨。

成串的雨滴，依次落在石窝里，发出“滴答”的声音，在夜里显得格外清晰。

秦小雨所说的家里窘况是事实，家里确实还需要一份稳定的收入。但是，他作为杨小河的弟弟、云梯街木船社主任，绝对不能因为自己家有困难，就以权谋私。因为他和杨小河是共产党员，有责任有义务成为云梯镇村民的表率。

可是，出乎杨福来意料的是，他的这位哥哥，不但没有考虑他家的困难，还故意给他制造麻烦。

就在杨福来全身心筹划建造第二艘柏木船时，云梯镇政府却要把他调离云梯街木船社，要他再次白手起家创办锅铧社。

杨福来接到调离云梯街木船社的通知，就是一肚子气。

他如从石墙上抠饼一般，到处求爷爷告奶奶，好不容易建造了云梯街木船社的第一艘柏木船。现在云梯街木船社业务红火，月月都有丰厚的收入，日子一天比一天好过。他还没过几天舒服日子呢，咋就让他再次从石墙上抠饼一般创办锅铧社呢？镇党委、镇政府有那么多干部，他的这位哥哥为啥偏偏安排他做这份苦差事呢？

即便杨福来心里有一百个不愿意，还是默默地接受了云梯镇政府的安排。他觉得，自己作为共产党员，就应该到最艰苦、最困难的地方去。革命同志是块砖，哪里需要哪里搬，无论如何都不能讲条件。

杨福来没有任何怨言，坦然接受了云梯镇政府的安排，反而令杨小河感觉过意不去。

云梯镇党委、镇政府领导讨论锅铧社主任人选时，没有人提及杨福来。杨小河认为，云梯街木船社已经初具规模、步入正轨，一般干部都能胜任云梯街木船社主任的职务。创办锅铧社，又是从石墙上抠饼，难度非常大。杨福来在马家铁匠铺生活多年，熟悉炼铁、锻造流程，且具有白手起家创办云梯街木船社的经验，才是出任锅铧社主任的不二人选。

其他领导干部认为，镇党委、镇政府做这样安排，对杨福来太不公平了。杨小河却力排众议，再次把杨福来派到“苦寒之地”。

杨小河也担心杨福来不接受这种于情于理都说不过去的安排，便回家做杨福来的思想工作。

晚饭后，杨小河与杨福来坐在天井里的一条木凳上。

“目前，云梯镇最大的矛盾就是地少人多，仅靠种地无法解决老百姓吃饭的问题，必须发展工商业经济。但是，只有一家云梯街木船社是远远不够的，还要把云梯镇传统行业发扬光大。火车快不快，全凭车头带。没有优秀的带头人，白手起家创办企业，结果很可能所有投入打水漂。现在镇党委、镇政府其他干部的能力，守成有余，创业不足。我想来想去，还是觉得你最合适。当然，这么安排，对你肯定非常不公平，可是我真的没有更好的选择——”杨小河说到这里，扭头看了杨福来一眼。

杨福来爽快地说：“大哥，你想多了。我是在云梯镇吃百家饭长大的，带领云梯镇的父老乡亲过上好日子，是我义不容辞的义务。创办锅铧社再难，还能难过从云梯镇往来凤县背盐？你就告诉我做什么、怎么做就行了。”

“这个锅铧社，一定要成为云梯镇手工业的龙头企业，靠它带动云梯镇的经济腾飞。”杨小河语重心长地说。

杨福来点点头，没有说话。

杨小河又缓声说道：“自清朝乾隆年间，云梯镇便有水陆贸易，烟火繁盛，俨然一沼邑。可惜啊，历经多次战乱，好多工商业精英不是远走他乡，就是被害身亡，以致村民谈商色变。这里的土地，不但数量少，而且贫瘠，一方水土养活不了一方人。我们只有继承商贸祖业，才是唯一且正确的选择。商贸，自古就是云梯镇之本。商贸兴，云梯镇兴；商贸衰，云梯镇衰。你我作为杨家后人，必须把云梯镇商贸发扬光大。”

杨福来听罢，深受感动，转身握住杨小河的手：“大哥，你站得高，看得远。我保证，今后你指向哪里，我就打到哪里，绝不找借口推诿搪塞。现在，镇供销社搬家了，原马家铁匠铺闲置着，我们就把锅铧社设在那里，然后召集云梯镇所有铁匠入社，群策群力。我向你保证，不用一年，锅铧社的营业额，就能超过云梯街木船社。”

杨小河起身，重重地拍了一下杨福来的肩膀。

4

杨福来成功创办了云梯街木船社，很多扯船子跟着他发了财。当他再次创办锅铧社时，根本不用动员，周边凡是拥有制作铁器手艺的人纷纷前来，强烈要求入股锅铧社。

一周时间，杨福来带领一批铁匠，把马家铁匠铺清理出来，并购置了一批炼铁、铸造的器具。

半个月后，锅铧社就能生产菜刀、镰刀、锄头、柴刀、铁锅、铁勺等简单铁器。

每天早上8点开始，到傍晚6点，锅铧社“叮叮当当”的打铁声，就没有断过。

杨福来坐在锅铧社门口，望着砧板前大锤小锤交相落下，听着风箱传出均匀的“呼呼”声，慢慢地把记忆拉回二十年前。

马铁匠古铜色的脸、古怪的脾气，让他现在想起来还心有余悸；马虎的大龅牙、憨憨的笑容，身上盖的印花被；他稍有犯错，就被马铁匠拽到门口，遭受拳打脚踢后，眼巴巴地望着马家人吃饭……

杨福来苦笑一下，摇摇头。曾经不可一世的马铁匠，已经化为一抔黄土；曾经寄人篱下、看人脸色度日的自己，现在已经成为这里的主人。

中午，杨福来要下班时，门外出现一个人。那个人头发脏乱，脸色灰黑，穿着大窟窿连着小窟窿的衣服，露出灰黑色的胸脯和肚皮，赤着粘满污泥的脚，鬼鬼祟祟地往锅铧社里面看。

一个学徒把那个人当成叫花子，大声呵斥着往外轰赶。

那个人看到杨福来，怯声怯气地喊道："小白千——"

杨福来循声望向那个人。那个人咧开大嘴，露出大龅牙，冲着杨福来傻笑。

杨福来认出那个人——马虎。

"马虎哥，是你吗？"杨福来走到那个人面前。

"是我，是我！"马虎连声说。

杨福来一把拉住马虎的手："走，去我办公室，我们好好聊聊！"

马虎跟随杨福来来到办公室，惴惴不安地四下打量。

杨福来倒了一杯水放在桌上，让了三次座，马虎依旧不肯坐下。

杨福来意识到，马虎担心弄脏椅子才不敢就座。他强行把马虎按到椅子上："马虎哥，你也是这里的主人，怕啥子嘛。"

马虎坐下，几口就喝光杯子里的水。

杨福来又倒了两杯水，全被马虎喝光了。

待马虎平静下来，杨福来才问道："马虎哥，这些年——"

马虎羞涩地说："幺爸当铁团长的走狗，我受到牵连，政府把我送到月儿山接受劳动改造。我听说你创办木船社，建造大船。有一次我们下地干活儿经过杨家码头，我远远地看见你，本想过去与你打招呼，又怕连累你，所以就——"

"今天你是怎么过来的？"

"自从接受劳动改造，我的表现非常好，领导对我非常放心。现在我请假外出，领导还是能给我假的。我听说你创办锅铧社，就过来看看。"

杨福来说："既然你出来一次不容易，中午我请你吃饭，吃完饭我给你置办一套新衣服。”

“现在几点了？”马虎焦急地问。

杨福来看看表：“12 点半，正好吃午饭。”

“时间怎么过得这么快？不行了，我必须走了。”马虎慌张地站起来，来不及告别，急匆匆地走出去。

杨福来追到门口，目送马虎的背影消失在大街拐角处，才悻悻地回家吃饭。

第二天，杨福来找到派出所公安特派员，说明马虎的真实身份、证明马虎与马铁匠的恶行毫无关系，并为马虎担保。

在杨福来的帮助下，马虎顺利进入锅铧社工作。

身怀打铁绝技的马虎，很快就升任师傅，成为杨福来的左膀右臂。马虎见锅铧社的风箱、火炉不够用，严重影响了产量，就劝杨福来购置十台风箱，增设十座火炉。

杨福来采纳了马虎的建议，增添十台风箱，建造十座火炉，锅铧社铁器产量一下子翻了五倍。

锅铧社营业半年后，不但收回成本，还有盈余。

半年前，还是叫花子打扮的马虎，每个月有了稳定收入后，不但穿着得体，还在锅铧社附近租了两间平房。

一天下班后，马虎神秘兮兮地请杨福来去他家喝酒。

杨福来来到马虎家，马虎神秘兮兮地端出一盘水果糖：“兄弟，来，沾沾我的喜气。”

“喜气？什么喜气？”杨福来不解地问。

马虎低声说：“我和独门嘴朱长英结婚了。”说完，他冲厨房喊道，“媳妇，兄弟来了！”

胖胖的朱长英领着两个小孩走到客厅，扯着大嗓门，对马虎说道：“我和杨主任早就认识，不用你介绍。”

杨福来确实认识朱长英。朱长英很早就嫁到独门嘴杨家，生下两个孩子后，老公患肺结核病身亡。独门嘴的村民说她命硬，克死老公。有些村民宁可打光棍也不敢娶她，她便和两个孩子相依为命。

“命硬、克夫”这些迷信说法，杨福来自然是不相信的。朱长英是过日子的一把好手，家里家外的活儿都能干。不论出于什么原因，她能和马虎在一起搭帮过日子，对他俩、对两个孩子，只有好处，没有坏处。

“哎呀，你们结婚，怎么不言语一声呢？”杨福来从口袋里掏出五块钱递给朱长英，“嫂子，别怪我，我真不知道你们结婚了。这五块钱，你收下，置办点儿生活用品吧。”

朱长英说：“兄弟，要不是你跑前跑后，把马虎安排到锅铧社当师傅，每个月有稳定的收入，我们肯定走不到一起。要说感谢，也应该是我们感谢你。你的心意，我们心领了。这笔钱我们说什么都不能收。”

马虎立即接过话茬儿：“兄弟，我和你嫂子都是苦命人，走到一起搭帮过日子，就把那些不必要的形式省略了。我叫你来我家喝酒，只是想让你和我们一起高兴一下而已。叫你来喝酒，还收你钱，我成什么人了？”

杨福来对马虎说：“马虎哥，虽然你姓马，我姓杨，但是我们从小在一起挨过打、受过罚，我们的感情还是和其他发小不一样的。以后有嫂子照顾你了，我也放心了。这五块钱，只是我的一点儿心意，你们不收，我心里过意不去。说实话，我虽然是锅铧社主任，在制作铁器方面却是门外汉，以后很多事情还得仰仗你呢。”

马虎见杨福来执意要给他钱，只好让朱长英收下。

吃饭时，马虎提醒杨福来，云梯街木船社准备建造“火箭Ⅱ号”柏木船。这艘船比“火箭Ⅰ号”柏木船大得多，必然需要大量大件、重件铁器，以及海量船钉。但是，以锅铧社目前的锻造能力及产能，就算所有职工一天二十四小时不休息，也无法满足造船的需要。最致命的是，锅铧社没有制造造船所用大件、重件铁器的机器。

杨福来认为马虎所言不虚。云梯街木船社建造“火箭Ⅰ号”柏木船所用的大件、重件铁器，以及海量的船钉，都是在宜昌铁器厂高价购买的。即便他与现任云梯街木船社主任谭大村关系不错，谭大村也不会把这笔业务交给产能有限的锅铧社。

杨福来问马虎：“我们要想理直气壮地拿到云梯街木船社的业务，需要置办什么机器？”

马虎说：“生产优质大件、重件铁器，空气锤必然不能少。离这里最近的空气锤生产厂家在重庆，我可以陪你去看看。”

“舍不出孩子套不住狼，过几天我们就去重庆！”杨福来端起酒杯，一饮而尽。

杨福来还没有动身去重庆，谭大村就找上门来。

“杨主任，你忙啥呢？”谭大村走进杨福来的办公室，自己倒了一杯水，坐到杨福来办公桌前。

杨福来瞥了谭大村一眼：“我还能忙啥，瞎忙呗。大村，‘火箭Ⅱ号’柏木船进行到哪一步了，你咋有闲工夫关心我呢？”

“你留下的底子好，啥事都不用我操心，‘火箭Ⅱ号’柏木船按部就班地建造呢。我今天路过这里，就进来看看你。你创办锅铧社只有半年多吧，没想到你就能把它扩展到这么大的规模。”谭大村冲杨福来竖起大拇指，“能人就是能人！”

“我算哪门子能人啊。现在镇政府不是大搞农田基本建设嘛，各村都需要大量农具，锅铧社不过是赶上好时候而已。不过，我觉得云梯镇村民的铁器需求量还是有限的，我必须把业务拓展到鄂西山区。云梯街木船社的‘火箭Ⅰ号’柏木船经常往那里运货，就麻烦船上的伙计们多多宣传一下锅铧社的铁器。一旦我们获得那里的订单，你们就有货运了。我们两好合一好，皆大欢喜。”

谭大村连连点头：“确实是好主意，我回去就布置下去。”他说到这里，顿了一下，转而说道，“云梯街木船社制造‘火箭Ⅰ号’柏木船时使用的锚链铁钉，都是在宜昌定做的，不但单品价格高，还要承担运输成本。那东西没有什么技术含量，你的锅铧社能不能接这单活儿呢？你们多赚点儿，我们也能省点儿。”

杨福来听到谭大村这么说，心中暗喜，脸上却呈现为难表情：“目前锅铧社的生产设备，熔铸锅铧、制作锄头镰刀等小型铁器还凑合，造船需要的铁器都是大件、重件，靠手工根本无法实现。”

谭大村大大咧咧地说：“你放心，我肯定把制造‘火箭Ⅱ号’柏木船的大件、重件铁器放在你这里做。你该置办什么就置办什么，缺少资金的话，可以先从我们那里拆借，就当作我们预付的定金。”

杨福来就等着谭大村这句话：“兄弟就是兄弟，关键时刻真给力啊。来，我以茶代酒，祝我们合作愉快！”他端起茶杯站起来。

谭大村也端着茶杯站起来，重重地与杨福来碰杯。

云梯街的汉子，说出的话，比写在纸上的合同还有效。

5

杨福来在重庆购买自重两吨多的空气锤后，用“火箭Ⅰ号”柏木船运到云梯街，卸到大沙坝。

虽然大沙坝距离位于半山腰的锅铧社不远，但是如何运过去，杨福来却犯愁了。

锅铧社在云梯街左面，从大沙坝到锅铧社，必须经过狭窄的撒尿巷子，又大又重的空气锤根本无法通过。

杨福来实在没办法，只好向杨小河求助。

杨小河听完杨福来的讲述后，把黄老虎峡口大队书记约到大沙坝，三人一起研究把空气锤运到锅铧社的办法。

黄老虎峡口大队书记思虑再三，最后对杨福来说：“看样子，只能采取最原始的搬运办法了。你与云梯街木船社谭大村协调一下，借一些结实的绳子、圆木和木杠。我召集黄老虎峡口大队的青壮年，把这个铁疙瘩抬到锅铧社。”

杨小河、杨福来点头同意，三人便分头行动。

中午，三十多个青壮年来到大沙坝，在杨福来的指挥下，绑的绑，插的插，粗杠套大杠，大杠缠小杠，用传统搬运重物的办法，力争把每个人的承受力分解到最小。

捆绑完毕，三十多个青壮年扎好马步，把小杠放在肩上。

“火箭Ⅰ号”柏木船的舵手黄甲贵，发挥他的特长，拿着铁皮喇叭，喊起抢滩号子。

随着黄甲贵喊出“吆哦吆哦吆哦，幺幺儿吔，起”，三十多个青壮年一起发力，两吨多重的空气锤缓缓离开地面。他们伴随“吆哦儿啰——嘿咗”“吆哦儿啰——嘿咗”的抢滩号子节奏，迈着整齐的步伐缓缓前进。

杨福来在空气锤前后观察，生怕压伤人或者磕坏空气锤。

上斜坡的时候，一条绳子突然断开，空气锤左侧蹭到斜坡上。

杨福来用预备好的绳子替换断开的绳子，并捆扎结实。

伴随黄甲贵的“吆哦儿啰——嘿咗”吆喝声，空气锤再次离开地面，缓慢向前移动。

云梯镇的村民，听说三十多个青壮年抬“新媳妇”，纷纷放下手里的活儿，赶到大沙坝，有的站在田边地角远远地观望，有的千方百计地挤到空气锤前，跟着黄甲贵喊抢滩号子，有的以自己能换一下肩、抬一程为骄傲。没能抬上杠的，就扶着空气锤和杠子，搭一把力，过一把瘾。

一时间，锅铧社附近人山人海，抢滩号子声此起彼伏。众人齐心合力，将空气锤抬进锅铧社。

云梯镇的村民没见过这样的庞然大物，特别好奇，就索性把空气锤称为“重工业”。待空气锤安装完毕，试运行的几天里，云梯镇的村民竟然像赶场似的，一拨接一拨地前来观看。

杨福来站在空气锤前，也被空气锤的恢宏气势震撼了。空气锤撞击铁块发出的巨大响声，惊天动地，好像要将云梯镇的大石山震破；停止捶打的空气锤，仍如狮子咆哮，发出“吭嗤吭嗤”的声音。

马虎见村民对空气锤感兴趣，心里的高兴劲儿就别提了。他夹着烧得通红的铁块，放在空气锤下不停地翻动，一会儿工夫，便制作出一根笔直的铁棒。以前手工制作这种铁棒，起码需要一天时间。

锅铧社添置空气锤后，犹如猛虎添翼，生产规模迅速扩大。一时间，背生铁的，背煤炭的，背锅铧的，背铁钉锚链的，纷纷聚集锅铧社。

云梯镇的村民，有了锅铧社助力，在荒山荒坡上凿石成路，交通比以前便利多了。

云梯街木船社主任谭大村来到锅铧社提货。

他走进杨福来的办公室，眉开眼笑地夸奖道：“杨主任走一地红一地呀。你不愧是开创云梯镇盐业帝国哼老爷的后人，再次创造了云梯镇上的工业奇迹，哈哈！”

杨福来微微一笑：“锅铧社添置空气锤，还是你的主意呢。”

谭大村大笑道：“哈哈，我可没有你把云梯街轻工业变为重工业的气魄。”

杨福来递给谭大村一杯水：“成立锅铧社，是镇党委、镇政府领导的英明决策，我只不过是执行镇党委、镇政府领导的英明决策而已。我哥哥说，商贸是振兴云梯镇之本，现在看来，他所言不虚。有了木船社、锅铧社，古老的云梯镇商贸集散地也就慢慢复苏了。”

“找对路子，一盘死棋就活了。我们木船社的未来设想，就是建造三个码头、一艘铁皮趸船。”

杨福来站起来，动情地说：“我们赶上了一个好社会、好时代。等云梯镇有了三个码头，有了趸船，就能彻底结束石栓码头的历史，打开新局面。我想，云梯镇的码头不能局限于停靠柏木船，我们还要为迎接长江巨轮做准备。”

第十一章

生不逢时的理想和爱情

1

云梯镇公社革委会为了响应上级“抓革命，促生产”的号召，召回下放月儿山接受劳动改造的杨福来、谭大村，恢复锅铧社、云梯街木船社的生产和运营。

遗憾的是，杨福来恢复公职前几天，杨青云抱憾去世了。

恢复公职的谭大村，心情大好，托人从重庆购买一部“一二〇”型照相机，业余时间在云梯街给人照相。

一个周日，杨福来经过谭大村的照相摊位，上前问道：“谭大村，你一个扯船子，咋还摆弄这种洋玩意儿了，就不怕江癞子给你扣上‘走资派’的帽子？”

“我义务为云梯街村民照相，我这种行为应该属于‘以民为本’吧？我自己赔上胶卷钱，你见过这么傻的‘走资派’吗？”谭大村一本正经地反问。

杨福来打趣道:“以前跑船运河砂时,你可是连一分钱都赚的,现在咋还做起赔本的买卖了?你跟我说实话,你到底想干什么?”

谭大村把嘴巴贴在杨福来的耳郭上:“现在到处‘破四旧’,老祖宗留下的好玩意儿,说拆就拆,说砸就砸,太可惜了。我拦不住那些人,但我想给后人留个念想。云梯街的云海,黄老虎峡口的盘盘石,坡坡场的石梯子,层层叠叠的木房子,每一块瓦,每一棵树,每一座桥,我必须让后人知道它们原来是什么样子。”

杨福来点点头,从口袋里掏出十块钱:“我代表后人,支持你多拍一些照片。对了,以后我家人找你照相,你不许收钱啊。”他说完,重重地拍了拍谭大村的肩膀。

第二天早上,杨福来在门口洗脸时,看见谭大村穿着黑短裤、白背心,脚踏草鞋,汗流浃背地走过来,远远地与他打招呼:“杨主任,这么早就起床了?”

杨福来说:“我被劳动改造好了,睡不了资本主义的懒觉。”他一边擦脸一边打量谭大村,“你是不是去江边了?”

谭大村坐到石梯上,把草鞋脱下,抖净里面的沙子:“你是真不知道,还是假不知道啊?”

“我现在‘戴枷办公’呢,谁敢跟我多说一句话?”

“我昨晚接到通知,云梯镇公社革委会要举办横渡长江活动,要我到现场拍照。”

“都让谁参加?”

“想参加的都能参加,不限身份,不限成分。”

“这不是瞎胡闹嘛!”杨福来知道云梯镇公社革委会的领导组织这次活动的原因,但他更多的是担心。7月是长江涨水季节,江上激流、漩涡、鼓泡、回水无处不在。即便水性再好的人,也难免会溺水。云梯镇公社除了两艘破旧的柏木船,再无其他救生设施。

他想去大队部提醒江癞子,又担心江癞子给他扣上反革命的帽子。

就在杨福来犹豫去不去大队部的时候，江癞子却主动找上门。

江癞子一脸严肃地通知杨福来："杨福来，经云梯镇公社革委会研究决定，你和你儿子杨帆作为横渡长江活动的选手，于 7 月 16 日中午 12 点，准时到大沙坝参加比赛。"

"杨帆年纪小，水性不好，为什么让他参加？"杨福来质问。

"这是革命需要，任何人以任何借口拒绝参赛，就是反革命！"江癞子冷冷地说完，转身离去。

杨帆听到江癞子的声音，从屋里走出来。他望着江癞子远去的背影，问杨福来："老汉儿，他来干啥？"

"他——他通知我们参加横渡长江比赛。你年纪小，在家装病吧。这种比赛，简直是拿群众的生命开玩笑。长江，不是谁想横渡就能横渡的，天气、水文、选手能力、保障措施等，一个都不能少，我们可是要啥没啥。"

杨帆说："老汉儿，你好不容易从月儿山回来，不能再让江癞子找到借口把你送回去。我水性好，你就放心吧。"

其实，杨帆也知道，江癞子推荐他们爷俩儿参加横渡长江比赛，就是阳谋。无论他们参不参加，江癞子都能达到他不可告人的目的。

千算万算的江癞子没有想到，云梯镇公社革委会主任却命他以选手的名义参赛。理由是，领导要起到示范作用，后续报道会更加精彩。

得知江癞子也参加比赛，杨福来就没有理由让杨帆装病退赛了。

7 月 16 日上午 11 点，杨福来和杨帆穿着黑短裤、白背心，来到大沙坝。

大沙坝红旗招展，锣鼓喧天，看热闹的村民都坐在洞洞河边的礁石上，等待比赛开始。

中午 12 点，杨福来、杨帆、江癞子等十名选手打着赤脚，站到江边。

发令枪响，十名选手跃入江中，向对岸游去。

杨帆紧紧跟随杨福来。

江癞子不抢先、不发力，一直在救生船边慢慢游动。

“杨帆，快点儿游，马上顶二流水了，冲过去，不然会被拉进黄老虎峡口。”杨福来提醒杨帆。

杨帆奋力向前游，但他毕竟是小孩子，体力明显不足。他冲过中流后，划水动作便变得迟缓了。

杨福来见状，冲救生船的人喊道：“杨帆体力不支，赶紧把他拉到船上去。”

江癞子冲救生船的人吼道：“不到万不得已，你们不能下水，否则就是败坏云梯街革委会声誉的反革命行为！”

救生船上的人，见江癞子抛出这么大的黑帽子，便不敢下水搭救杨帆。

杨福来见救生船上的人不搭救杨帆，便对杨帆说：“杨帆，不要图快，合理分配体力，能游到对岸就是英雄。”

杨帆听从杨福来的建议，换了一种泳姿，降低划水频率，跟随杨福来向前游。他们冲过中流水，慢慢地向对岸二流水游去。

杨福来告诉杨帆，只要游过最危险的二流水，便能成功上岸。

突然，一个巨大的浪头扑过来。杨福来提醒杨帆下沉后，自己立即沉入水中，躲避浪头的冲击力。

杨福来再次浮出水面，不见杨帆，高声喊道：“杨帆，杨帆，你在哪里？”他望向救生船，发现江癞子已经爬上救生船。

江癞子站在船头，见杨帆沉到水下不见了，脸上露出诡异的笑容。

突然，一个大浪扑过来，柏木船陡然倾斜，注意力不集中的江癞子一头栽进江中。

平时养尊处优、只会指挥别人干重活儿的江癞子，体力不支才上船的，现在突然栽到江中，心慌意乱，越是拼命地扑腾，身体沉得越快。

救生船上的人，纷纷跳到江中营救江癞子，怎奈无论他们如何努力，也找不到江癞子。

就在杨福来四处寻找杨帆时，骑在一根木头上的杨帆忽然从水下浮上来。

杨福来见到杨帆，奋力游过去，抓住杨帆胯下的木头，手脚并用，向对岸游去。

杨福来和杨帆上岸后，杨帆体力透支，脸色苍白，不停地呕吐。

杨福来和杨帆同时获得比赛第一名，组委会奖励他们两个馒头，其他到岸选手获得一个馒头。

杨帆仿佛忘记自己在江中遭遇的危险，一边兴奋地啃着馒头，一边笑着对杨福来说："老汉儿，我能横渡长江了。我是不是云梯镇横渡长江年龄最小的人？"

杨福来瞪了杨帆一眼，没有说话。

因为江癞子溺水身亡，这次比赛草草收场，报纸也没有报道。

不可一世的江癞子消失了，云梯街木船社、锅铧社的生意却越来越好了。

2

1969 年 7 月，刘惠芹、杨帆、熊怀诚高中毕业后，回到云梯镇，按照约定来到大沙坝。

天气无比燥热，汗珠挂满刘惠芹的双颊。她掏出手绢擦了擦汗，捋了捋刘海。

她走到杨帆和熊怀诚面前，见他们把穿着凉鞋的脚放在水中，便把胶鞋脱下，把脚伸进水里，扭头看了一眼辽阔的回水沱。

"明天我就去云梯街木船社报到，当水手。"杨帆说。

“水手不就是扯船子嘛，你怎么不去你老汉儿的锅铧社混个一官半职？”熊怀诚问道。

“他不去锅铧社，是不想让别人说他走后门。”刘惠芹说。

“是谭大村主动来找我的，我老汉儿却让谭大村安排我做水手，做船上最累最苦、赚钱最少的活儿。唉，我真不知道我老汉儿怎么想的。”杨帆抱怨道。

“知足吧，你当水手也好过我在家种地。唉，在生产队，人高马大的我，竟然算‘半拉子’，和别人干同样的活儿，却挣别人一半的工分。”熊怀诚抱怨道。

“杨帆，听说云梯街木船社要把柏木船改造成机动船了。你要是驾驶机动船在长江上航行，多潇洒多威风。”刘惠芹满脸羡慕的表情，“唉，我要去月儿山，接受贫下中农再教育，估计要种一辈子地了！”

“你要去月儿山？我家就在月儿山啊，你住我家里吧，免得月儿山人欺负你。”熊怀诚突然兴奋地说。

刘惠芹说：“我要服从月儿山大队革委会主任的安排，到时候再说吧。”

祖祖辈辈住在月儿山的熊怀诚，不但家境不好，下面还有三个弟弟，生产队分的粮食，还不够他们一家人吃到第二年4月。在青黄不接的时候，他们一家人经常饿肚子。他的学习成绩非常好，尤其语文成绩，一直是年级第一名，作文多次刊登在校报上。高中毕业时，学校要保送他上大学，怎奈家里需要劳动力赚工分，他不得不回家务农。

“熊怀诚，你学习成绩那么好，应该上大学，将来当干部。你回家务农，这么多年的努力可就白费了。”刘惠芹劝导熊怀诚。

“父母无能，一家人连吃顿饱饭都是一种奢望。我是我家老大，必须承担养家糊口的责任。不过，我不认命，更不想像父母那样当一辈子没有出息的农民，连孩子都养不起。我准备一边务农一边写作，我相信我一定能成为伟大的作家。”熊怀诚轻轻地说。

“加油，你可以的！”杨帆拍了拍熊怀诚的肩膀。

刘惠芹说：“我们三个人，从小学到高中都是同班同学。在学校读书时，我们互相帮助，共同进步，现在进入社会，也不能忘记同学的情谊。以后无论我们走到哪里，过得好不好，都要相互关照。我提议，每五年我们就聚会一次，如何？”

杨帆立即举起右手：“我同意。”

那天，三个人聊了很久、很多，天黑时才依依不舍地道别。

一年后，刘惠芹和熊怀诚分别收到杨帆寄来的信和五元人民币。

已经成为民办教师的刘惠芹，立即去邮局取出钱，捏着五张一元面额的钞票，心里美滋滋的。

她回到家里，立即给杨帆写信。

杨帆同学：

你好！来信和钱已收到，谢谢！

我有一个好消息告诉你。我到月儿山大队不久，革委会主任见我有文化，就安排我到月儿山小学做代课老师，现在已经转为民办教师了。当老师一直是我的梦想，现在我也算梦想成真了。虽然民办教师待遇低，但总比下地干农活儿轻松一些，赚的工分却和干农活儿一样。总之，我以后不用让父母养活了。

我和熊怀诚见过面，我劝他到小学任教，他却说，家有半斗粮，不当娃娃王。现在他白天干农活儿，晚上坚持写小说，希望他的大作早日问世。

我用你寄来的五元钱，给全班二十五名学生购买了一个学期使用的作业本、每人一支铅笔、一支圆珠笔。剩下的五角钱，我给自己买了一双胶鞋。在此，我谨代表月儿山小学一年级三班全体同学，向你表示真诚的谢意。

跟你说句实话吧，现在月儿山村民很穷，很多家庭的孩子不得不早早辍学，帮助父母干农活儿。还有一些愿意供孩子读书的父母，因为交不起一角钱的学费、买不起书本，也不得不让孩子辍学。我想帮助那些渴望读书的孩子，可惜我无能为力。希望你在经济条件允许的情况下，多多帮助月儿山的孩子。

最后，请你不要忘记我们的五年之约！

此致

革命的敬礼

刘惠芹

1970年7月5日

没过多久，刘惠芹又收到杨帆的来信。

刘惠芹同学：

你好！你的来信已经收到，得知你如愿当上教师，我在此向你表示真心的祝贺！希望你用自己的才华和爱心，早日实现桃李满天下的愿望。

我所在的云梯街木船社，现有“火箭Ⅰ号”“火箭Ⅱ号”两艘柏木船，载重都是七十吨，在长江上赫赫有名。我的梦想是，有一天能驾驶云梯镇的大船，扬帆远航。为了实现这个梦想，我已经在河运夜校报名。等我获得中专文凭后，再学习驾船技术。相信我，三年内我会成为优秀的船长。

现在，我的工作非常轻松。因为云梯街木船社对原有的柏木船进行技改，装上大马力柴油机。技改后的柏木船，动力大，航程远，运载力更强，且不再需要那么多的扯船子。

我入职后，已经去过重庆和宜昌。现在我才知道，长江上还有那么多峡谷，如铜锣峡、黄草峡、石鼓峡、巴阳峡、关刀峡。过了这些峡谷，才能进入传说中的三峡。石鼓峡就在云梯镇黄老虎峡口下面三四公里处。经过这些峡谷都不算惊险，我们最怕过三峡。每次过三峡，我都像做一场噩梦。不过，我们的船长很有经验，每次都是有惊无险。

过了三峡，江面开阔了，危险系数就小多了。云梯街木船社的船，一般过了三峡，就极少返回，在宜昌以下各地搞运输。我们主任说，几年后，赚到钱，就把这两艘旧柏木船卖掉，建造新船。

写到此处，夜已深了。我在长江上的经历，几天几夜都说不完，就此停笔吧。你说的五年之约，我牢记于心，希望我们都能如约而至。

此致

革命的敬礼

杨帆

1970 年 7 月 25 日

3

已经确定恋爱关系的刘惠芹和杨帆，并没有携手共赴和熊怀诚的五年之约。

他们高中毕业五周年的前一个月，刘惠芹收到杨帆的来信。那封信，没有注明寄信地址。自那以后，刘惠芹便与杨帆失去联系。

那封信，刘惠芹至今依旧熟记于心。

惠芹：

你好！恕我这么久没有给你写信。我没给你写信的原因有二：一是我心情烦乱，不知道说什么；二是我的境遇不太好，不想让你牵挂。

我们在8月5日从宜昌出发，12日到达江阴港，30日返航，9月12日又回到宜昌，总之几乎一直漂在长江上。我趁柏木船在巴东码头装水泥的工夫，给你写这封信，估计马上又要出发了。

这批水泥，应该是运抵江阴港，然后到安庆市装河砂运到上海。掐指算来，我们已经在长江上生活一年多了，很想家，也很想你。

不知道为啥，我的命运竟然如此多舛。如果让我回到五年前，我绝对不会选择进入云梯街木船社，绝不！我离家一年了，真不知道家里近况如何。

昨天，一场大雨淋湿了两吨水泥，船长认为是我工作不负责所致，大会小会不停地批评我。其实，水泥运到船上时，已经下雨。如果我不接货，损失会更大，于是我就接货了。不料货主倒打一耙，让我们包赔损失。船长不但不去与货主理论，还要从我工资里扣抵赔偿货主的水泥款。如果我不服，就开除我。

惠芹，我真的很冤枉，却得不到任何人理解和支持。现在我就是一只羔羊，任人宰割。

现在我已经泪流满面，几乎无法执笔了，就写到这里吧。为了保证你不受我的厄运牵连，我们分手吧。请你接到这封信后，烧毁我写给你的所有信件，不要给那些坏人留下任何把柄。如果你遇到合适的人，就把我彻底忘记吧。

对不起，惠芹，余生的我，只能在远方为你祈福！

此致

革命的敬礼

杨帆 泣书

1974年9月25日

刘惠芹接到这封信之前，已经知道杨福来再次被下放到月儿山，却不知道此事还能殃及杨帆。

她意识到这件事的严重性，听从杨帆的叮嘱，烧毁了杨帆写给她的所有信件。

自那以后，杨帆也如那些烧毁的信件一样，从她的生活中消失了。刘惠芹在失恋痛苦中挣扎时，又目睹了熊怀诚杀妻的过程。

熊怀诚回到月儿山后，生产队队长瞧不起他这个书呆子，不但不照顾身材瘦弱的他，还故意给他安排重活儿、脏活儿，比如到各家搜集粪便，清理牛马圈。

对此，熊怀诚不但无法反抗，还遭到村民的冷嘲热讽。

每天，熊怀诚都早早地上工，下工后拖着疲惫的身躯回到家里，沉浸在他与文字的对话中。

在父母看来，熊怀诚写小说，既换不来工分，也赚不到钱，最主要的是，还浪费灯油钱、稿纸钱。

父母为了让熊怀诚变成正常的农民，就托媒人给他介绍媳妇。

熊怀诚不想与毫无感情的人结婚，但是父母以不让他写小说相要挟，最后他不得不与一个叫向世梅的女人结婚。

向世梅没读过书，说话粗俗，为人霸道，特别能骂人。一件事不如意，她就能骂一天一夜。

为了能写小说，熊怀诚处处忍受着向世梅的无理要求。

在向世梅看来，农村人就应该多赚工分，多分粮食，然后盖新房子，日子过得比街坊邻居都要好。熊怀诚整日痴迷写小说，就是不务正业。

熊怀诚结婚一年后，儿子出生，家里生活压力陡增。由于熊怀诚家里劳动力少，赚的工分少，分到的粮食自然就少。几乎过了春节，家里就断粮了。

向世梅回娘家借粮，遭到哥嫂冷嘲热讽。回家后，她就把气撒到熊怀诚身上，最后肯定会落到换不来一分钱的小说上。

对于家里的生活窘况、向世梅的无理取闹，熊怀诚选择忍耐。他知道，要想改变别人对他的态度，他只能先改变自己。他相信，一旦他的小说问世，一切都会发生翻天覆地的反转。

他一次次把誊写清楚的书稿寄给出版社、杂志社，收到的都是毫无温度的退稿信。

有一次，他在寄给出版社的书稿上做了多处标记。书稿被退回后，那些标记依旧完整地存在。

编辑在退稿信中说，“农村人最好不要轻易写小说”。

熊怀诚意识到，出版社的编辑不愿意审读他的书稿，只是因为那是农村人写的书稿。

每次寄送书稿，都要花一笔邮费。尽管不多，但在向世梅看来，却是纯粹的败家行为。她一怒之下，趁熊怀诚下地干活儿时，烧毁了家里所有书稿，然后跑到刘惠芹家倾倒苦水。

向世梅愤愤地埋怨道："他整天写那些破玩意儿，不但换不来一分钱，还浪费钱，这种日子没法过了。"

刘惠芹劝道："熊怀诚具有非常高的文学天赋，我相信他肯定能成为伟大的作家。一旦他的书稿付印，你家的一切状况都会改变的。他调到作协工作，就彻底翻身了。他现在最需要你的理解和支持。"

"他就是苦瓜星，终生遭罪的命。他要是能调到作协工作，我就能从月儿山爬到云梯街。惠芹，绵羊生不出牛犊子，农村人就要有农村人的样子！"

"成为作家，是需要耐心等待的。你再给他三年时间行不行？"

"三年？我跟他三天都过不了了。今天我把他写的那些烂东西全部烧掉了。"

"啊？那可是他多年的心血啊，你烧掉它，不是要他的命吗？"

刘惠芹的话音未落，只听"哐"的一声响，熊怀诚踹开房门，提着菜刀闯进来，两步蹿到向世梅面前，抓住向世梅的头发，抡起菜刀不停地砍。

刘惠芹上前阻拦，却被熊怀诚推到门外。

刘惠芹赶紧跑到月儿山大队部报告。

月儿山大队革委会主任带领七八个民兵来到刘惠芹家，看见熊怀诚傻呆呆地坐在血泊中，大口地吸烟。

向世梅浑身被鲜血浸透，没有一点人的模样。

民兵把熊怀诚捆绑后，押往月儿山大队部。

惊魂未定的刘惠芹，在几个女民兵的帮助下，花了半天时间，才清理干净屋里的血迹。

夜里，不敢住在家里的刘惠芹，坐在学校的办公室内，反复阅读熊怀诚写给她的信。

……

时光不会让我忘记黑暗的日子。在那些日子里，我茫然无措，如同携风雨而来的燕雀，欲攀登陡峭的云梯街。每个清晨，我都在床上写下赞美生活的文字，可是寒冬里再难见到蹁跹的蝴蝶。我在夜深人静时方能头脑清醒，无法克制地咀嚼，直到尝出人间的苦涩。我多想在万物沉寂的时节，唤醒沉睡的种子，装饰豁然开朗的春天，拯救此刻步履维艰的自己。书中能静坐，何必入山涧。如果这个世界上还有一种取暖方式，只能是书写灵魂深处的文字了。

……

读着熊怀诚的信，刘惠芹想到自己两位多年的至好同学。刚毕业时，他们也曾意气风发，挥斥方遒；如今，一位不知去向，一位成为杀人犯，自己还在月儿山遥望渺茫的前方。

云梯街的高中生，是“老瓦片”心目中的人中龙凤，老天却对他们的命运做如此安排，她自己都觉得可笑、可怜。

4

1985 年 2 月。

已经成为云梯街农业中学校长的刘惠芹，默不作声地站在关帝庙前，望着威武庄严的关帝塑像，久久不愿离去。

云梯街农业中学后勤部主任岳良民走过来，指着破烂不堪的墙壁说：“刘校长，你看看，关帝庙的马头墙都裂开了，已经成为危房，根本不能在这里办学。我们学校急需安全的教室，我向镇政府多次呈送修葺教室的报告，镇财政所所长总是说没钱。”

刘惠芹意味深长地说：“清朝年间的房子，地主家的桌子，新中国的孩子，就是云梯街农业中学的现状。”

岳主任苦笑着摇摇头：“现在的镇政府干部根本不重视教育，什么钱都有，就是没有办学的钱。”

“别这么说嘛，镇政府有镇政府的难处。”刘惠芹转身走出关帝庙，看见一个似曾相识的人站在庙门口。

那个人直瞪瞪地望着刘惠芹几秒钟，然后走到刘惠芹面前：“你是不是——刘惠芹？”

刘惠芹认出面前的人，就是曾经令她朝思暮想、牵肠挂肚的杨帆。她失声问道：“我是刘惠芹。你是——杨帆？这么多年——你去哪里了？”她指着杨帆身边的男孩，“他——是你儿子？”

杨帆不停地点头：“刘——校长，我今天来，想——”

刘惠芹确认那个男孩是杨帆的儿子后，杨帆也改称刘惠芹为“刘校长”。刘惠芹意识到，他们之间的一切都要重新开始了。

刘惠芹指着杨帆的儿子问：“他叫什么？”

“杨回，回家的回！”杨帆着重强调那个“回”字。

“能回家就好——就好！这里不是说话的地方，去我办公室吧。”刘惠芹不等杨帆答应，径直走向办公室。

杨帆父子跟随刘惠芹来到办公室。

杨帆四下打量简陋的办公室：“我回到云梯街，就听说你已经升任校长了。老同学，你的梦想成真了。”

“你看看我们的学校，就是座破庙，教资不足，办学经费紧张。我这个校长啊，到各个衙门磕头作揖，要钱不要脸。”刘惠芹摆摆手，“不说我的糟心事了，说说你吧。这么多年，你跑到哪里去了？怎么连一封信都懒得写了？”

杨帆望着窗外，眼圈泛红：“那年，船上的水泥被雨水淋湿，船长扣我一年工资。我在船上熬了一年后，船长却把我开除了。幸好我那时通过了大副资格考试，便在江阴市给人开顶推船。我不是不想联系你，而是不敢联系你，怕你受到我家连累，影响你的前途。后来经人介绍，我做了上门女婿，生下儿子杨回。”

“既然这样，你怎么还回来了？”

“我老汉儿、大伯被平反了，我再也不用顶着‘黑五类’的帽子。改革开放后，现任镇长请我回到云梯镇重整云梯街木船社。云梯街木船社是我老汉儿创办的，曾经辉煌一时，只因那时候的公社领导任人唯亲，所托非人，才把好端端的云梯街木船社搞倒闭了。我想，我有责任有义务让云梯街木船社起死回生，让它再现过去的辉煌。”

“镇长给你什么条件？”刘惠芹看看自己简陋的办公室，“重振云梯街木船社的难度，不会比你老汉儿当年创办云梯街木船社的难度小。”

杨帆苦笑一下：“你说得对，我也是石墙上抠饼、白手起家。镇政府领导提出，现在的木船社，改成航运公司，自主经营、自收自支。目前，航运公司只有几艘破旧的拖驳船，我准备联系一些运煤的业务，先保证能给职工正常开工资。其他问题嘛，到时候再说吧。”

刘惠芹叹口气：“唉，看来我们面临同样的难题——缺钱。你还记得你寄给我的五块钱吗？我用五块钱，给学生买了好多东西。那个学期，学生快乐，我也开心。有钱真好啊，无钱真难啊。我现在满脑子只想一件事——到哪里搞到一笔钱，帮助学校渡过眼下的难关。”

杨帆摊开双手：“我个人没有钱，航运公司也没有钱，我这次真的无法支持你。唉，我觉得现在还不如我们高中毕业那时候，那时候我们起码还有激情。有时候，我都抱怨我们的祖宗，全国那么多好地方，为什么偏偏住在回水沱上？”

“如果抱怨有用，国家还需要我们做什么？杨帆，你在我心目中，永远是扬帆远航的舵手。你不会忘记了你家三代人闯街、两代人闯江的英勇事迹，不会忘记了你家‘凿石成路、破石扎根、踏石留痕’的祖训吧？”

杨帆微微一笑：“如果我真的忘记了，我现在肯定在江阴市等待继承我老丈人的遗产呢。我今天来找你，还有一件重要的事情。”

他起身把杨回推到刘惠芹面前，“他开学升初三，你看着安排吧。”

“杨帆，你有没有搞错？我这里是农业中学，属于职业学校。你应该把他送到一中，将来考大学。”

“把他交给你，你肯定会让他成才成人的。”杨帆意味深长地说，“刘校长，不，惠芹，我准备建造几艘客船、货船，以后一定非常忙，我只能把他交给你了。至于学校的困难，我们一起想办法。”

三天后，杨帆再次找到刘惠芹，提出解决云梯街农业中学资金短缺的办法。他的航运公司，可以给学校师生提供赚钱的机会，现在他们就可以到码头背煤炭。

刘惠芹召开全校师生大会，提出自筹修建校舍资金的设想后，得到全校师生支持。

刘惠芹撩脚扎裤，和师生们一起到码头背煤炭。那一年，她进校门是老师、校长，出校门就是搬运工。经过她和全校师生共同努力，终于赚到了修建校舍的钱。

有了新教室，云梯街农业中学师生干劲更大了，随后创建了养猪场、砖厂。

获得劳动技能的学生，赚钱速度更快了。

三年后，云梯街农业中学不但拥有了教学楼、办公楼，还创建了一条漂亮的“园丁街”，成为全省“广厦工程”先行示范单位。

5

杨家后人就是杨家后人，三年间，杨帆建造了五艘客船。已经破产倒闭的云梯街木船社，在他的苦心经营下，现在成为该地区规模最大的航运公司。

云梯街航运公司已经更名为“太昇长江轮船公司”。

今天，太昇长江轮船公司举行“太昇五号”客轮首航仪式，邀请行署专员、云梯镇镇长、云梯街农业中学校长刘惠芹前来剪彩。

接到杨帆的邀请电话，刘惠芹感到莫名其妙。她刚想拒绝，杨帆笑着说："刘校长，我有你无法拒绝的理由。这次行署专员参加我公司的剪彩活动，这对你来说，应该是一个好机会。我只能帮到这里了，剩下的事情，你自己看着办吧。"

刘惠芹顿时会意，打趣道："商人就是商人，谁都敢算计！好，我准时到达会场。"

她提前来到大沙坝。这里人山人海，高音喇叭里传出流行歌曲《军港之夜》，白漆涂装、形如四层楼的"太昇五号"客轮，顶部挂满横幅和彩旗。

剪彩仪式开始，先是主持人致辞、镇长致辞，接着是行署专员讲话，然后是杨帆介绍"太昇五号"客轮的规模及用途。最后，伴随鞭炮声，一排领导站在一起，每人用金色剪刀剪断象征吉祥与繁荣的彩带。

剪彩仪式结束、吃午饭前这段时间，杨帆把刘惠芹和行署专员安排到一起。刘惠芹主动向行署专员介绍自己和自己的学校。

没想到，行署专员竟然了解云梯街农业中学的发展历程，并提出，学校的名字已经不合时宜，建议改为"县第一职业高中"，同时申报市级重点高级职业高中。以后条件成熟，还可以申报国家级重点高级职业中学。

这些事情，都是刘惠芹想向行署专员提出的，没想到行署专员主动提出来，令刘惠芹既惊讶又感动，于是她邀请行署专员到她的学校参观考察，行署专员也爽快答应。

送走行署专员，刘惠芹来到杨帆办公室，感谢杨帆如此用心的安排。

待刘惠芹落座后，杨帆径直问道："这次你给我们公司剪彩的意外收获，应该不小吧？"

刘惠芹盯着杨帆："你怎么知道？"

“我都帮你铺垫好了，能不知道吗？”

其实，刘惠芹已经想到了这一层，没有杨帆做行署专员的思想工作，行署专员不可能如此了解寂寂无名的云梯街农业中学。

刘惠芹没有说感激之类的话，因为他们之间，谁帮谁都是令自己开心的事情。她白了杨帆一眼：“以你铁算盘的习惯作风，这次搞这么大阵仗，一定另有所图吧？”

杨帆哈哈大笑：“你那么了解老同学，真的不太好。我坦白，这次行署专员给我们公司带来资金和项目，支持我们公司再建造两艘游轮，带动以云梯镇为中心的长江旅游事业发展。”

刘惠芹冲杨帆竖起大拇指，然后问道：“老同学，当年你接手已经破产倒闭的云梯街木船社，仅仅几年之间，你靠什么让云梯街木船社起死回生，发展到现在这种规模？”

“靠我祖上的智慧，发动群众办大事。我画好大饼，吸引银行、兄弟船厂、干部职工集资，建造了五艘客船。闯过第一道难关后，其他事情就简单多了。现在客运是甲方市场，群众日常出行是刚性需求，很多公司抢着入股呢。”

精明的刘惠芹自然不会放过这么好的机会：“老同学，不，杨总，我觉得我们学校也可以与你们公司合作。现在你缺的不是钱，而是人才，我们学校恰恰能给你们公司定向培养人才。”

杨帆盯着刘惠芹：“你是说校企合作？”

“对，我校可以针对你们公司急需的人才，设置如财会、机械维修、企业管理、船员培养等相关专业。你们公司解决学生的就业难题，我们解决你们公司招不到合适人才的难题。最关键的是，你们公司的领导和师傅可以到我们学校任教，我们学校的学生可以到你们公司实习，彼此都不需要投资，且相互促进。你意下如何？”

杨帆哈哈大笑：“老同学，让你当孩子王，确实屈才了。以你的头脑，完全可以到我们公司担任副总。”

刘惠芹摆摆手："老同学，不擅长溜须拍马的你，还是就此打住吧。你给句痛快话，能不能搞？"

杨帆拍了一下桌子："必须搞啊。你回去草拟一个翔实的意向书，交到我们公司党委会讨论，通过后马上实施。"

第十二章

古镇复活的原始密码

1

刘惠芹讲完杨家三代人的往事，仿佛卸下压在心头的巨石，顿感内心轻松很多。

她补充道："接下来的事情，你们都知道了。太昇长江轮船公司在杨帆的悉心经营下，最后拥有十六艘客船、两艘游轮，成为川东南地区规模最大的船运公司。那十八艘船，就像当年杨哼手下的十八罗汉，把云梯街推到历史的新高度，实现云梯街商贸事业复兴。"

她见众人陷入沉思中，思忖几秒钟后，突然问道："你们知不知道，杨家三代人，靠什么到达了他们各自的人生高度？"

众人望着刘惠芹，希望她能给出答案。

刘惠芹说："杨家三代人，之所以都能白手起家、从无到有、从弱到强，就是因为他们都依靠'借用能借用的力量'理念，依靠‘凿石成路、破石扎根、踏石留痕’的狠劲儿，不畏惧任何阻碍和困难，最后实现了自己的理想。”

杨家三代人创造精彩人生的原因，被刘惠芹用一句话概括了，赢得了众人给予的热烈掌声。

刘惠芹看看众人，缓声说道：“即便云梯街遇到发展瓶颈，但目前的情况，还是好过杨家三代人创业初期的情况，所以，你们没有任何理由抱怨、胆怯，更没有理由放弃。我相信你们一定有办法让云梯街走出低谷，成为实现中华民族伟大复兴的一分力量。”

在场所有人，又陷入沉思中。

身染重病的背盐汉子表演队队长杨脚板率先表态：“我是云梯街杨家后代，肯定不会给杨家先辈丢脸。我在此向在座各位保证，只要云梯街还需要我，我就为云梯街的发展发光发热！”

2

准备大干一场的杨脚板，收到一条好消息——在大年三十到正月十五日，县文旅集团举办“首届云梯街迎春提灯会”，“背盐汉子表演”被列为特别保留节目。

县文旅集团董事长为此专门给杨脚板打来电话，要他做好背盐汉子表演队的排练工作，确保“背盐汉子表演”成为“首届云梯街迎春提灯会”的加分项。

杨脚板觉得，这样的大型活动，正是兑现自己在“古镇夜话”活动中向众人做出的承诺的好机会。

杨脚板给熊翘壳打电话，通知熊翘壳做好准备。

不料，熊翘壳听到这个消息，却非常不耐烦。他告诉杨脚板，昨天晚上，他已经答应帮一个亲戚砌堡坎，没有时间参加背盐汉子表演队排练。

杨脚板吼道："熊翘壳，我在'古镇夜话'活动中，已经向那些人夸海口，这次你要是不支持我，别说以后我不认识你！"

"好，好，我去参加排练还不行吗？"熊翘壳说完，又嘟哝道，"你都肝癌晚期了，还要什么面子嘛！"

杨脚板嘿嘿一笑："为了振兴云梯街，我丢了命都值得。你在家等我，我去接你。"

杨脚板挂断电话，驾驶电动三轮车来到熊翘壳家，接上熊翘壳，直奔下盐店子。

路上，熊翘壳看到路边新建的公交站台，问杨脚板："听说云梯镇有公交车了，真的假的？"

"这么大的风景区，没有公交车，说出来鬼都不信，早就应该有公交车了！"杨脚板愤愤地说，"杨回说我们这里不但有公交车，还要有观光巴士、水翼飞船呢。"

熊翘壳撇撇嘴："有什么都不如有人气。现在云梯街的硬件条件好了，没有游客，赚不到钱，不是鬼扯嘛。长江沿线到处建旅游景区，游客只有那么多，这块蛋糕怎么分？云梯街凭什么是例外？啥4A景区，能赚钱的地方才能叫景区；不能赚钱甚至赔钱的地方，只能叫憋屈。"

"刘老师不是说过嘛，我们都没有任何理由抱怨、胆怯，更没有理由放弃。我们这些云梯街的'老瓦片'，绝对不能成为云梯街衰败的看客，否则既对不起我们的祖辈，更对不起我们的后代。"

他们聊着聊着，就来到下盐店子。

杨脚板见杨回、谭铁牛已经到场，便向杨回询问首届云梯街迎春提灯会的事。

杨回把在场所有人请到他的办公室。

待众人坐好后，杨回直截了当地说："我向各位传达县文旅集团对云梯街景区未来工作的部署情况。县文旅集团领导一致认为，未来游客对景区的要求，只能越来越高；对景区的环境卫生、生态指标、法治状态等要求，只能越来越严苛。景区只有在住宿、餐饮、娱乐、购物等方面做到最好，让游客获得宾至如归的体验感，云梯镇才能成为长江沿岸的旅游重镇。”

接下来，杨回介绍了县文旅集团制定的云梯街景区“两同步、两结合”策略——基础设施与业态构建同步，国家投资与民间资本结合。

杨脚板听不懂杨回的大道理，捋着山羊胡子大声说道：“杨经理，你别说那么多大道理，你直截了当地告诉我们干什么、怎么干。”

杨回说：“我举例说明吧。背盐汉子表演是云梯街景区最具特色、最受游客欢迎的节目。这个节目，不仅传承云梯镇历史文化，还宣扬云梯镇人不畏艰险勇于登攀的精神，妥妥的正能量。但是，我们必须要看到，时代在变，游客的需求也在变。因此，背盐汉子表演项目必须精益求精，在服装、道具方面，必须加入年轻游客喜欢的元素。”

这次杨脚板听明白了，迫不及待地说：“刚才，杨经理给予背盐汉子表演队精准评价，也是对我们工作的肯定、支持和鼓励。说实话，组建这支表演队，谭书记耗费了很多心血，每位队员也都尽心竭力。这几年，我们没有经过专业培训，服装道具也是瞎凑合。不是我们不想做到位，而是真缺钱啊。要是杨经理能资助背盐汉子表演队，我们一定能达到杨经理的要求。如果杨经理实在拿不出钱，也没有问题。刘老师不是说过嘛，杨家三代人之所以都能白手起家、从无到有、从弱到强，是因为他们都依靠‘借用能借用的力量’理念。县文旅集团能不能给我们一点资源，让我们借用一下呢？”

谭铁牛接过杨脚板的话茬儿：“最近，遵义市政府准备在茅台镇搞‘遵义酱酒节’，我可以问问他们，需不需要我们的背盐汉子表演项目。”

“你马上联系，尽快搞定。”杨脚板催促道。

谭铁牛拿出手机，拨通一个电话，一通“嗯嗯啊啊”后，扭头对杨回说：“出场费每人每天一百块钱，包来回车费、食宿费等一切开销。”

杨回摇摇头：“跑那么远，一天才一百块钱？在我景区演出一场，两个小时就能赚六十块钱呢。”

杨脚板反驳杨回：“一天一百块钱，人家给现钱。你的六十块钱，拖到年底都未必能结算。你答应给我们一分钟六百块钱，也只是嘴巴上的数字，毛都不算！”

谭铁牛说：“我刚才在手机上查看了百度百科，这个茅台镇啊，是中国首批历史文化名镇，与云梯镇一样，都是中国首批特色小镇；云梯街是长江第一街，茅台镇是中国第一酒镇。各位，我是这样想的，你们看看我想得对不对。你们这次去遵义，赚钱是一方面，另一方面呢，你们不仅可以免费旅游，了解茅台镇的酒文化，还可以学习那里旅游运营经验。”

杨回点点头：“嗯，我们不能只算经济账。”

杨脚板补充道：“出场费确实低了点儿，但是，我们依旧想去。为啥呢？走出云梯街，踏上茅台镇，开创传播云梯镇历史文化纪录啊。只要扩大了背盐汉子表演队的知名度，以后我们还愁没有钱赚？”

谭铁牛点指杨脚板：“这种话能从你嘴里说出来，我怎么感觉违和感那么强烈呢？哈哈，以后你多听刘老师讲课，还有进步空间。”

杨脚板得意地说：“云梯街背盐汉子表演队，能受邀出去展演，就是一次重大突破。这充分说明，我们这支队伍，已经得到县内外、市内外观众的认可。同时也说明，我们的辛苦努力是值得的。”他扭头问谭铁牛，“谭书记，我们什么时候出发？”

谭铁牛说："明天早上 9 点，到滨江居委会会议室集合。你们马上回去准备，带上个人的日常生活用品。"

"好嘞，我现在就逐个通知队员。"杨脚板说完起身离去。

杨回起身对谭铁牛说："明天我为你们送行。"

第二天早上，杨回如约来到滨江居委会会议室。

谭铁牛正在向杨脚板和七位背盐汉子表演队队员交代出行注意事项。

这支背盐汉子表演队，在谭铁牛的带领下，镇财政没有投入一分钱，独立自主，自力更生，一步步发展壮大，已经成为云梯镇的文化品牌、云梯街 4A 景区的文化招牌。

杨回望着八个意气风发的"老瓦片"，想到云梯街十八罗汉出征宜昌的悲壮故事，心里感慨万千。这些"老瓦片"，如同十八罗汉一样，为了振兴云梯镇经济，甘愿成为云梯镇的义务宣传大使。

他深情地对背盐汉子表演队队员说道："云梯街背盐汉子表演项目搞得有声有色，深受游客欢迎。今天，你们不仅代表云梯镇、代表我县，还代表我市跨省展演，我为你们感到骄傲。为了支持民间文艺事业，昨夜我请示县文旅集团的领导，资助你们五千元作为这次展演经费。我预祝你们演出成功！"

谭铁牛立即起身鼓掌，接着会议室内响起热烈掌声。

杨脚板兴奋之情溢于言表，邀请杨回与队员合影留念。

滨江居委会综合专干给他们拍照后，谭铁牛协助背盐汉子表演队队员把道具搬到小巴士上。

杨回望着"老瓦片"有条不紊地搬运道具，眼眶莫名其妙地变得湿润。这些云梯镇汉子，虽然是一群没有文化的农民，但他们为了传承云梯镇的盐道文化，精心打磨每件道具，一次次艰苦地排练，最后成为"追求极致、追求完美的'非遗'项目传承人"。

这些“老瓦片”，无论走在哪里，都是云梯镇的一道美丽风景线。

3

谭铁牛率领背盐汉子表演队返回云梯街的当天，杨回就把谭铁牛和杨脚板叫到办公室。

待谭铁牛和杨脚板坐下，杨回告诉他们：“县文旅集团党委决定举办首届云梯街迎春提灯会，时间定在2月7日至14日。其间，将开展各种文化活动，旨在提升云梯街文旅影响力，增加春节喜庆气氛。去年，云梯镇入选全国非遗与旅游融合发展优选项目名录，成为非遗旅游小镇。为了彰显云梯镇的文化特色，背盐汉子表演队的表演被列为首选项目。具体设计是，背盐汉子表演队为前导，率领数百名身穿汉服的游客在云梯街提灯游走。我强调一下，这次活动是主管文旅工作的副县长圈定的，我们只能演好，绝不能演砸。接下来，我们研究一下背盐汉子表演队的道具、服装、号子、步法等事项。”他说完，盯着谭铁牛，“你们去茅台镇展演，有没有值得借鉴的东西？”

谭铁牛略微思忖一下：“我们展演之后，当地媒体给予了这样的报道，‘云梯街背盐汉子展演，还原古代川盐入黔场景，唤醒历史记忆’。我觉得这句话把背盐汉子展演概括得非常精准，我们是不是也围绕这句话设计首届云梯街迎春提灯会的展演核心内容？”

杨脚板接过谭铁牛的话茬儿：“我们在遵义酱酒节展演过程中，利用县文旅集团资助的五千块钱，重新置办了服装、道具，提升了展演效果。”

杨回说：“县文旅集团党委领导认为，背盐汉子表演队队员每次出场费是六十元，明显有些低了。毕竟这些队员都是家里的主要劳动力，担负着养家糊口的重任。县文旅集团绝对不能做‘既让马儿跑，又不让马儿吃草’的事。因此，县文旅集团党委决定，把背盐汉子表演队队员的出场费提升至一百元。”

杨脚板摆摆手：“杨总，我虽然是没有文化的农民，家里也不富裕，但是，我也知道现在经济下行，县文旅集团经费紧张。我建议，在首届云梯街迎春提灯会期间，背盐汉子表演队队员的出场费依旧是六十元。省下来的钱，给义工发放一些福利。”

杨脚板表明自己的态度后，杨回没有说话，却冲杨脚板竖起大拇指。

谭铁牛说：“云梯街，不仅是我们这些‘老瓦片’的云梯街，也是我们子孙的云梯街。杨家几代人，为了振兴云梯街的商业，把自己的尸骨都埋在长江边。现在云梯街遇到困难，我们这一代人，没有任何理由放弃云梯街。不论我们付出什么样的代价，也一定要把富饶、美丽、具有深厚文化底蕴的云梯街传给下一代。”他说到这里，满脸怜惜地看着杨回，“为了振兴云梯街经济，杨总的头发又白了一些，我们还有什么好抱怨的呢？”

杨回淡淡一笑：“不负祖先，不负子孙，别说白了头发，就是横尸长江，都是值得的。”他起身拍了拍谭铁牛的肩膀，“我们苦等了三年，好不容易争取到筹办这次活动的机会，大家一定要珍惜，集中精力，想方设法把首届云梯街迎春提灯会办得漂亮、圆满，为振兴云梯街景区旅游业，唱好开场戏。”

晚上，“古镇夜话”活动准时开始。不到 7 点钟，“老瓦片”茶馆里便坐满了云梯街的“老瓦片”。

谭铁牛一边为“老瓦片”斟茶，一边向他们介绍筹办“首届云梯镇迎春提灯会”的事宜。

待谭铁牛坐下，杨脚板不紧不慢地捋了一把山羊胡子，喝了一口茶，然后说道：“我从刘老师口中了解了杨家三代人闯街、闯江的事迹后，回家睡不着觉时，就不停地反省。你们给我起个‘杨脚板’的外号，我觉得虽然难听，但也恰如其分。我嘛，跟县政府叫板，跟杨回、朱经理、谭书记叫板，现在我准备跟自己叫板了。我在此保证，在首届云梯街迎春提灯会活动期间，我不但要出演背盐汉子，还要义务担任云梯街推广员，准备演唱我收集整理改编的《回水号子》。”

谭铁牛立即带头鼓掌：“好！杨脚板，来一首！”

杨脚板毫不怯场，大声演唱他改编的《回水号子》。

黄端公听完杨脚板用生命演唱的《回水号子》，动情地说：“这首《回水号子》，过去扯船子唱过，背脚子唱过，抬脚子唱过，我们绝对不能让它在我们这一代人中失传。我在此也保证，我虽然没有杨脚板的才艺，但我也尽我所能，为那些来到云梯街的游客提供服务。我不但要做到让游客感激，还要做到让游客感动。”

谭铁牛盯着黄端公：“说说，你准备怎么做到让游客既感激又感动？”

黄端公伸出五指：“很简单嘛，五个字，以人民为本！”他收拢大拇指，“四个字，宾至如归。只要我们把游客当作家人、亲人，他们就会爱上云梯街的。”

“说得好！”罗满江一边鼓掌，一边走进来。

4

罗满江突然出现，出乎“老瓦片”的意料。

谭铁牛起身给罗满江让座，黄端公给罗满江倒茶。

谭铁牛说：“罗镇长，我们正在研究如何迎接首届云梯街迎春提灯会呢，要不你给我们一点儿提示？”

罗满江点点头，指着窗外说：“云梯街有一条大江、一条大路、一道天街，自古就是英雄辈出之地，商贾云集之所。我们的祖辈不畏艰险、不屈不挠、勇于攀登，在这里的光石板上凿石成路、破石扎根、踏石留痕，不仅创造了云梯街的商业史，也书写了巴蜀灿烂的文明史。现在，云梯镇要打造绿色生态旅游业，以此助推乡村振兴，这又是一场深刻变革，需要我们这代人的付出和牺牲。我们要以首届云梯街迎春提灯会为媒介，提振经济、提振旅游，打造云梯街文化品牌。”

谭铁牛提醒道：“罗镇长，在座各位都是云梯街的‘老瓦片’，只有想让云梯街再现辉煌的决心，不懂高深的经济发展理论。你就直接告诉他们怎么做、做什么就行。我向你保证，只要能提振云梯镇经济，你指到哪里，他们就打到哪里。”

罗满江说：“说句实话，长江沿岸的古镇不止一个云梯镇，随着各个古镇过度开发、过度商业化，可以用‘千篇一律’形容。游客的时间、精力和财力是有限的，为什么偏偏要来云梯镇消费呢？”

他说到这里停下了，慢慢扫视在座的“老瓦片”。

“老瓦片”们从未想过这个问题，面面相觑，就连跟谁都敢叫板的杨脚板也接不上话茬儿了。

罗镇长微微一笑：“其实，你们刚才就已经说到位了。既然所有古镇的硬件条件都差不多，只能拼软件了，也就是电视新闻中常说的‘核心竞争力’。云梯镇的核心竞争力是什么呢？就是刚才黄端公所说的‘以人民为本’。你们不要以为，在商品经济时代，‘以人民为本’提法过时了，‘以人民为本’永远不会过时，尤其在各地景区风评参差不齐的当下。不得不说，前几年我们把云梯街当成了摇钱树，把游客当成了小肥羊，导致游客乘兴而来，然后再也不来。游客不来了，我们的日子好过了吗？没有！我们要痛定思痛，在每个细节上，都要充分体现‘以人民为本’的要义。经镇党委会讨论决定，镇党委、镇政府的所有部门，把以前‘官老爷式管’转变成‘公仆式服务’，无条件、全天候为云梯街景区商家提供服务，商家无条件、全天候为游客提供服务，把每次服务，都能做到让游客感激、感动。我们把云梯街变成‘有真心、有真爱、有真情’的家，各地游客必然会常回家看看。”

罗满江讲到这里，顿了一下，郑重地说：“镇党委书记特别强调，在首届云梯街迎春提灯会期间，甚至结束以后，谁敢砸云梯街的锅，镇政府就砸谁的碗！”

罗满江扫视众人一遍，“老瓦片”茶馆里响起经久不息的掌声。

罗满江举手示意“老瓦片”静下来：“各位老哥，县文旅集团和镇政府商议后，决定与县文联合作，在首届云梯街迎春提灯会期间，组建背盐汉子、玩牛、水龙、川剧、唢呐、斗锣、花轿、扯船子、抬脚子、车灯龙船、旗袍汉服、回水号子十二个表演队，为游客提供具有川江特色的文化表演。”

“好！”谭铁牛拍了一下桌子，“对于水龙，我有一点儿想法。我建议，从独门嘴到下盐店子，设计一条长龙。我粗略算一下，除了龙头龙尾花点儿钱，龙身可以用篾条、柏树叶子扎成，再招募春节回乡的中青年托举，肯定非常壮观。”

杨脚板捋着山羊胡子，不停地点头。待谭铁牛说完，他补充道：“水龙表演确实是个好节目，如果与背盐汉子节目结合在一起，肯定会产生特殊效果。你们想想，一条一千两百米的长龙辗转腾挪，背盐汉子表演队沿着龙身一直走到独门嘴，然后我在云梯街街口演唱《回水号子》，一定非常震撼。”

就在“老瓦片”热烈谈论时，谁都没有注意黄端公去哪里了。

杨脚板的话音刚落，黄端公仰着弯刀脸，戴着僧帽、披着袈裟、脖子上挂着一串佛珠，左手提着酒葫芦，右手摇着破蒲扇，哼着“鞋儿破、帽儿破”，从楼梯上走下来。

活灵活现的“济公”，让那些“老瓦片”笑得前仰后合。

“怎么样？我的‘济公’表演，能不能算一个节目？”黄端公在“老瓦片”面前转了两圈。

“好，好！”罗满江和谭铁牛一起向黄端公竖起大拇指。

这次“古镇夜话”活动，直到凌晨 2 点才结束，“老瓦片”依依不舍地离去。

第二天下午，杨回给谭铁牛打电话，让谭铁牛立即去他的办公室。

谭铁牛走进杨回的办公室，一下子惊呆了，这里竟然出现十几个熟悉的陌生人。这些人，都是拥有百万以上粉丝的旅行主播，一直活跃在各个自媒体平台上，掌握着当下流量密码。

杨回向谭铁牛介绍这些主播："谭书记，他们都是从云梯镇走出去的年轻人，听说家乡要举办首届云梯街迎春提灯会，主动联系县文旅集团，要利用自己的资源，为振兴家乡经济贡献一分力量。"

谭铁牛把杨回拉到一边，悄声问道："这些人都是大主播，听说发一条广告要价很高。"他扭头看看那些主播，"每人发一条视频，我们就算把云梯街那些老骨头砸碎磨成粉，也凑不够他们劳务费的零头啊！"

杨回把嘴巴附在谭铁牛的耳郭上说道："他们是自愿、主动、义务宣传云梯街，你做好服务工作就可以了！"

眼圈泛红、激动得不知道说什么好的谭铁牛，与那些主播一一握手，嘴里不断地重复着"谢谢"两个字。

经过一个多月的精心筹备，在"老瓦片"和返乡年轻人共同努力下，云梯街呈现出清代乾隆时期的盛况。

背盐汉子、玩牛、水龙、川剧、唢呐、斗锣、花轿、扯船子、抬脚子、车灯龙船、旗袍汉服、回水号子十二个表演队的表演，经过十几位主播的直播，一夜之间被全国网友知悉，云梯街迅速登上热搜榜，成为年轻人的打卡地。

原来准备在 2 月 7 日开始的首届云梯街迎春提灯会，由于游客过多，不得不提前一个星期举行。

公安局、市监局、交管局、城管局等部门的局长，提前率队入驻云梯街，带领本单位的干部职工细心、耐心、热心地为商户、游客提供服务。他们没想到，他们仅仅是做好了本职工作，就受到全国网友热捧，有些人还成为游客争相合影的对象。

比原计划延长半个月的首届云梯街迎春提灯会，让云梯街的“老瓦片”累并快乐着。

首届云梯街迎春提灯会结束那天晚上，杨回独自来到杨家码头的三根系船柱前，深深地鞠躬。

当他扭过头时，看到谭铁牛、刘惠芹、杨脚板、黄端公等云梯街的“老瓦片”，全部站在他的身后，动情地望着三根系船柱。

（完）